町工場からの宣戦布告

北沢 栄
Sakae Kitazawa

メインバンクの貸し渋り・貸し剥がし、
「デリバティブの罠」と戦い抜いた
中小企業経営者の物語

目次

ブックデザイン　若松隆（株式会社ワイズファクトリー）
編集協力　吉川健一
写真提供　ｃｉｖｉ／ＰＩＸＴＡ（ピクスタ）

第一章

祈り

高さ三〇メートルほどに伸び、幹周りは六メートルに及ぶ巨木の楠《くすのき》の前に男はいた。四方に、熊手のように張った枝は、黄白色の小花を点々とつけていた。春の暖かな風が、小花を微《かす》かに揺すった。土曜の昼前だというのに、境内はシンと静まり返り、名物の楠に対面して男が仁王立ちしている。男はグレーの野球帽を被り、茶の上着を着て神妙に頭を垂れた。目をつぶって何ごとかブツブツとつぶやいた。それから目を見開き、楠を上から下までジロリと凝視した。

男は楠にこう話していた。

「頼んまっせ！　あなたは樹齢九〇〇年と言われとる。源氏物語の完成よりおおよそ一〇〇〇年も昔にさかのぼるわけや。どえらいこっちゃ。その偉大な生命力をわてにも分け与えてくれへんか。恵んでくれへんか。どうか、どうか、その力をよろしゅうお願いしまっせ……」

男は合掌して、小さくお辞儀した。どうやら儀式は終わったようだった。

その様子をたまたま愛犬の「タミー」を連れて天神社の境内に入って来た地元の美容院経営者、吉崎みどりが目撃した。ここは吉崎のいつもの散歩コースだった。小さなタミーがこの境内に入ると、解放感からか全身で喜びを表すのを見るのが好きだったからだ。

この天神社は古くは『御厨《みくりや》神社』と呼ばれていた。御厨という地名は、朝廷にお供えする魚貝をとるため、平安時代の延喜五年、西暦九〇五年に付近に広がる湖沼一帯を『大江御厨』と定めたことに由来する、と神社の案内に書かれてある。もちろんタミーは、天神社が由緒ある神社だと知る由《よし》もない。

吉崎が少し近づいて見ると、その男が自分の親しい友人の湊京太であることが分かった。吉崎にとって湊は経営者仲間で、年格好も五〇代初めとほぼ同じであり、心強い「同志」といった連帯感で結ばれている。

吉崎は夫亡き後、貯金をはたいて東大阪市にある布施の駅前商店街で開業した美容院を娘と二人でやりくりしていた。翌週末の夕方には、商店街の有志の手で開かれる経営勉強会の講師役を湊に頼んでいた。演題は「自営業経営の心得」である。湊は東大阪市で電機部品メーカーを経営し、弁も立った。

吉崎みどりが尻尾を振るタミーを連れ、足早にやって来て湊に声を掛けた。

「あら、湊さん、随分楠がお気に召されたんやね。願懸《か》けてはったみたい」

一瞬、湊はギョッとして振り返ったが、すぐに何食わぬ顔に戻して言った。

「やれやれ、見られてしもたな。みどりさんがご近所に住んではって、散歩してはったとはな。天下に知られた天神社の境内やから、これもしゃあないこっちゃ。何の願懸けしてやったかって？　来週の講演があんじょういくように、と祈願してたんや」

湊京太は本心を明かさなかったが、楠に祈願したのは自分が当面する経営難を克服できる突破力についてである。台風や落雷の天災、戦災、人災を生き残った生命力を、どうかいまの自分に授けてほしい、と願ったのだった。

その夜、湊は楠のイメージを頭に描きながら眠りに就《つ》いた。

湊が代表取締役社長を務める電機部品メーカー「ダイア産業」の経営環境に大異変が起こったのは、親会社の日芝が毎年、年初に催す賀詞《がし》交歓会の席だった。恒例の賀詞交歓会は東大阪で行われ、地域の日芝の下請け企業経営者・幹部が約三〇〇人集合する。

この会の冒頭、日芝の副社長が奇妙な挨拶をしたのを湊は聞き逃さなかった。

「本年は飛躍の年であり、弊社としても海外でかつてない大きな飛躍を遂げる所存です。とりわけ高度成長を続け、念願のＷＴＯ（世界貿易機関）加盟を実現して国際的な信頼を増した中国に対し、重大な決意で臨みます。その市場の広い懐に入ってゆき、〝共存共栄〟をしっかりと図っていく所存です。具体的には……」

副社長はここでひと息入れると、会場を見回し、敢《あ》えてゆっくりと続けた。

「……具体的には、中国の関連部品メーカーなどにわれわれの業務にしっかり協力してもらい、コスト競争力を付けた日芝全体の生産パワーをグローバルな規模に拡大する第一歩としたい。そう考える次第であります……」

ここで、湊は「エッ？」と心中で声を上げ、耳をそば立てた。

副社長が続けた。

「この中国の関連メーカーとの協力強化で、ここにおいでの皆様の業務の性質も、たとえばより付加価値の高い分野に移行してもらうなど、多少の変化が出てくるかもしれません。しかしその変化は、全体として日芝グループのパワーを一層強め、いい結果を生むことになるでしょう」

湊は「はてな？」と当惑した。最後の部分の「より付加価値の高い分野への移行」「いい結果を生む」のくだりについてである。このことは何を意味しているのか。中国企業との協力の内容とは、下請け業務の中国移管ではないのか。

となれば、われわれの仕事は減らされるのではないのか―そう不安に思って周囲を見回したちょうどそのとき、副社長のスピーチが終わり、ドッと拍手が沸いた。周りのどの顔も、何の心配もないかのように、満足している様子だった。

湊の直感は、ほどなく的中することとなる。それは、賀詞交歓会からわずか二週間後に起こった。日芝の担当業務課長の田中明が上司の部長、吉田和実を伴って「業務上の相談をさせてほしい」と突然、訪問してきた。だが、応対した湊に、吉田はのっけから「相談」を棚上げして、日芝の「委託業務ポリシー全般の変更」を通知した。「御社に委託している業務をいずれ中国に移管したい」と言うのである。

「唐突なお話ですが、どういう事情があったのでしょうか」

湊の当然の質問に、吉田は事務的に答えた。

「弊社もグローバル競争の中で、コストを大きく下げていかなければなりません。中国の安い人件費は無視できません。中国側のスキルも急速に上がっています。競争に勝たなければ、仕事そのものがなくなってしまいます。そこをどうか、ご理解していただけないでしょうか」

湊の頭に、父の八平が初めて日芝のトランジスター工場からブリッジ整流素子関連の電子部品の組立・加工を受託した、遠い昔のセピア色の記憶が一瞬、浮かび上がった。

湊は、狼狽を隠しながら言った。

「と言っても、わたしどもから見れば委託業務がそっくりなくなるわけですから、ハイ分かりました、と簡単に言うわけにはいきません。雇用の問題もありますし……これに代わる他の必要な業務は考えられないのですか。御社とは父の代から四〇年ものお付き合いなのですから」

「いまのところ、具体的な代替業務はありません。ですが、御社の工場稼働率が上がるよう、責任を以《もっ》て何かお役に立てることを考えてまいります」

「よろしくお願いいたします。で、委託業務の中国移管はいつから始まるのですか。こちらも対応の準備をしなければなりません」

「申し訳ありませんが、一つを除いて—つまり、電力素子小型のブロッキングファイナルテストを除いて、かっきり半年後までに、御社の委託業務を中国に段階的に移させていただきます。ファイナルテストも半年後の時点で中国に移管されます。これは弊社のポリシーとして、全協力工場に適用させていただきます」

「えっ？　半年後！　そんな無茶な！」

湊の顔面がみるみる蒼白になるのが、日芝側の二人に分かった。湊の語気が荒くなった。

「あまりに短い。短すぎる……」

「……」

日芝の二人が沈黙して、湊を見守った。

「まるで最後通告のようですね。ハイ、了解しました、と言えるわけはないでしょ。いま当社は、御社から電力素子小型のテストを含め、半導体チップの耐熱性テスト、バッテリーの組立作業、カラーフィルターの修正作業、ＡＴＭ組立作業、エレベーター電源部組立作業、冷蔵庫用モーター組立作業を受注しています。これらが半年後にそっくり消えるとなると、わたしらの工場はどうなりますか。空っぽになってしまう。雇用にも差し支える。社員の生活にも影響が出る。対応するにも時間が要ります……失われる仕事を穴埋めできるものを速やかに手当てしなければならない。これは協力してもらえるんでしょうね」

「この点、保証はできませんが、できる限り努力いたします。また新しい仕事がいずれ生まれてきますので、その際は最大限委託できるようご配慮いたします」

「努力や配慮の意思表示だけでは心もとないし、不十分です。ぜひ新しい仕事を約束してもらいたい。社長さんや本部長に、そうお伝え下さい」

「……分かりました。必ずそういたします」

何ともぎこちない会談は、四〇分足らずで終わった。湊は二人が去ると、足が震え、全身に悪寒《おかん》が走るのを感じた。応接室のドアに近付き、ピシャリと閉め切ると叫んだ。

「こん畜生、ふざけるな！　こっちの立場も考えろ！　一体、何様と思ってるんだ！」

だが、罵《ののし》り終えると、気分が落ち着き、なぜか「来るべきものが来た」という妙に冷静な感情にとられた。(待てよ……)と自制し、反省してみた。(こうなった理由も考えなければならない……)と距離を置いてみた。(こちらにも非があるのではないか)とも思い、混乱した。

こいつは「人生の終わりの始まりではないか」という不安感と、同時に、未知の世界に踏み込んでいくスリリングな予感とが交錯したのである。

その晩、湊は心が大混乱したまま、まんじりともせず一夜を明かした。日芝の通告のことは社内の誰にも明かさなかった。明かせば大騒ぎになり、すぐさま波紋を広げるに違いない。対応を考えないうちに口外することは、すこぶる危険だった。

むろん妻の実子にも何も話さなかった。仏頂面をして黙々と夕食をとり、早々と書斎に引き上げた。後日、振り返って実子が「何かあったの?」と訝《いぶか》ったことは記憶にあるが、ぶっきら棒だった会話の中身はまるで覚えていない。

(なぜ、取引打ち切りなのか。なぜ、突然の通告なのか)。寝床で湊は自問し続けた。答えは見つからない。(これまでの信頼関係は何だったのか。フィクションだったのか)。湊の懊悩《おうのう》は続いた。(そうか、そんなもの、なかったのだ。こちらが勝手に抱いていた幻想だったのだ)。自問の末、湊は結論を引き出した。

寝床で暗い天井を見ていると、にわかに天井に亀裂が入り、ミシミシと音がして崩れ落ちてきた。悲鳴を上げて跳ね起きた。

幻覚だった。明日はともかく、親しく付き合っていた日芝の前部長、木下に会って事情を聞いてみよう。対策はそれからだ……湊はようやく気持ちを定め、寝返りを打って浅い眠りに入った。

翌朝、湊は早速木下と連絡を取った。木下洋二郎は二年前までダイア産業を担当した業務部長で、湊はその在任中に歴代の日芝社員の中で最も親しく付き合っていた。木下の誠実な対応と技術畑には珍しい幅広い教養に、感銘したことも一度や二度ではない。現在は西日本地区を統括する関西支社の企画部長兼執行役員、と聞いている。おそらく委託業務の中国移管問題にも、通じていると思われた。湊の要望を木下はすぐに受け入れ、「午後七時からなら時間が取れますから、お会いしましょう」と快く応じてくれた。

場所は、木下が担当当時、二人でよく行ったダイア産業に近い居酒屋である。湊が約束の一〇分前に訪れると、律儀な木下はすでに席に座って待っていた。

挨拶もそこそこに、湊は本題に入った。一体、日芝で何が起こったのか？

「大変お困りの様子、お察しします。じつはわたしどもも、会社の急な決定に戸惑っているんです。正直言いまして、上層部の中にも決定に異議を申し出た者もいた、と聞いています。ここだけの話として聞いて貰いたいのですが、社長が昨年末の役員会で反対を強引に押し切って決めたという話です。何でも社長は二期連続の赤字のあと、相当焦っていた。売上げが低迷から脱け出せなければ経費を大幅カットするほかない、三期連続の赤字は絶対に避けなければ、もうあとがない！　と叫んだそうです」

木下が温厚な顔を曇らせた。

「経費削減なら今すぐにできる、しかし順番というものがある、と言うのです。すでに実施した人員整理――早期退職者募集の第一次リストラに続き第二次、三次も考えなければいけない。しかしその前にやるべきは、委託コストの大幅カットだと。従業員に犠牲を強いる前にまず下請けに泣いてもらう、と切り出したそうです。コストダウン要請はこれまで再三やってきたが、もうそれでは間に合わないと」

湊が「なるほど……」とつぶやいて、目で話の先を促した。

「それから社長は、委託費削減の腹案を明かしました。中国の安い人件費を活用しよう。伸びてきた生産技術を活用しようと。中国に可能な限り委託業務を移管する。国内に留める業務は、研究所の研究開発と直結した最先端技術分野に限る、と。こういう先端技術は日芝の百パーセント出資子会社が手掛けていますから、それ以外の伝統分野はすべて中国に移管しよう、というわけです。それも一刻も早く実行を、と力説したようです。ある出席役員によると、社長の形相には鬼気迫るものがあり、終始、重苦しい異様な雰囲気だったという話です。ともかく業績の悪化が止まらないので、通常の手段では回復は難しい。中国移管という手段で、生産コストを三割程度削減しようという考えのようです」

湊がもう一度うなずいて、尋ねた。

「社長のお考えは分かりました。これに対して他の役員は、どう反応したのでしょうか？　日芝さんの手堅い社風から見て、社長の独断専行がすんなり通るとは思えませんが……」

「たしかに役員の中には穏健な意見を持つ者や、従来の生産方式への理解者も少なくありません。社長の方針表明後、複数の反対意見が出されたと聞いています。〝全面的に行うのはリスクが高い〟とか〝段階を踏んでやるべきだ〟という意見も出されました。しかし社長と社長派の役員は〝そんな悠長なことを言っている場合ではない。いまは生きるか死ぬかの緊急事態なのだ〟などと押し切ってしまったと聞いています。これが事の顚末《てんまつ》です」

木下が静かに言った。湊が再び目を剥《む》いて尋ねた。

「では、社長方針は最終決定で変更はなしですか」

「申し訳ありませんが、最終決定です。変更の余地はない、と聞いています。ご迷惑をおかけしますが、どうかご理解いただきたいと思います。よろしくお願い申し上げます」

木下が深々と頭を下げた。

聞き終わると、傷心の湊に様々な想念が沸き起こった。しかしいま、それらを整理している余裕はない。湊は衝動に任せて木下に話しかけた。

「木下さん、あなたが担当でおられた頃と日芝さんはすっかり変わりましたなあ。思い出しましたが、あなたと〝日芝グループのさらなる栄光と繁栄のために〟と杯を合わせて乾杯したのは、この居酒屋でした。あの頃はお互いの協力関係、信頼関係を信じて疑わなかった……」

木下がブルッと身震いして目を閉じた。湊が続けた。

「たしかに日芝さんは、日本を代表する巨大企業です。その一挙手一投足の影響は大きい。業績を良くすることは至上命題でしょうが、物事には順序がある。経営危機だからといって、いきなり過激な手段に訴えればマイナスの影響はあまりに大きい。とばっちりを受けるのは、われわれのような下請け企業とその従業員といった弱者です。ここのところを経営陣は深く考えたんですかねえ。私には、とてもそうは思えない、経営失格と言ってもいいのではないですか」

湊がピシャリと言った。

「まことに申し訳ありません。結果はご承知の通りです。私としては、心からお詫びしなければなりません」

木下がまた頭を下げた。それから恐る恐る顔を上げ、慎重に語り出した。

「言い訳がましくなりますが、……日芝がこう変わってしまったのも、厳しい環境に適応できずに負けてしまったからです。ひと言でいえば、グローバリゼーションの荒波に乗りきれなかった。ある意味、米英式の超合理的でドライな経営に乗り移るのに、しくじったのです。気づいたときには、遅すぎました。社長はイチかバチかでグローバル経営に舵《かじ》を切ろうとしたんだと思います。……社長は〝日芝はいままでお人好し過ぎた。思い切り方向転換してグローバル経営の仲間に入らなければならない〟と言っています。正直、これに賛同する声も、役員の間に広がっています」

「日芝流の日本的経営では、最早やっていけなくなった、ということですか」

「そう、グローバル経営には、無用の長物になったのかもしれません。そういえば、あの常務の柳田さんが辞任されたのも、愛想を尽かしたからだとも言われているんですよ」

柳田徳治の名前を聞いて、湊はピンと来た。日芝随一の硬骨漢として知られ、「日芝の良心」と呼ばれた人物だ。

「柳田さんは役員会で委託業務の中国移管について全面移管には反対で、移管にかなり厳しい条件を付けたと聞いています。技術流出の問題もあり、慎重に対処すべきだと主張されたようです。経過を見ながら段階的に拡大すべきだ、との意見でした。随分、社長や役員たちの説得を試みたようですが、結局は棄却されてしまいました」

「それで〝日芝の良心〟は嫌気が差して辞めてしまった？　社長派と反社長派の抗争は相当なものだったんですか」

「お察しの通りです。しまいには、まともな意見さえ通らなくなったと聞いています。反社長派と目されると、何を言っても通らなくなった。このような事態は、企業経営にとっては致命傷になりかねない。しかしそれが、残念ながら現状です」

木下の声が、か細くなった。

「なるほど、社長派で固めたとなると、伝統路線は放棄されますね」

「その通りです。日芝は曲がりなりにもグローバル経営の方向に走り出しました。一種のショック療法ですが、グローバル経営には世界標準に沿った合理性やコストの追求、会計の透明性の確保、といった長所があります。経営陣として、その追求は当然のことでしょう」

「いまおっしゃった長所は、いわばグローバリゼーションの光の部分です。光が強ければ陰も強まる。陰の中に大勢の弱者がいます。一方、光の中にはごく少数しかいない。これがグローバリゼーションのもたらす構図です。公的セーフティネットが働かないと、陰の部分に光は差し込まない。陰はいつまでも陰の恐れがあります」

湊がグローバリゼーションを評定した。木下が耳を立てて聞いている。

「われわれ中小企業は、グローバリゼーションの陰で活躍する〝影武者〟です。親会社の大企業を国際舞台の光の中に押し出す役、これを演じているのです。どうやら御社の首脳陣は、このことをすっかりお忘れと見える。一時の損得計算に惑わされて仕事を国外に持っていけば、あなた方は中小企業の持つ技術ノウハウと献身的な協力を永遠に失うことになりますよ」

最後の文言が、木下には脅しのように響いた。

「たしかにトップの決定は、近視眼的かもしれません。同じような趣旨のことを、柳田さんもおっしゃっていたようです。でも、車輪は動き出してしまいました。中国移管の功罪は、いずれ将来はっきりとした形を取ってくるでしょう」

二人は時の経つのを忘れ、閉店まで話し込んだ。

悪いことは薄気味悪いほど、重なるものだ──湊は、つくづくそう思う。「これこそ人生の不条理に違いない」と、自分自身を納得させ、身も心も引き締める必要がある、と自戒した。

続けざまに起こった悪いこととは、銀行との関係悪化である。いや、これは銀行自らが湊の会社の業績悪化を見て、早速取った貸し渋り・貸し剥《は》がしの措置だから、こちらの落ち度によるものではない。それは明らかに、銀行の経営意思を反映していた。

銀行がこうまで手の平を返すとは、業績が悪くなるまで湊には思いもよらなかった。銀行というのは、堅実で信頼できる、イザというときには助けてくれるだろう、と漠然と信じ、楽観していたのだ。

ところが、現実は条件によってコインの表裏のように変わった。アメリカの作家、マーク・トウェインが言ったように、「晴れた日に傘を貸し、雨が降ると取り上げるのが、銀行の性《さが》」なのだ。

湊の知る限り、銀行は事業が順風満帆に進んでいるうちは、これほど頼れる存在はない。「もっともっと借りてくれ、いくらでも融資する」と言わんばかりに、カネに不自由させることは決してしない。

多くの企業家にとって、このときが経営者人生で最高潮なのかもしれない。「もっともっと借りてくれ」と貸し出しリミットを外してくれれば、いかようにも投融資ができる。その投融資がうまくいけば、カネはカネを生み、余裕を持って経営に専念し、生活をエンジョイできる。

言い換えれば、業績が良ければ銀行側は取引企業に進んで貸し込む、ということである。

銀行の習性について、湊が認識を新たにしたのは、今回、自分自身の経営が重大ピンチに陥った、このときであった。日芝の下請けとして、それなりに経営が安定していた頃、銀行はこちらの資金要望に耳を傾けて応じ、資金繰りに窮することは滅多になかったのだ。

ところが、下請け仕事の中国移管の影響がダイア産業の経営に影を落とすにつれ、銀行の融資問題が重くのしかかってきた。銀行への対応が、湊の経営の中心問題の一つに浮上してきたのだ。それは毎日、対応を考えておかなければならないルーティンワークの一角となった。

湊の頭に、銀行の担当者の顔が浮かんでは消えるようになる。夢にまでその顔が現れ、口に出した言葉に応酬されてたじたじとなり、汗びっしょりとなって夜中に目を醒《さ》ますこともあった。

ある晩、湊は、眠れないままベッドからゴソゴソと起きあがった。ガウンを羽織り、二階の寝室を出て妻の眠る寝室を横切り、一階の応接間に入った。バーボンを水で割ってチビチビとやりながら、考え事を巡らそうと思った。

湊にとって、この「夜の安息」は何より大切だった。なぜなら、減産の噂を聞いたらしく、このところメインバンクのいなほ銀行の担当者がひんぱんに会社の計理課を訪れ、あれこれと聞きただすからであった。

その質問の中に〝定番〟の「ご商売のほうはその後いかがでしょうか？　今月の売上げの数字はどんなものでしょうか？」という文句が入り、湊を辟易《へきえき》させた。

この銀行からのジワジワと加わるプレッシャーが、湊の精神の集中力を削ぎ落とし、疲れさせた。せめて夜中は、この日中の〝圧力釜〟から解放されていたい。

湊は昨夜と同様に、バーボンウィスキーのジャック・ダニエルを選び、氷と水で割った。夜のしじまにトクトクとウィスキーが注がれる音に、湊は目を細めた。

「そう、これは孤独男を慰める絶妙の和音だ。こいつが、憂うつの霧を追い払い、俺の存在感を限りなく高めてくれる」

何もかも、すべてを忘れさせてくれる至福の瞬間だった。湊は持ってきたスケジュール表を開き、ウィスキーをひと口含み、明日からの一週間分の予定をざっと眺めた。こうしているうちに、昼間には思い浮かばない着想がふと湧くことがある。

それは一日で最も創造的な時間といえた。ふいに、こんな言葉をつぶやいていた。「夜だ、いまやすべての湧き出る泉がその声を高める。わたしの魂もまた湧き出る泉である」。学生時代に、原文で読んで感動したニーチェの『ツァラトゥストラはこう語った』の一節である。

しかし、この幸福な〝夜の旅〟は眠りとともに終わり、朝が始まると、現実の黒い津波がうなりながら押し寄せてきた。


その日、湊が出勤した朝八時ちょうどに社長室の直通電話が鳴った。湊が社員よりも早く出勤して仕事に取り掛かるのを知っているのは、会社の幹部や一部の親しい取引先に限られる。しかも直通で鳴らしたのだから、（緊急の重大用件に違いない）と湊は直感した。

案の定、メインバンクから掛かってきたのだった。「もしもし湊社長さんですか？　朝早くから申し訳ありません。いなほ銀行長田支店の前田です」。そのくぐもった声から、名乗らないまでも電話の主が「前田」と分かった。

「お忙しい中を恐縮ですが、本日朝九時にでも私どもの支店長の亀山とご融資の件でおうかがいしたいと思いますが、よろしいでしょうか」

「善は急げ、と言いますから、いい話なんでしょうね。では九時に時間を空《あ》けておきます」

こうして、あわただしくアポがセットされた。湊は内心ではむしろ、(何かあるな……良からぬ話が)と思い、想定できる話題をいくつか組み立ててみた。

午前九時きっかりに、支店長の亀山直樹と担当主任の前田茂が現れた。亀山が大きな体に似合わない小さな声で、早速話を本題に移した。

「前田からの昨日の報告では、御社の業績は予期しなかった減産の影響を相当被《こうむ》る可能性がある、ということですが、どんな事情があったのでしょうか」

亀山はズバリ核心を突いてきたが、声は柔らかで腫《は》れ物にさわるような口調だった。

「その通りです。青天の霹靂《へきれき》とは、このことを指すのでしょう。大雨に備えて、いなほ銀行さんからもう一本、傘をお借りする必要があるかもしれません」

「必要なら何本でもお貸ししますが、その前にどうしてそんなことになったのか、経緯をお聞かせください。日芝さんはどんな説明をされたんでしょうか」

湊が二週間ほど前に日芝側が行った〝最後通告〟を忠実に再現した。

「なるほど、なるほど……厳しい通告ですね」

亀山が広い額に汗をにじませ、苦虫を噛みつぶしたように、眉間《みけん》に皺《しわ》を寄せた。しかし、言質を取られるような言葉を避けるかのように、黙り込んだ。

「……以上のような事情です。当社としては、当面の売上げの大穴を埋めなければなりませんが、急な話なのですぐには妙案は出てきません。減産になるので雇用問題も考えなければなりません。社員七〇人の雇用をどう扱うかを決め、予告期間を置いて三カ月後には実行しなければなりません。すでにパートの一部はやめてもらうことにしました。……今朝ほど融資の件でお見えになったとうかがいましたが、リストラなどによる後ろ向き資金需要や新規資金需要も出てまいりますので、どうかよろしくお願いいたします」

湊がテーブルを両手で押さえ、深々とお辞儀した。亀山は「お立場は分かりました」とだけ言って退去した。

ダイア産業の本社工場がある東大阪市の長田地域は、その地名が示すようにかつては湿地が多く、新田が広がる農業地帯であった。しかし、戦後の復興が力強い足取りを見せる昭和三〇年代になると、この地域に各種の工場が建ち並ぶようになる。

その中央部を蛇行しながら流れる第二寝屋川《ねやがわ》を挟んで、いまなお盛んな勢いを見せる中小企業に、たとえば精密機械メーカーのO社がある。歯車測定器の製造で知られ、開発されたNC歯車測定システムはいまでは世界標準とされている。

いや長田地域ばかりではない。高度経済成長期に入ると、刺激が刺激を呼んで東大阪のほぼ全域に「モノ作り」の情熱が広がっていった。

液晶用透明導電膜で世界市場の四割を占めるS社、乳児用肌着のトップメーカーI社、ハンマー日本一のO社、海底ケーブル技術で鳴らすN社、超精密バルブで先端を行くF社……など、モノ作りの「ナンバーワン」「オンリーワン」企業が続々と誕生する。むろん、東大阪の地に明治の時代から根を下ろし時代の大変動に合わせて進化してゆき、いまや押しも押されぬ先端技術を誇る中堅企業もある。

時代の最先端を行く〝時流適応企業〟の典型にY社がある。メガネレンズの加工業から始まり、戦時下では、航空メガネや防塵《ぼうじん》メガネを製造し、戦後はサングラスや溶接用ゴーグル、スキーゴーグル、果てはゴルフ用の「芝目のよく見えるサングラス」など、スポーツ用品にも進出して発展した。

東大阪市は、いつしか日本を代表する中小企業の街に変貌する。中小企業のメッカとして、ほかに東京都大田区と広島県福山市が有名だが、東大阪の強みは業種の多様さと層の厚さにある。たとえば他地域から転校して来た中学生が、「サラリーマンの子よりも社長の子の方が多い」とびっくりするような地域も少なくない。

東大阪市の存在感を何よりも高めている中小企業の密集ぶりを見ると、面積に対する工場の割合は全国一位とされ、工場の数も、名古屋市や川崎市のような政令指定都市を除くと日本のトップである。中には、技術力に優れ、世界的シェアを占める企業も少なくない。二〇〇二年には東大阪宇宙開発協同組合が設立され、人工衛星の開発も進められている。

大学では研究用の小型原子炉を持つ近畿大学がある。日本初のラグビー専用競技場となった、近鉄花園ラグビー場でも知られる。文学分野では、東大阪市名誉市民の司馬遼太郎の自宅・書斎が保存された記念館や田辺聖子文学館があり、ファンの来訪が絶えない。

政治では、「塩ジイ」こと塩川正十郎・元財務大臣がここの名誉市民だ。彼の父親は、東大阪市を走る近鉄線沿いの賑わう商業街、旧布施市の市長であった。

市民は市のはるか東方に見える生駒山系と第二寝屋川や長瀬・恩智・玉串川などのうねる河川に親しみ、数多い中小・零細企業に職を得て、持ち前の陽気な活力で生活をやりくりしてきた。

この東大阪のモノづくりを象徴する長田地域から、「新たなメッセージの矢を世界に向けて放つべきだ」と言い放つ経営者がいた。それが湊京太だった。

清新な志を持つ経営者が、この地から新しい経営モデルを日本全国、いや世界に向けて発信すべきである、というのが湊の持論だった。

ところがいま、当の湊を直撃する厄介な事態が起こっていた。自ら経営する企業が仕事をごっそり失う危機に当面したのだ。それはもう、企業存亡の危機といえた。

（何としてでも切り抜けなければならない。本当の正念場だ）と湊は考えた。そして、この文言を呪《じゅ》文《もん》のように心の中で繰り返した。

第二章

崩壊

ダイア産業は、湊京太の父八平が五〇年前に「ダイア加工株式会社」の社名で創業した。大手電機メーカーに技術者として勤めた経験を生かして電気事業を始めたのだった。ほどなく技術の高さが買われて日芝から委託業務を任されるようになり、会社は急成長した。自社製品をはじめ部品の販売を手がける子会社を設立し、東京に支社も置いた。

二代目の湊は、父から受け継いだ堅実な性格と、「志」を重視する「理念の経営者」として知られ、同業者仲間からは「経営教育パパ」などと揶揄《やゆ》されているほどだ。

湊の父と仲の良かった地元経営者はある日、仲間との雑談で京太についてこう評した――「京太君はここらには滅多にいない立派なインテリだ。まじめな勉強家で、学者の方が向いていたかもしれん。実経験を積んでもっと練れていけば、お父さんに負けない大物になる」

湊は東京の有名私大を卒業後、超一流とされる米S大学の大学院に学び、マーケティング論でMBAを取得し、ピーター・ドラッカーの経営哲学にひどく心酔していた。帰国後、大手総合商社に就職し、実務経験を積んでダイア産業に入社。入社五年目にして父亡きあと、「いよいよ二段ロケット発射か」と周囲に期待されていた。

その矢先に、日芝から「委託業務の中国移管」を通告されたのである。

ちょうどその年は創業五〇周年に当たり、一一月に記念祝賀会が予定されていた。それだけに湊京太にとって、まさかの人生の暗転であった。

「何としてでも切り抜けなければならない」非常事態である。

湊は、この危機にとっておきの〝小道具〟を活用しよう、と考えた。

それは自らに言い聞かせる「内なるキーワード」だ。湊は自己暗示の大切さを自覚していたので、古今東西の偉人の言葉から「自分に言い聞かせるべき」フレーズを二〇通りほど選び出し、一覧表にまとめて保管していた。「場面」に応じて、その中から最適なものを採用し、自らを勇気づけるのである。

よく使うフレーズに、こういうのがある。「恐れ」を抱いているときには「わたしは勇気がある。何ものも恐れない」。「心配」なときには「心配することは何もない。いままでも何とかなった」。「憂うつ」なら「頭を上げて晴れやかな顔をしよう。いいこともある」。自信喪失のときには「そう簡単には沈まない。チャンスはまた来る」を口ずさむ。

今回は、最悪の逆境に向けた「わたしは必ず逆境を乗り越える。必ずだ」を選んだ。

これを夜、就寝前に自らに三回ゆっくり言い聞かせる。他愛ないように思われるが、この実行は祈りと同じように心構えを強化する、と自らの経験から断言できた。

就寝中にこの文言が心にスイッチを入れる。潜在意識を刺激し、朝になるとやる気がフツフツと沸いてくる——湊は友人に、この原理を確信を持ってそう説明した。

しかし、この潜在意識活用術をもってしても、夜の眠りは深まらなかったのである。

メインバンクから二人が来訪してからちょうど一週間後、支店長がふたたび動き出した。今度は

「御社の経営取り組みの件でお話ししたいことがある」と、担当の前田から電話が入ったのだ。

「経営取り組みの件？」湊は自問した。「もしかしたらいいアイデアを提案してくるかもしれん。が、こちらの取り組み不足を理由に融資を引き上げる恐れもあるな。どちらにしろ会合を設け、先方の話を聞く必要がある」

再会合は、さっそくその日の午後にセットされた。始まる前に、湊は例によって〝小道具〟を取り出し、今度は「場面」を〈動揺の場〉に設定した。

すると、「自分自身に唱える言葉」に次のようにあった。

「私は落ち着いている。大丈夫、やってのけることができる」

よし、これでいこう、と心構えを決めた。それから、今年が創業五〇周年に当たることが、ふと頭をかすめた。この五〇周年を押し出して銀行に協力を働きかけるのも、この際、忘れてはなるまい……交渉で情に働きかける大切さは心得ていた。すると、自分自身に課した「企業訓」が連鎖的に浮かんできた。

その企業訓の一つが「企業家精神を忘れないこと」。これであった。

湊は銀行が来訪するのを前に、武士が鎧《よろい》、兜《かぶと》に身を固めるように、理論武装した。

ほどなく支店長の亀山と担当の前田がやってきた。心なしか二人とも目が釣り上がって緊張しているように見える。

「今日おうかがいしたのは、御社の経営方向が大きく変わろうとしているこのときに、湊社長が困難にどう立ち向かおうとされているのか、ざっくばらんにお話を承《うけたまわ》りたいということです。その上で、弊行にとって可能な限りご支援させていただく方向で、具体的な方策を検討させていただきたいということです」

　亀山がやや早口で用件を切り出した。

「ということは、当社の置かれた状況を理解していただき、支援にご協力いただける、と考えてよろしいですか？」

　湊がすかさず、言質を得ようと仕掛けた。亀山は間を置いてから、言葉を吟味《ぎんみ》するようにゆっくりと答えた。

「経営改善の方向性がしっかり見えている限り、これまでと同様、精一杯協力させていただきます。御社がとられる方針に対し、協力することはやぶさかではございません。ただし具体的に事業をどう構築されていくお考えか、協力していくために、是非ともうかがっておきたいと思います。……御社のことですから、わたしども、困難を乗り越えることと信じております」

　最後の方は、淀みなく明快に言い切った。この部分は、あらかじめ用意してきたセリフに違いなかった。

　だが、肝心の経営再建計画なるものはむろん、出来上がっていない。日芝から通告されてまだ一カ月足らずだから、その余裕もなかった。その間、せいぜいやったことと言えば、応急の措置で仕事の減少を受け契約期限が近づいたパート社員に、割増手当を付けて辞めて貰ったくらいであった。

湊は、本格的なリストラの開始を委託業務がなくなる半年後に先立つ三カ月前、つまり「通告後三カ月」と密かに決めていた。社員や、取引先などごく近い関係者がいたずらに動揺しないよう、湊は日芝からの通告内容を二人の役員など幹部のごく一部に知らせただけで、しかも〈厳秘扱い〉としていた。

厳秘扱いとして口封じしている間に、可及的速やかに対応策をまとめる、という考えであった。だから、この段階では銀行側に対し、納得のゆく「経営改善の具体策」を打ち出せるわけはない。ただ抽象的に売上げ減の穴埋めとコストの大幅削減に向け最大限、努力していくつもりだ、と答えるしかなかった。

亀山はそれ以上、踏み込んだ説明が期待できない、と見るや、初めて苛立ちの感情を滲《にじ》ませ、一層早口になった。

「では、対応のご準備ができた頃、またお話をうかがいにお邪魔したいと思います。ご準備ができ次第、この前田にご連絡いただきますよう、よろしくお願い申し上げます」

丁寧な言葉遣いではあったが、実質は具体的な対応策を至急まとめるよう求めた強い督促の口調であった。

来客が去ったあと、湊は自嘲気味にまた独りつぶやいた。

「親会社の日芝にメインバンクのいなほ……前門の虎、後門の狼とはこのことだな。フフフ……まさに二正面から追い詰められた中小企業のドラマだ。〝泣きっ面に蜂〟と来た凄い挑戦だ。さあ、ここでどうする？　いよいよ二幕目が始まるぞ」

　妻の実子から湊のケータイに連絡が入ったのは、長田法人会の懇親会で経営者仲間が地区の税務署員と賑やかに懇談している最中だった。湊が会場の外に出て「オン」に切り替えると、いつにないカン高い声が聞こえてきた。

「ちょっとあんた大変。晴美が家を出て行ってしもたんよ」

「家を出て行った？　どこへ？」

「それが、行き先、サッパリ分からへん。家出であるのは、たしかやけど」

「家出って、またあいつのところにか？」

「多分……あの暴走族のタツとかいう奴と一緒やと思う。きのうの夜もデートしてたんやから」

「で、なんで家出や？」

「昨夜、あんたがひどく叱ったでしょ。これが本人にはこたえたん違うん。あのあと部屋に閉じこもって泣いてたし。今朝は部屋にカギを掛けたまま、学校を休んでやった。わたしが昼過ぎに出かけて夕方戻ってみたら、もぬけの殻。家を出たあとやったわ。あんたのせいよ。不用意にどやしつけたからよ！」

「まあ、落ち着かんかい。何か置き手紙でもあったんか？　なぜ家出やって分かったんや」

「ケータイに留守電が残されていたんよ。ちょっと読んでみる。『長い間、お世話になりました。これからは自立した生活をしていきます。帰るつもりはありませんので、探さないで下さい。どうかお元気で』。まだ高校三年になったばかりの子供やのに、自立なんかでけへん。きっと、あの男にそそのかされて一緒に飛び出したんよ」

湊は一瞬、めまいを感じ、思わずふらつかないように、そばの壁に手を掛けた。（まさか）と思ったが、（大いにあり得る）とも思った。晴美なら衝動的、発作的に何をやらかすか分からない。すぐに爆発・炎上する心理状態にある。

きのうの晩は、たしかにやりすぎた。晴美の言い分を我慢して聞いていたが、ついにキレてしまった。

「そんなに勝手な生活がしたいんやったら、家を出て自立せぃ！」と怒鳴ってしまった。これも娘を愛していたからこそだ、とそのあとでしきりに反省したのだが……。

「あんた！　聞いてるの？　すぐに帰って来て！　晴美の身に何かあったら大変、宴会してる場合やないでしょう！」

「分かった、すぐに戻る」

そう言って通話を切った。

ふと見回すと、廊下の向こうのトイレから税務署長に就任したばかりの井上隆が現れた。

タイミングは絶好だった。会場に入ると、署長の周りに挨拶をしに人が群がり寄るため、話すためには列に並ばなければならない。

湊は愛想よく声を掛けた。「署長、ご新任おめでとうございます。いつもお世話になっています、ダイア産業の湊京太でございます」。名刺を互いに交わしたあと、湊は自分より背が一〇センチは高く、ゆうに一八〇センチ以上はある井上を見上げながら、頃合いを見計らって肝心の質問に移った。

「小泉政権への国民の高い支持率は相変わらずですが、その看板の構造改革路線というのは、いかがなものでしょう。下手をすると、セーフティネットをしっかり張らないと、容赦ない勝ち抜き戦になり、挙げ句、弱肉強食社会になってしまうのではないでしょうか。そうなると、多くの中小企業にとってはむしろ厳しくなりませんか？」

署長が鷹揚《おうよう》に答えた。

「あくまでわたし個人の意見ですが、一般論としてはその通りでしょう。規制緩和や解除で中小企業を含む多くの企業は活動しやすくなる。それは間違いないでしょうが、その恩恵を受けるのはむしろ大企業の方で、大企業の競争力は増す。中小との競争格差はさらに開いて、中小は圧迫されることになりかねない。ですから、小泉総理のおっしゃる『構造改革なくして成長なし』は理論上はその通りでしょうが、改革をよほど周到にやらないと、必ずしも中小企業にいい結果をもたらす、とは限らないということでしょう」

筋道立った説明に、湊は「なるほど」と言って大きくうなずいた。それからもう一つ、質問の矢を放った。

「中小企業の現在の業績は大半が赤字と聞きますが、納税実績から最も正確な状況を把握している税務当局から見て、実態はいかがなものでしょうか？」

「最新の調査では、日本全体の中小企業の七割が赤字です。これは深刻な実態です。ご承知の通り、日本の中小企業は全企業数の九九パーセントを占めます。全企業の七割もが赤字、ということは健全な企業活動からほど遠い、いやマヒしているのに近い状態とさえ言えます。日本経済に元気が失われているのも、この中小の底辺部の停滞が原因です。その中でも大阪は良くない。東京に比べ地盤沈下が激しい。政治が何とかしないと……」

このとき、会場のドアが開いて秘書課長が現れ、「署長、皆様がご挨拶にお待ちかねです」と言って、署長を場内へ連れ戻した。

湊も、われに返ったように踵《きびす》を返し、足早にタクシーを拾って家路を急いだ。


「ヒヒヒヒ……あんた、悲しんやけどネ、むしろさっぱりした。あの娘《こ》がおらんようになって心配したけどネ、いまとなっては肩の荷が降りた……ヒヒ、あんたはどう思う？　ねえ、本心、聞かせて」

玄関に入るや湊は、その光景に凍り付いた。背筋を冷たいものが走った。

妻の実子が目の前で身を横たえている。上体を起こして半身の構えで、こちらを見てニタリと笑っている。その笑いが、どう見ても尋常ではない。般若《はんにゃ》のように口元が大きく割《さ》けている。目は遠くを見ているようで焦点が定まらず、瞳には狂気を感じさせる炎がゆらめいている。

「どないしたんや？　何があったんや。なあ、何があったんや！」

湊が急《せ》き込んで尋ねた。

「あの娘がねえ、もう帰らん。淋しい、嬉しい。もう、きれいさっぱりおらんようになった。ホーラ、こんなに家中散らかして、荷物まとめて出てった……あの娘には苦労したんよ……ヒヒヒもう帰って来いひん、もう死んだも同じや」

「おい、しっかりせい！」

湊が、かがんで実子の両肩をつかみ、前後に揺すった。宙を漂っていた実子の妖しい目が、ようやく京太の目に焦点を合わせた。

湊は実子の憑依《ひょうい》現象のような錯乱状態を一度、以前にも見たことがあるが、これほどひどく仰天したのは初めてだった。顔付き、目付きが獣のように化け、恐ろしげになったばかりでない。人格もすっかり別人のように変わって支離滅裂となり、その発する言葉もまた四分五裂してまとまらない。

その真因は、急性の精神錯乱と思われた。どんなヒステリー患者でも、もう少しましに違いなかった。

実子は突然、上体がピクンと硬直して突っ張った。直後、ヒューと叫んで頭をのけぞらせ、虚空を右手でつかんで全身をワナワナとけいれんさせた。

気絶状態の実子をようやく床に寝かせると、湊は震える手で居間の電話器を取った。

五分後、遠くから救急車の「ピーポー」の音が聞こえ、湊は安堵したように立ち上がった。

翌朝の一一時頃、湊は近鉄・布施駅前の商店街を重い足取りで歩いていた。夜通し、妻の実子を市内の救急病院で看病したせいで、心身共にくたびれ果てていた。幸い、実子は急回復に向かい、ほどなく意識も正常に戻った。

湊もそれを見てホッと安心して、明け方に病室で仮眠をとり、実子の容体が落ち着いたのを見届けて、いったん家に帰ることにした。

歩いていると、背後から「湊さん、違う？　おはようさん」と、張りのある声が聞こえた。振り返ると、丸い眼鏡をかけた丸っこい姿の吉崎みどりが、朝の光の中で微笑《ほほえ》んでいる。

湊と吉崎は、特別の絆で結ばれている。吉崎は、湊を友人に紹介する際に、「わたしの盟友」という言葉をよく使う。

「それってどういう意味？」と、あるとき大学で同期だった女友だちの質問に、吉崎はこう答えている。

「厳しいビジネス戦線で支え合い助け合って生き延びてきたからよ。お互い、知恵を出したり貯えたりして、サバイバルに役立てた。戦場に咲いた美しい花、戦いを誓い合った盟友よ」

その先を言うのは、決まって気分が乗ったときだ。盟友である理由をこう語った。

「法人会の税制勉強会で知り合ったのが運命の出会い。この勉強会を湊さんが幹事として仕切っていた。わたしが次々に勉強テーマを提案して、会が実現していった。お陰でいろんな分野にわたって、ひとかどの知識を得ることができたの。これが縁で、実際の経営をアドバイスしてもらったり、経営学について一緒に考えたりと、永遠の盟友になったわけよ」

以来、吉崎の京太を見る目に尊敬の思いと友情が入り混じって宿っている。

「ああ、おはよう」。湊がぶっきら棒に応じた。

「疲れてはるようね。徹夜でお仕事？」

吉崎がおかしそうに聞いた。

「それやったら商売繁盛で何よりやけど、徹夜で女房の看病だよ」

「え、どういうこと？　奥さん、ご病気なん？」

湊はちょっと説明する必要があるな、と思い、コーヒーショップにでも入ろうと周囲を見回した。たまたま近くに、行きつけのインド・ネパール料理店「アジアの料理店」が目に止まった。なじみのネパール人経営者が、外へヌッと現れた。

「ゴータマ！」と、湊が声を掛けた。湊は彼を仏陀《ぶっだ》になぞらえて、日頃、「ゴータマ」と呼んでいる。

「開店には早いけど、お茶を一杯飲みたい。ええかな？」

「もちろんです、どうぞ」

ゴータマが腕を大きく振って腰を折り、二人を中に誘導した。

「お茶でいいんですか？　朝は食べましたか。食事も作りますよ」

ゴータマが、湊のげっそりとやつれた姿を見て、思いやった。

「じゃあ、六八〇円也のカレーとサラダで行くかな。それにコーヒー。吉崎さんは？」

「わたしは紅茶で……」

二人の話は、実子の〝急性症状〟の背景や原因にさかのぼっていった。実子が、このところ急に変調を来《きた》した湊の家庭的な要因は、夫の側にもあるのではないか、と吉崎は指摘した。

この夫側の要因が、思春期に入って動揺しやすい娘の晴美をますます揺さぶり、家出に走らせ、そのことが妻の実子を狂乱させた……というのが、吉崎みどりの見立てであった。

湊は黙って聞き役に回っていたが、突然、目を見開いて口を挟んだ。

「基本的には、僕の側に二人を不安定にさせた第一原因がある。言やはる通りや。それにしても、その見事な推察はどういう根拠からなん？」

吉崎が、アガサ・クリスティの推理小説に登場する、名探偵ミス・マープルのように目を輝かせた。

「根拠は、一月のあなたの講演会。『自営業経営の心得』の中で、こう言われたでしょう。『経営がおかしくなると、家庭を顧みなくなるから家庭もすさんでくる恐れがある。皆さん、まずは経営の足場をしっかり築きましょう』って。湊さんて、関心が会社や社会に向かいすぎて家庭では案外、放ったらかしてはったんと違う？」

「なるほど……放ったらかしているつもりはないんやが、いささか過激な自由主義者だったかもしれんな。親戚から時々、自由放任に過ぎると言われとった。自分自身、束縛が嫌いやから自由放任の方に行ってしまったのと、仕事一辺倒で家庭をなおざりにした、と反省してる。お前の責任度は、と問われると、弁解のしようもない……」

少し間を取って、湊は続けた。

「A級戦犯が自分であることは、否定できん。が、このところ状況がめっきり悪くなったんは、急変した経営環境のせいや。頭の痛い問題が起こったんで、心がそれに取られてしもて、閉じ込められた。オタクのような心理状態になってしもうて、家庭の方はすっかり顧みなくなっていたんや。結果は、この通り惨たんたる状態や。悲しい、情けない。絶望的や。二人にすまんことをした……」

そう告白すると、湊は涙目になり頭を抱え込んだ。

「まあ、湊さんらしくないやん」と、吉崎が湊の肩をポンと叩いた。「絶望する理由なんて全然ないわよ。たとえ絶望するとしても、人間らしい感情なんやから、そこから出発して考えればええんよ。湊さん自身、この前の講演会でアメリカの精神科医のロロ・メイが語った言葉を引用したでしょう。『絶望は精神の属性なのです』って。絶望しないと人間は反省せず、人間的成長ができない、とも言いはったでしょう」

湊は思いがけない展開に、顔を上げ、吉崎を見た。（そういえば、俺はそんなことを得意げに話したっけ）。吉崎の顔が輝いた。

「さあ、絶望は希望の母。ここで次のステップを考えんと。まず、差し当たりは奥様の病気の原因と処方箋を検討してみやはったら。次にお嬢さんの検討」

吉崎はもともと感情の豊かな躁型の循環気質でハイテンションの傾向があるが、この朝は格別にそれが前面に表れた。

「わたし、奥様、淋しかったんやと思うな」

「思うに……本当のところ彼女は悪くなかったんやし、優しい性格やった。人の欠点を大目に見るようなおおらかな女やった」と湊が言葉を継いだ。

「言葉は魔物だよ。実子との間に決定的なヒビが入ったんは、僕のあのひと言のせいや。それから二人の関係はすっかり悪うなった。彼女の精神状態も不安定になり、僕の方も彼女をケアするどころか、ますます離れてしもた。結局、共同生活に二人とも背を向けてしもたわけだ」

吉崎みどりが目で話の先を促した。

「そのひと言というのは、人格否定の言葉なんだ。決して言ってはいかん暴言を吐いてしもた……まずいことが重なった。あの晩、社用で接待のあと遅く帰宅した。それからまた家で深酒を一緒にやったんが、よくなかった。初めに……たしか家のローンのことから始まった。憶《おぼ》えとるのは、〝経営者失格〟とか〝でくの坊経営者〟と、罵られたことや。で、つい〝お前はガーベッジ（ゴミの意味）だ〟と反論してしもたんだ。彼女もアメリカに留学した経験があるから、その意味が分かったのやろ。顔色がさっと変わった。〝それなら、離婚する！〟と叫ぶなり、部屋に閉じこもってしもた。以来、二人の仲は戻っていない。すぐに素直に反省し謝ればよかったんやが、こっちも意固地になって放っておいた。家庭内別居が始まり、この影響もあってますます心が離れ、娘の晴美も暴走し出したというわけや」

「そうやったの」

吉崎がうなずいた。湊の声が低く、小さくなった。

「娘の方は……高一の頃から軌道を外れて、おかしな仲間とつき合うようになった。そのうち、イケメンで茶髪のオートバイ野郎に熱を上げ出した。家を空けるようになり、帰れば親に小遣いをせびってきよった。許せんのは、左腕にタトゥーをしたことや」

吉崎の目をのぞくように見て、湊は続けた。

「『親からもろたきれいな肌に、入れ墨とは何事や！』と怒鳴った。ところが、『かえって白い肌をきれいに引き立てる』とか『友だちもみんなやってる。気に入ってる』とか強情に言い張って、まるで聞く耳を持たない。実子との不仲がもとで、娘にますます苛立って当たるようになり、とうとう家出してしまった。野郎と一緒らしいが、連絡は取れていない……。会社と家庭の一大事が、いっぺんに続けざまに起こってしもた……」

湊の声が微《かす》かに震えた。

「しかし、よくよく考えてみると、この一連の不幸には」と、湊は顔を上げ、声を高めた。

「一連の不幸には、共通の背景があると思える。経営環境の急変だ。経営危機が、家庭のトラブルの震源に――こう言うと、責任逃れに聞こえるやろうけど――経営悪化から来たプレッシャーが厳然としてあるんやと思う。平静を保てなかったお前自身にこそ責任がある、と言われるかもしれんが、平静でいられるような並のプレッシャーではなかった。

不動の岩の如しではなかった。それは認めるが、自分はおそらく平均よりはずっと強くてたくましい、と自負しとる。しかしプレッシャーも一定の受忍限度を超えれば、心は乱れる。すると、誰にも遠慮がいらんはずのマイホームで、積もり積もった疲れと気の緩みから、抑えとったイライラがつい爆発──ということは、容易に想像つく。よくあるケースと言ってもええ。その意味では、僕も凡人やった」

湊は丁寧な口調で、くどくどと弁明した。それから吉崎に、突然見舞われた経営危機のあらましを説明した。

「なるほど、なるほど……」

一部始終を聞いた吉崎が、ふと思案顔になった。

「じゃあ、このシナリオで行くしかないかな。まず降って湧いた災難の元凶となった進行中の経営危機を見事に解決する。そのあと、すみやかに家庭危機の対応に移り、これもうまくやって万事復調──と」。

「手順としてはその通りかもしれんが、そう簡単やない。楽観できん。……実は、すべての問題をまだ話してない。家庭問題は、まだある」

湊は吉崎に開き直ったように語り、背筋をピンと伸ばした。吉崎がふたたび緊張して聞き耳を立てた。

まだある家庭問題とは、妻の実子でも長女の晴美でもない、二二歳になる長男の太一郎についてであった。湊と実子の間には子供が二人いる。うち最初に暴走を始めたのが、長男太一郎で、一七歳の時。追うように、長女の晴美が兄に続いたのだ。

一瞬、幼い太一郎が、鞠《まり》を両手で持ってニコニコと微笑《ほほえ》みながら近付いてくる姿が湊の目に映った。

「隠し球ならええんやが、隠し愚息とはね。正直な話、自分からは長男のことは極力、触れんようにしていた。これも四年前に高校を中退、ジャズバンドに入って演奏旅行を続け、家には一年中帰らん。手紙も電話もよこさん。そこまでは我慢できるんやが、ほんの数週間前、新聞でこのバンドの連中が覚醒剤を常用して逮捕されたことを知ったんよ。何と、その一人にうちのがいたと報道されたんや。ある新聞は主犯格か？　と疑っておった。……これ以上の悲劇、考えられるやろか」

湊の声がくぐもった。

そういえば吉崎には、ずっと以前に、「湊には二人のお子さんがいる」と誰かに聞いた憶えがある。だが、人づてに「長男はグレて家出してしまった」とも聞いたので、努めて話題にするのを避けてきた経緯があった。

ここで、湊の口から長男のことを聞くのは、意外であった。吉崎が言葉を探すようにして言った。

「悪いことが同時多発テロのように発生したわけやね。でもそれは、よくあることではないの。早う解決せんと……これを解決するには、まず自分がコントロールできるところから始めるんが、現実的じゃない？」

この吉崎のひと言に、湊はハッとわれに返った。（そうだ、自分がコントロールできる分野から解決していくほかない……）

日陰で沈んでいたような湊の表情に、一条の光が差した。吉崎みどりの目を、まっすぐに頼もしげに湊が見据えた。

「さすが、ええことを言うね。全くその通りや。自分がコントロールできる分野、――家族、社員の生活がかかっている足元の経営の危機をまず解決しよう。そう決心せんとね」

湊の顔付きから憂いは消えていた。いつものような落ち着いた風格が戻っていた。

落ち込んでいた湊が気を取り直して、ふたたびしっかり歩み出したきっかけは、友人の吉崎みどりのひと言であった。なるほど、どれだけ悩ましい問題でも自分がコントロールできる立場になければ、悩むだけで解決はしない。普段の湊であれば、コントロールできるものから優先的に解決を図るのだが、このときばかりはその余裕、冷静さを失っていたのだ。それだけに吉崎の助言は有り難かった。

中小・零細企業がこのような苦境に陥る一因は、政治・経済体制の歪《ゆが》みにあるのだろう。しかし、この国の政治をもっとまともなものにするコントロール法は、投票以外にあるのか。いや身近な問題―最も身近な家庭の問題にしたところで、娘の晴美のように背を向けて家を出てしまった以上、コントロールはどうしたら可能だろうか。人生の伴侶のはずの妻の実子さえ、良好な信頼関係が壊れてしまってからは〝わが道を行く〟とばかりに、自分のコントロール外に去ってしまった。

解決のキーワードは、たしかに「自分のコントロール力」だ、コントロールの利《き》く分野から片付けていこう―湊はこの真理を伝えてくれた吉崎の知恵にあらためて感謝した。（彼女は俺にとって福音の伝道者だ）。湊は内心、吉崎を助言者から伝道者に格上げした。

それほど、吉崎のひと言の衝撃は大きかったのである。そしてそれは、アジテーターのかん高い声ではなく、慈愛に満ちた静かなひと言であった。

（行動に駆り立てるのは、静かな言葉だ）。湊は吉崎とのやり取りを振り返ると、こう総括した。何事も一つの区切りとなる出来事のあと、「総括」するのが、湊の習い性になっていた。

吉崎の静かな言葉の一撃で、停車していた湊の機関車が動き出した。目指すは、問題の解決である。

湊がまず解決すべきことは、火の付いた経営問題であった。これには二つのファクターがあった。仕事の喪失と、これに伴う資金手当てである。

全事業の七割近くは日芝関連だから、下手をするとそのすべてが近々失われ、借金の「負の遺産」だけが残りかねない。収入がなくなる半面、従業員の給与、社会保険料、借入金の返済費、工場設備の運転維持費、通信費、固定資産税をはじめとする税金、その他もろもろの負担がずっしりとのしかかる。

事態は一見して絶望的にも思える。しかし天災のように襲ってきたこの不条理に、応戦もせずに武装解除するわけにはいかない。

ではどうするか？　湊は事業継続を第一に考えた。事業をともかくも継続して考えていけば、いずれは活路を見出せるだろう。

（ならば、まず当座の資金ショートを防ぐところから始めなければなるまい……）。自分自身と対話しながら頭の中であれこれ考えていた湊の結論がまとまった。資金繰りさえできれば、事業はたとえ大赤字でも続けられる。

走りながら考えるのだ。

湊はただちに、あるシナリオを実行しようと思いつき、関連会社のダイア商事東京支社に行った折に、東京・大手町の中小企業金融公庫を訪れた。同公庫には三年前に設備資金用に一億六〇〇〇万円を期間五年で借り、目下返済中だ。新しい設備投資目的の名目はいまのところないため、新規の融資は受けられない。

湊のお目当ては、二〇〇〇年に施行された「中小企業経営革新支援法」であった。融資窓口の東京都商工部に電話で問い合わせたところ、「新しい経営の試み」であれば、融資に何ら問題ないと言う。そこで実際の融資を担当する中小企業金融公庫に、相談に行ったのである。

「新しい取り組み」が承認されれば、「融資が最高七億二〇〇〇万円、利率が期間七年・融資金額二億七〇〇〇万円以内で年一・二五パーセント（固定）」という破格の条件で融資を受けることができる。これを利用した友人の経営者が「長期プライムレート水準が年一・九五パーセントを見れば、絶対借りる手だ」と自慢したのを湊は憶えていた。

湊の頭にはまだ経営再建に向けた、「新しい取り組み」のプランは具体化していない。そこで、イメージとして描いている構想を先方に伝えて新規融資が受けられないものか、受けられそうなら近い将来、力になってもらえるよう、先方に依頼してみることにした。

公庫の窓口では、似たような案件を抱えているように見える経営者風の男たちが、担当者に会おうと列を作っていた。

三〇分後、小部屋の仕切りの外を通りがかった女子行員に、湊の声が聞こえた。

「……分かりました。では、経営基盤を強化するような事業内容なら、新しい試みに対して融資していただける、ということですね。具体的な新事業の中身に関しては追ってご連絡したいと思います。よろしくお願いいたします」

湊がピョコンと頭を下げ、部屋の外に出た途端、隣の別室から出てきたゴマ塩頭の恰幅の良い中年男とぶつかった。男はよろめきながら「失礼！」と右手を上げ、足早に外に去って行った。

湊はこの男を追い、公庫の正面玄関の外に出て折からの大雨に立ちすくんだ男に声を掛けた。「すみません。ちょっとお聞きしたいのですが、支援法の件で来られたのでしょうか？」

男が振り向いてニッコリと微笑んだ。

「そうですよ。でも失望しました。法の建て前と本音が違いますから。お役人のお陰で、わたしの事業がうまくいくとはとても思えません」

「非常に重要なことをおっしゃっているように思えます。よろしければ、いまからお時間を少し割いていただき、お話を聞かせてもらえないでしょうか。実はわたし、支援法案件で訪れ、さっきうっかり廊下でご無礼にも衝突してしまった者です」

「ああ、あなたでしたか。わたしも学生時代、ラグビーをやっておりましたから、ああいうショックには驚きません」とニコニコ顔で言った。「わたしのような者の話で何かお役に立てれば……よろしいですよ」

ビル内のコーヒーショップで、男は支援法を当てにして長野県から出てきたが、結果的にうまくいきそうにないことが分かった、と語り出した。

「諏訪で温泉を掘ってスパを始めようと、――そこで支援法を使って政府系から安い金利で資金を調達しようと思った。だが、さっき話を聞いてみると意外にもすんなりとは通らなかったんです」

男が「おかしい」と言う代わりに、首を右に左に回した。

「なぜかって？　公庫の担当者はこう言うんです。スパだと難しい、と。理由は、明確に言いませんでしたが、どうやら政府系金融機関が融資基準とする〝公序良俗〟に触れる可能性がある、と判断しているようです。お役所の作った基準で勝手に解釈し、融資できないとは、おかしな話じゃありませんか」

男の目が据わった。

隠された本当の理由は、業種が『浴場』だと別の政府系金融機関、国民生活金融公庫の縄張りだからかもしれなかった。国民公庫が環境衛生金融公庫を統合して以来、理髪店や銭湯への融資は国民公庫の担当分野になっている。この棲《す》み分けを無視して、中小公が融資するのは〝禁じ手〟になるからだ。

湊が役所の〝縄張り〟に言及した。

「断った理由は、中小公の縄張り外の融資に当たるからかもしれません。そこはほかの公的金融機関の受け持ちだと」

　男が右手を挙げて話を遮った。

「縄張りの外？　そうなると、すんなり通りそうにありませんな」

「その通り。彼らは縄張り内でしか仕事をしません」

　男は湊の知識に驚いた様子だったが、湊は国民生活金融公庫が環境衛生金融公庫を一九九九年に統合した経緯を、美容院を経営する吉崎みどりから聞いていた。

　当時、「わたしらの業種を管轄するおカネのお役所が今度、統合になったの」と話し、公的金融に頼る自分たちの事業もその影響を受けるかもしれない、と心配していたことを思い出したのだ。

「なるほど……そうだとすれば、格好ばかりで掛け声倒れだ。一体何のための中小企業支援法だったのか」

　男がうなだれた。

　湊は、中小公を訪れたときに貰った、支援法施行前後の融資承認案件数を示すグラフに視線をちらりと走らせた。そこには、民間銀行の貸し渋りにあってニューマネーを引き出せない中小企業が、中小企業支援の新法を根拠に融資の手を差し延べた政府系金融機関に、すぐさま殺到した数字が示されていた。

「これを見ても新法施行後、急増していますが、ハネられるケースも増えていずれ頭打ちになり、へこむでしょう。いや、もうへこんでいるかもしれない。一種の融資規制がお役所の都合で不透明な形で行われているので、融資認可がなかなか下りないとか、別の役所へタライ回しにされるケースが増えてくるからです。たとえば〝浴場〟の場合、タライ回しにされて所管の国民公庫に融資を申し入れた、としましょう。そうなると、与信枠が小さくなるから、要望通りには出てきません」

「……そういうことですか。なら、国民公庫だと、どのくらい融資されるんでしょうか」

　男が不安顔で迫った。

「おそらく最大で五〇〇万円も出ないでしょうね。スパの建設資金としては数十分の一、というところでしょう」

　湊は、これもかつて吉崎から聞いた「最大融資可能額」の数字を出した。その吉崎が根拠としたのは、美容院の新増設を念頭に、地区を回ってきた国民生活金融公庫の担当者から聞き出したものだった。

　国民生活金融公庫の融資対象は、従業員などが一定規模以下の零細・小企業に限られるため、それより大規模の中小企業が対象の中小企業金融公庫の融資額より与信枠も格段に小さくなる。

「お役所は縦割り行政に沿って業務を割り振っていますから、融通が利《き》かない。担当外は関心外、ということです。この貸し渋りのご時世では、民間企業救済のため公的金融は重要な出番になるはずです。が、実際にはこの公的機能は十分に働いていない。お役所の硬直した縦割り行政のせいで、条件が厳しくなったり、対応できずに融資困難とか不可能というケースが出てくるのです」

男が、〃納得した、合点がいった〃というふうに、うなずいた。

「国にも頼っていられませんなあ」と男が言った。「役所のご都合で決められるようでは、納得いきませんなあ。これでは当てにするわけにはいきません」

「必ずしも当てにはできないが、一応当たってみる、ということですかね」

湊が冷静に応じた。

二人が外に出たときには、先ほどの大雨がウソのように上がって、銀杏《いちょう》並木に初夏の日差しがキラキラと輝いていた。二人は別の方角に分かれ、双方とも歩きながら受け取った名刺を改めて取り出し、しげしげと見た。

湊が話した相手は「茂木完三郎」という名前の、諏訪市にある建設会社の社長であった。湊は名刺を胸の内ポケットに収めると腕時計に目をやり、早足で歩き出した。

リスム銀行は三行あるメガバンクに次ぐ地域銀行で、統合の経緯から営業の重点基盤は首都圏と大阪である。ダイア産業の二〇億円近い借入金の総額のうち二割の借入れだから、メインのいなほ銀行の七割に比べれば、ウェートははるかに小さいが、大事にしなければならない、と湊は考えた。

資金繰りでつまずかないためには、二位行をもっと活用する必要がある。まして政府系の中小公が「間違いなく貸してくれる、心配ご無用」という確信が得られない以上、リスム銀に働きかけるべきだ。リスム銀はいま、メガバンク三行に対抗するため、貸し渋り・貸し剥がしに苦しむ中小企業層に食い込もうと懸命だと聞く――東大阪に戻った湊は立てたばかりの戦略を念頭に、リスム銀行東大阪支店を訪れた。

「いやあ、社長、ご無沙汰しています。いつもお世話になっています」

応接室に通されると、人なつっこい、なじみの顔が白のワイシャツに、青地に水玉模様のネクタイをキリッと締めて現れた。担当マネジャーの沼田大介である。まだ四〇歳そこそこだが、世慣れしたベテラン行員の風格がある。陽性の思い切りのいい気質で、イエス、ノーとはっきりモノを言う、湊の好みのタイプだった。

九〇年代末に、銀行の水面下に隠された巨額の不良債権が次々に表面化したとき、当時主任だった沼田から、一つの重要な経営上のヒントを聞いた。このヒントが、その後の湊の決して忘れてはならない「経営指標」となったのだ。

その後、沼田は大阪の支店に転勤したあと、四年後に出戻りしてマネジャーに出世したのだが、沼田自身はむろん、そんなヒントのことなど忘れたに相違なかった。

しかし、湊のほうは肝《きも》に銘じていた。当時、こういう会話が沼田との間に交《か》わされたのだ。

「沼田さん、銀行の不良債権問題がここに来てクローズアップされてきましたが、そもそも全国の銀行で不良債権額はいくらくらいになりますか?」

「きちんとした統計はありません。が、各都市銀行で少なくとも二割程度は貸付金の回収不能もしくは極めて回収困難な不良債権がある、と見られています。ある大手都市銀行の担当と、この前話しましたが、そこでは少なくとも全貸付金の二割に上る数字だと言っていました。バブル経済がはじけて、いっぺんに不良債権が膨らんだわけですが、厄介なことはこれから景気が冷えるにつれ、さらに膨らむということです」

「全国の銀行の貸出額が三〇〇兆円とすると、銀行の不良債権額は、その二割相当の六〇兆円にもなりますか？

「いや、おそらくはもっと多いでしょう。われわれ融資や審査の担当者の間では、日本全体の金融機関では住専やサラ金のようなノンバンク、農協などを入れると、不良債権総額は最大で一〇〇兆円にも上る、と見ていますよ」

「一〇〇兆円？　とんでもない数字ですね。一般会計の国家予算を上回るとは、一大事ではないですか。そうなると、銀行の融資姿勢は一段と慎重になるでしょうから、危ない企業には貸さないというポリシーが徹底してきますか」

「その通りです。すでに大口のノンバンクに対しては融資規制に入っています。一般の民間企業に対しても厳しくなっていくでしょう。ただし、営業活動が縮小しないよう、銀行側は融資先をしっかり選別しなければ、となります」

「すると、銀行は取引先企業の財務内容のうちどこに目を付けてチェックするようになるんですか」

「最重要なのが営業損益です。本業でしっかり儲けているかどうか、がポイントになります。本業が赤でも、不動産や有価証券を売ったりして特別利益を出し、最終の純利益で黒字になるようにお化粧できます。なので、事業の本当の収支を見るには営業損益がポイントになります。本業の営業利益が黒字で前期比あまり変わりないなら、問題になりません」

この最後の部分、「営業損益がポイント」に、湊は注目した。以来、ダイア産業は本業部分が少しでも改善されるように、「本業に集中」の考え方で経営を進めてきた。だが、この肝心の本業が、日芝の下請け業務だったことが災いしたのである。

沼田は湊の話をひとしきり聞いたあと、すぐに反応した。

「とりあえず、新しい経営プログラムができるまで資金ショートを起こさないように考えましょう」

と、当座の運転資金に困らないように協力すると明言したのだ。これは来月末に返済期限を迎える五〇〇〇万円余の資金を返さずに借り換えられることを意味した。

これで、とりあえずは一つの関門を突破した。沼田は「日芝さんの下請けカットの件は聞いていま す。うちのお客さんの中にも影響が出ています。この件でうちは新規経営計画をお手伝いし、事業リストラや転換を支援していくことを決めています」と、いつものように明快に付け加えた。

「ただし、こういう支援をさせていただくのは、ダイアさんのようにこれまでご返済を延滞せずに誠意をもって対応いただいた優良のお取引先に限られますが……」

湊はこれを聞いて、ひと安心した。日芝の事業リストラ計画発表以来、初めての金融支援である。しかも日芝のリストラ計画についてはすでに把握していて、支援の準備を整えていた。

「助かります。訪ねて来た甲斐《かい》がありました。それにしてもリスムさんのご決断は早いですね」

「うちはメガバンクではありませんから、お客様の立場に立って対応はきめ細かく、かつ意思決定は迅速にしなければいけません。それとサービス業という〝銀行本来の顔〟を見失ってはならない、というのがわたしどもの社長の考えです」

「銀行本来の顔とは、どういう顔でしょう」

「将来性のあるベンチャーや有望な成長企業、伝統産業の地道な企業を金融面から支援していく、つまり本来の金融仲介機能を果たしていくという意味です。ほとんどの事業はハイリスク・ハイリターンの一面がありますから、健全な企業成長に協力するためには一定程度リスクを取って融資する必要があります。

高度成長時代、銀行の姿勢はいまとは随分違っていました。ホンダの草創期にヒット製品、スーパーカブの販促に際して、ホンダを見込んだメーンの三菱銀行京橋支店の若い行員が、ダイレクトメールを銀行の謄写版で印刷したり、封筒の宛名書きまでして協力したそうですよ。ところが、昨今は企業を応援するどころか黒字企業にも貸し渋り、浮いた資金で国債を買う有様ですからね。深刻なデフレ不況を招いたのは、消費税の増税ばかりではありません。銀行の貸し渋りで市中にカネが回らなくなったことが、大きな原因、とわたしどもは見ています」

沼田が胸を張って説明した。

リスム銀行は不良債権が膨らんで公的資金の導入を余儀なくされたが、このことが幹部と一般行員の危機意識を高め、メガバンクとはひと味もふた味も違う地域銀行へと脱皮しようとしていた。沼田の行動に、それが何より表れているように湊には思えた。「顧客対応はきめ細かく、かつ意思決定は迅速に」である。以前のリスムとは見違えるほど変身している。

一九九七年に発生した北海道拓殖銀行と山一証券の経営破綻で、戦後続いた護送船団式金融行政は完全に崩壊し、船団はバラバラになって敗走していた。金融自由化が、閉鎖式の日本型金融秩序を砕いたのである。

しかし、金融秩序の瓦解《がかい》は、中小企業にとっては混乱の大禍に巻き込まれることを意味した。

護送船団式秩序とは、いわば生簀《いけす》の中に魚を飼うような仕組みであった。餌をやる主人は大蔵省である。大蔵省の高官は早期退職すると、餌をやった魚のうち目をつけた見栄えのいい魚に天下って棲《す》み付く。こういう天下りの制度が護送船団式秩序と一体となり、表裏の関係にあった。

この上下の関係を象徴する存在が、都市銀行や興銀などの長期信用銀行内に特設されたポスト――「MOF担」であった。MOF担は、大蔵省銀行局などの担当官にぴったり張り付き、接待したり情報を取ったり何かと手心を加えてもらうために特設されたポジションである。

MOFとはMinistry Of Financeの略称で、大蔵省（現・財務省）を指す。MOF担には大蔵省の担当官の出身大学に対応して主に東京大学出の若いエリート行員を起用し、夜の接待で立ち入り検査の予定日を聞き出したり、金融行政のポイントと〝本音〟を探らせたりする。そして接待の翌日、「検査に入るのは来週の水曜か木曜」などと、注意情報を上司に報告するのである。

このMOF担が暗躍した過剰接待のデタラメぶりが一九九五年に一挙に表面化する。経営破綻した元信用組合理事長から東京税関長と主計局次長という大蔵省のスーパーエリート幹部二人が、自家用ジェット機で香港に招かれ、豪遊するなどの実態がメディアにスッパ抜かれた。

次いで九八年には、「ノーパンしゃぶしゃぶ事件」が発生する。大蔵省の金融検査担当室長が検査期日を探ろうとするＭＯＦ担から、しゃぶしゃぶを食べながら女性店員のノーパンのスカート内を覗く接待をひんぱんに受け、収賄していたことが発覚したのである。こうした店では、床が鏡張りだったり、高い棚にアルコール類を置いたりして、取ろうとする女性店員を下から覗けるようにしてあった。

「彼女、いいぞ。もっと見せて！」とか「足を開いて、開いて！」などと、卑猥《ひわい》な声が飛び交う。

この不祥事で、国民はとめどもない大蔵官僚の職業モラルの低下を知ったばかりでない。隠されていた金融当局の規制権限の凄さと、大蔵省と民間金融機関に繰り広げられる闇の駆け引きをも知ることとなった。

不祥事を受け、やがて大蔵省の管轄から金融の検査・監督機能が分離され、金融監督庁が新設される。さらに翌二〇〇〇年に現在の金融庁に改組されるが、財務当局者の間では金融行政を揺るがした「ノーパンしゃぶしゃぶの衝撃」が、いまも語り草となっている。

ともあれ、生簀の中で泳いでいる限り、外界のサメや大魚に襲われないで済むため、安閑としていられる。生簀の魚たちはみな飼われているから、生死を賭けた競争もなく仲間意識が強く、したがって排他意識も強く、自分たちを養ってくれる生簀への新規参入を喜ばない。

こうして金融護送船団の秩序が続く間は外資、いや国内の証券業者でさえお隣の銀行業に入り込むことはできなかった。

だが、銀行業界の内部にいるインサイダーにとって生簀に囲まれた企業環境は、痛ましい代償を伴った。多くの銀行で頭取のトップの座を大蔵省ＯＢに占拠されるばかりでない。箸《はし》の上げ下げにまで干渉すると言われた大蔵省の金融行政が、経営に重い足かせをはめたからであった。自由に経営ができない――規制のもたらすこの不自由さが、保護行政による〝存続保証〟が招いた最大の代償であった。

この「生簀内存在」は、経営の自由度を阻害し続ける結果、経営トップの社会意識や進取の意識を鈍らせてしまう重大な副作用を引き起こした。「井の中の蛙《かわず》、大海を知らず」の感覚になる。社会意識は狭小で独善的となり、進取の意識の希薄化は、何事にもリスクを避ける無責任体質をもたらした。

リスム銀行は金融自由化の荒波を受けて壊れた生簀から外界に抜け出し、したたかに生き残る途上にあった。

湊はリスム銀行からゴーの感触を得たことで、大いに安堵した。次に、この日午後五時に急きょセットされた日芝との会談に間に合わせるために、帰社を急いだ。

案の定、日芝から三人が予定時間より早めに来社し、時間ちょうどに駆けつけた湊を待ち受けた。今回は業務部長の吉田、課長の田中に加え、西日本地区の委託業務関連の最高責任者である業務本部長兼常務取締役の岡本昇一が来ていた。岡本は分かりやすく言えば、〝下請け総責任者〟である。五〇代半ばの当たりのやわらかいやり手で、早くも次期社長候補の一人と噂されていた。むろん、社長に重用され、社内では「社長の懐刀」とも言われている。

湊が昨日の朝、「業務上の件で本部長とお話しできれば、と思います。ご多忙の中を恐縮ですが、明日にもお時間をいただけないでしょうか。よろしければ、こちらからおうかがいしたいと思いますが」と田中に電話を入れたのである。しばらくして明日の夕方なら時間がとれるので、先方からダイア産業の方に出向く、との返答を得たのだった。

本部長が訪ねてくるとは意外だった。とっさに湊は、せっかくの機会を逃してはならない、と直感した。すぐさま、こう応えたのだった。

「こちらにお越しいただけるとは、恐縮です……では、お時間が夕方ですので、近くのいい雰囲気の小料理屋でお食事をしながらいかがでしょうか」

こうして思いがけず、接待とあい成ったのである。

三〇分後、近くの割烹店「魚津」の個室で、話は早くも佳境に入っていた。

「社長、経営環境の激変というのは、わたしどもの業界では日常茶飯事です。わたしどもは、これを前提に経営を考えざるを得ません。いましがた社長は、わたしどもの委託業務の中国移管で大変な影響が出る、これに伴い激変する経営環境にうまくソフトランディングしたいが、そうはいかずに厳しいハードランディングにならざるを得ない、とおっしゃいました」

岡本が身を乗り出して言った。

「僭越《せんえつ》ですが、わたしどもの経験から言わせてもらえれば、環境激変への対応は何事もハードランディングになります。ゆるやかなソフトランディングに持って行きたいが、できない。現実は時間も手段も限られているので、そうはいかない。いや、できるわけがないのです。結果、激しいクラッシュのような衝撃が、社内に走らないわけにはいきません。その衝撃を覚悟して、リストラに取り掛からねばなりません」

岡本の表情からにこやかさが消え、真剣な顔付きになった。部下の吉田と田中も、急に緊張して聞き入っている。

「わたしどもの業界は地球規模のグローバル競争にさらされていますから、〝日常変転〟、〝常在戦場〟と考えてもいい。毎日、昨日と同じことはあり得ません。毎日、新しい問題に直面している。しかし、そうした中で事業の廃止や転換を余儀なくされ、リストラを決断しなければならない経営者の心労は並大抵でない。文字通り衝撃のハードランディングを強いられるからです」

ここまで一気に話すと、岡本はギョロッとした目で湊の反応を見た。湊が言葉を継いだ。

「たしかに願望通りに、ソフトランディングとはいかないでしょう。弊社としても、ご指摘の通りハードランディングを覚悟しなければならない。しかし、その衝撃度はできるだけ小さなものにとどめたい、できるだけソフトにして社員などへのショックをやわらげたいと思うのです……まことに手前勝手なお願いですが、中国移管で失われる業務に変わる新しい仕事を考えていただけないでしょうか」

話が急速に核心部分に移った。湊京太の打ったボールを、岡本はすぐには打ち返さず、「ちょっと失礼」と中座して手洗いに立った。

岡本は戻るなり、静かに語り出した。

「湊社長のお気持ちは痛いほど分かりますが、弊社も競争の激動の中にあって、いまは確たるお約束はできません。が、要《い》らなくなった仕事が出てくる半面、新しく必要になった仕事もどんどん出てきます。その中からお役に立てるかどうか約束はできませんが、何かを見つけて御社にお願いできるように努力します」

そう言うと、岡本は両脇にいる部下二人を見やって「いいね、頼むよ」と声を掛けた。二人は頭を小さく下げ、「分かりました」と応じた。

話が一段落したところで、湊はあらかじめ想定していた質問を思い切って発してみることにした。これは、親会社の都合による一方的な業務委託関係の突然の取り止めは、果たして法的に許されるものか、という問いであった。一番聞いてみたかった問いである。

「ところで、このような唐突な業務契約の行き先変更は法的には何ら問題ない、ということでしょうか？」

岡本の口元がピクッと動いて、目が座ったようだった。それから間を少しおいて、慎重に語り出した。

「わたしどもには、専門家から成るリーガル部門があります。コンプライアンス審査室というところです。そこで、すべての案件を第三者の立場から社外専門家の意見を含め慎重に審査します。本件もむろん、審査の対象となり、法令に照らして問題がないかどうか、時間をかけて検討、審査されました。その結果、問題は全くない、という結論を得たと聞いています。

これとは別に、わたしどもの部署の者も、同業他社様の動きを比較検討してみました。結果は、中国への業務移管に関しては多くの大手製造業ですでに着手され、わたしどもに先んじて推進していることが分かりました。グローバル経営に長けた月産自動車などはその先駆例です。コンプライアンスに関しては、何ら問題ないというのが、わたしどもの見解です」

岡本が会社の公式見解を簡潔に代弁した。

湊は当然、「全く問題ない」と回答してくることを予期していた。だから意外でも何でもなかったが、質問の真意は「法令の面から問題があるかないか」を、日芝側がどこまで真剣に考えたのか、を知るところにあった。質問はこのことを知るために出した〝踏み絵〟みたいなものだったのである。

ともあれ、日芝のコンプライアンス審査室の審査結果によれば、判定は「シロ」とされたのだ。であれば、仮に法律違反と訴えて争ったとしても、勝ち目はありそうにない、ということかもしれない

――翌日、湊は現実的に考えてみた。

(しかし……)と、さらに考え直した。(現実はシロと判定されるかもしれないが、こうしたケースがさらにひんぱんに起き、とばっちりを受ける中小企業が急増し、倒産増や雇用減の形で社会問題化してくれれば、裁判所の判断も変わってくる可能性があるだろう)。湊はそう思い、「先方はシロ」で

も、自分としては態度を「なお保留」と位置付けることとした。

これは、シロともクロとも言えない「グレー」の意味である。戦闘モードに入ることを保留した、ということである。

湊が法的に問題視したのは、この業務委託関係の突然の取り止めは「不公正な取引」の疑いあり、と見たからである。下請けの中小企業経営者が親会社に取引上、不当に圧迫されていると感じたときには普通、二つの法律が援軍となって現れる。

一つは、通称「下請け法」と呼ばれる、「下請代金支払遅延等防止法」である。これは親会社が下請け会社に委託して製造させた物品の受け取りを、「在庫がまだあるから要らない」などと言って拒否したり、下請け代金の全額支払いを物品・サービスを受け取った日から六〇日以内に支払わない行為を禁じたりしている。

もう一つが、いわゆる独占禁止法、通称「独禁法」だ。この法律の中に「優越的地位の乱用」を禁じる規定があり、これに抵触すると公正取引委員会から排除命令を受けることとなる。

湊は、日芝の行為がこの「優越的地位の乱用」と見なされる、公取委が告示した五つの定めのうち、「相手方に不利益となるように取引条件を設定し、または変更すること」に該当するのではないか、と睨んだのだ。

独禁法の「優先的地位の乱用」規定が広く知られるようになったのは、金融機関や大手小売り業者が問題を多発させてきたからである。

圧倒的に優越な立場にあるのを背景に、たとえば金融機関が借り手の企業から「借り入れの申し出」がないのに借りるように要求する。融資金四〇〇〇万円を返したら要望する一億円を改めて貸す、と約束しながら、返済しても融資せずに、中小企業を倒産に追いやる。また大手小売業者が、店舗ごとの販売目標金額を達成するため納入業者に対し販売する商品の購入を要求する。このようなケースが一九九〇年代末から続発するようになり、社会問題化してきたのである。

湊にとって、日芝の行為に対応していく上で、先方の法的認識を知っておくことは欠かせない。

結局、急ごしらえしたせっかくの接待だったが、空振りであった。湊が期待した具体的な成果は何一つ出てこなかった。(今後、スポットの一時の注文は舞い込むかもしれないが、コスト上の理由からおそらく長続きする仕事は来ないだろう)と、湊は見通した。

その悲観の根拠は、岡本が話の中で二度も「約束はできない」と言ったことにあった。もしも本気で考えているなら、そうは言わずに手を差し延べ、具体的な申し出や提案に踏み込んでくるはずだ、と湊は考えた。

日芝は初めから自分たちの利益しか念頭にないか、よく解釈しても、下請けのことまで考える余裕がないか、のどちらかだろう。

(いよいよハードランディングの準備に取り掛からなければならない)。不安を払いのけるように、湊の腹が決まった。

第三章

冬の旅

明日で一八歳を迎える湊晴美は、目の前に広がる洗面台の大きな鏡に映る自分の裸身をしげしげと眺めた。「きれい……美術書で見たアングルの絵みたい」と小声で嬉しげにつぶやき、うねるような脇腹をポンッと叩いた。

晴美はいつか図書館で出会って感動した、ジャン・オーギュスト・ドミニク・アングルの「水瓶を持つ少女」のヌード姿に自身をなぞらえたのだ。少女は「泉の精」として描かれている。アングルは一九世紀のフランス新古典派を代表する画家である。

晴美はその絵画の少女が見せたように、一糸まとわない自然の姿で鏡の前に立っていた。均整のとれた、眩しいほどに白く引き締まった全身、ほどよく盛り上がった乳房とピンクの小さな乳首、丸味を微《かす》かに帯びた腰としなやかなくびれ——彼女の視線がナルチスのように、鏡の中の自分をなで回した。

「これでいける」と納得顔でつぶやくと、晴美は衣服を身に付けた。行き先は、近鉄・八戸ノ里駅に近いイタリアン・レストランである。司馬遼太郎記念館が、歩いて一〇分ほどのところにある。

お相手は、しばらく会っていない吉崎みどりだった。

吉崎と最後に会ったのは、家出する一カ月ほど前だった。彼女の経営する美容院で髪をカットした際である。その後、二人ともそのときに交わしたやりとりを憶《おぼ》えていた。晴美の髪をとかしながら、吉崎が語りかけ、会話が弾んだ——。

「晴美さん、すっかり綺麗になりはって……」

「本当ですか！　綺麗になるって、わたしにとっていいこと。ハッピーやわ。美は幸福を作る――これってわたしの彼氏が言った言葉、いい言葉でしょう。でも必ずしもそうでない、逆の人もいる。わたしの父は、娘が女っぽく、綺麗になるほど心配するみたい……」

「それは父親の立場だからでしょ。女の美しさは男を知らないうちに引き寄せて誘惑してしまうからね。危険でもあるんよ。晴美さんみたいに、蕾《つぼみ》が開くように急に綺麗になれば、どんな父親でも心配が先に立って、ソワソワするやろね」

そう言うと、二人とも父親の湊京太の心配顔を思い浮かべて吹き出したのだった。

湊晴美は失踪後、恋人との同居先から仲の良かった吉崎に電話を入れている。だが、吉崎は晴美との約束を守ってこのことを湊には知らせていない。晴美は、「家を飛び出したけれど、元気にしている」と言って、父や母のことなどについて聞いてきたのだ。吉崎は陽気で開けっぴろげに見えるが、肝心なところでは口が固く、約束を守ることを、晴美は見抜いて頼ったのである。

晴美自身や彼女の両親のことで、万一何かが起こった場合、二人のホットラインが働くはずだった。晴美はこれを巧みに利用していた。母の代わりに吉崎から、世の中を渡っていくための〝生活の常識と知恵〟を仕入れたのである。

吉崎の方はといえば、普通の軌道を外れた晴美がまともな方向に向かい、本当の幸福をつかんでもらいたい、と祈るような気持ちだったから、ホットラインの開通は「渡りに船」であった。晴美の信頼を得て自分が役立てば、晴美にとってはむろん、晴美の両親にとっても嬉しい話にちがいない。それはとりわけ、事業の苦労で心配事がめっきり増えた父親に好影響を及ぼすはず、と吉崎は読んだ。

「晴美さん、あなた今月、お誕生日のはずよね。お祝いにお昼を一緒にどう?」

吉崎はそう言って晴美を誘い出したのである。

その日の昼、イタリアン・レストラン「マストロヤンニ」で、二人は話を弾ませていた。

「ほんと、晴美さんが意外と元気なんで、ちょっと予測が外れたわ。てっきり苦労されて、痩せこけてるんと違うかと思った」

吉崎の目が笑った。

「ドッコイ、元気やった。でも正直、カラ元気の面もあるわ。生活、結構、大変なんよ」

晴美があっけらかんと答え、近況を説明した。

それによると、晴美は駆け落ちしてタツさんと同居したまでは良かったが、いよいよ日常生活を始める段になると、先立つものがないことが分かった。二人合わせても貯金は二〇万円にも足りない。「何とかなるよ」とタツさんに背を押されて、晴美は思い切ったつもりだったが、これではタツさんが間借りしているアパートの家賃を差し引けば一カ月ともたない。

実に浅はかだった、もう少し慎重にやればよかった。といっても、タツさんが好きだから、二人していまのパート仕事を続け、いずれきちんとした仕事を見つけ、結婚したい。コツコツとまじめにやっていけば、きっと良くなる——。

ざっと、こう言ったのである。吉崎は話を聞いて、(思った通り、生活はかなり厳しそう。でも、二人とも手を取ってしっかりやる気だから、〝短期悲観・長期楽観〟ということかな……）と内心、こう結論した。（今日のところは話を聞くことが目的やから、目的は一応達成した）。吉崎はそう思うと、晴美に言った。

「あんたたちのこと、よく分かったわ。これからも何でも相談して。二人して頑張ってやっていけば道は必ず開けます。ハイ、明日は晴美さん、あなたの一八歳の誕生日。おめでとうございます。生んで育ててくれたお父さん、お母さんにも感謝よ。これ、ちょっとした贈り物。あなたが気に入っていた化粧水」

そう言って吉崎は、美容院で人気の高い化粧水を入れた赤のリボンのかかった小箱を晴美に手渡した。

「アッ、あのラベンダーの香がする化粧水……」

晴美の目が輝いた。

「晴美さん、あなたのきれいな髪の手入れをしてあげたい。ぜひまた来て。お父さんと通りでバッタリ会わないで済む時間を見計らって……」

吉崎の声が、まろやかに響いた。

晴美と分かれたあと、吉崎みどりは「娘の晴美と父親の京太」をふたたび結び付けるための想を練りながら帰途についた。

日芝の通告通り委託業務は次々に引き上げられ、ダイア産業の売上げは下落の一途をたどった。日芝からは一件の検査委託業務の注文が入ったが、スポットもので短期契約に終わり、一時の収入にしかならなかった。

唯一の明るい材料は、子会社のダイア商事の業績が目に見えて上向いてきたことだった。

ダイア商事は、電子機器部品を販売するダイア産業の完全子会社で、年商はダイア産業の二分の一の三〇億円余、社員四〇人足らずの会社である。日芝向けに製造した特定部品を一般向けの汎用部品に加工して広く売り出すことで、売上げ・利益を大きく伸ばしていた。このダイア産業製品を核に、先端型の電機部品を仕入れて全国の一般ユーザーに販売していた。

電機産業は需給のギャップが大きいため、機器の増産が一定水準を超えると、たちまち必要な部品が足りなくなる事態に見舞われる。こういう需給ひっ迫時にダイア商事が「玉」を供給し、ユーザーから感謝されるのである。だから電機業界にとって、ダイア商事は緊急の増産時になくてはならない存在であった。ここにダイア商事の存在価値と収益の源泉があった。

湊京太は、父八平が設立したこの販売会社の経営を、ダイア産業で自分の番頭役を務めて定年退職した香川真一に任せていた。社長の香川は湊の信頼に応え、堅実一途の経営を心掛けた。

その甲斐あって、同社はこのところ毎年、六〇〇〇～八〇〇〇万円前後の経常利益を計上していた。「赤字は創業以来、いままで一度もない」というのが、滅多に自慢したり偉ぶったりしない香川が、酒の席で唯一見せる自慢であった。

この香川が、湊の期待に応えたのである。

香川は人生と会社経験において、湊の大先輩であった。東京生まれの東京育ちだが、最初に就職した金属加工会社の大阪支店に勤務していたとき、取引関係にあった湊八平に仕事ぶりが気に入られ、引き抜かれたのである。

湊京太は経営の方向を巡り大きな迷いが生じると、よく香川を呼び出した。香川はかつての番頭役時代と変わらない謙虚さで相談に応じ、決まって湊の悩みを解決し、和《やわ》らげてくれるのだった。

「こういうのはよくあるケースです」とか「こういう問題は以前にもありました」と始めて負担を軽くしてみせ、それから「当時は、このように解決した」とか「過去の事例からすると、こういう解決が考えられます」と持ってゆく。これが経験談を中心にした香川流の説得術であった。

香川の穏やかな話がひと通り終わると、湊は厳しかった表情をほころばせる。そして、あるときなど、こう言ったのである。

「頭に乗っかっていた重しが、取りのけられた気分だよ」

香川が社内で女子社員から「ジイヤ」とあだ名されるのも、実際より一〇歳も年上の七〇代半ばに見られるからばかりでない。誰もが感心してしまう「賢者の知恵」を身に付けているからだった。この知恵はむろん、古くからの知識だけで成り立っているわけではなかった。ＩＴの最新知識もたっぷり含まれていた。若い社員の好奇心や疑問にも、新しい知恵で応えるのである。

湊自身、香川を「賢者」と呼んでいた。そして全幅の信頼を寄せていたことから、自らの窮状を包まずに明かすことができる、数少ない一人であった。

香川は親会社の窮状を知って、早速側面から援護射撃に出た。ダイア産業の連結対象となる自分の子会社の業績を、目に見えて良くすること。これが親会社の苦境を援護する〝最上の一手〟と考え、ただちに対応したのだった。

「ジイヤが急に若返りはった」と女子社員から陰口を叩かれるくらいに、香川は敏捷に動き出した。対応の第一弾は、注文がなくなり減産を余儀なくされる親会社から、余剰となる社員のうち営業活動に役立ちそうな者を引き抜き、移籍させることだった。

こうしてダイア産業への日芝の委託業務がなくなるまでに、まず七人の社員が「商事」に移った。若手から熟年に至る、この〝七人の侍〟が期待した以上に活躍したのである。

営業活動の成果は、じかに数字となって表れる。売上高、利益額が彼らの入社した三カ月後から伸び出し、半年後には目に見えて増えた。前年同月比で二割も、売上高が急増したのである。重い暗雲に覆われていたダイア産業グループに、雲間から一条の光が差し込んだかに見えた。

販売面の急伸は、商事に移った〝七人の侍〟の活躍によることは、両社の社員の誰もが認めていた。だが、この異動人事は、人選を含めすべて湊が熟考し、決断したものだ。

もう一つ、湊が経営者としての腕前を見せたのが商品開発である。営業マンがいくら優秀でも売る商品・サービスが悪ければ、所詮は勢いよく始まった売上げ増も長続きしない。いやそれどころか、扱う商品が劣後していれば結局信用を失い、命取りにもなる。

湊はこのことを十分にわきまえていたので、〝七人の侍〟らセールス要員に優れた独自商品を提供する準備を早急に進めなければ、と考えた。

といっても、国内他社や海外からそれを調達するわけではない。いまの時代、「右から左に」売るだけでは、同じ物や似た物を売る競合他社との価格競争に巻き込まれるのが落ちである。これでは利益を生むわけがない。ユニーク性があり、コストパフォーマンスに優れた独自商品は、自らが商品開発しなければならないのだ。

湊はダイア産業が手掛ける商品開発の基本路線を、これまで蓄積した技術の延長線上に位置付けた。この開発路線によって失敗のリスクを最小限にし、要するコストも最小に抑えられる、と読んだ。

具体的には、商品開発の切っ先をかつて開発した日芝の特注品の一般ユーザー用汎用品への改造に向けた。幸い、日芝から手に入れた特注製品の各種図面の一部も手元に残っている。湊はこうした製造ノウハウのすべてを汎用品向けに転用して立派な完成品を作るよう、工場現場に命じたのである。

日芝の特注品を一般品に作り替えることによって、一般ユーザーが増えるばかりでない。ゆくゆくは輸出にも打って出られる。また、その研究開発で、従来は三本ずつ使っていたボルトやナットを各二本にする、といった工程簡素化も実現していった。これが作業能率の向上とコスト削減をもたらしたのである。結果、製造コストは平均して二割近くも縮減した。

このようにして、ダイア産業の商品開発能力は経営の大ピンチをきっかけに一段と向上した。つれてダイア商事の販売も活気づいた。ピンチがチャンスに変わったのである。

再建に疑心暗鬼だった出入り業者の中にも、この変化に気づいた者がいた。湊がある日、自社工場を見回っていたとき、たまたまクレーム処理で現場に駆けつけていた旧知の鋳造部品メーカーの部長が声を掛けてきた。

「ご迷惑をおかけして申し訳ありませんでした。ご連絡が早かったお陰で、ラインを切らさずに間に合わせることができました。……それにしても工場に活気が戻られ、何よりです。やはり賑わいはいいですね」

外から見ても、死んだかに見えた工場が再び立ち上がってきたことが分かったのだ。

だが、すこぶる好調な滑り出しをした矢先に、「好事魔多し《こうじまおおし》」が、現実となる。ジイヤが脇を固めて事に臨むことが必要だと諭《さと》す折によく言っていたフレーズだった。

その日、いつもとは反対に、香川の方から湊に電話が入った。その声が普段より大分低く、聞き取りにくい。

「いま、お時間とれるようでしたら、これからおうかがいしたい」

何事か、と湊は一瞬、身構えたが、すぐに思い直した。子会社のダイア商事本社は、ダイア産業の本社・工場敷地内にあってほとんど隣接しているため、お互いに訪問するのに五分とかからない。電話で長話をする必要はない。賢者から直接聞いてみよう。

このようにして、まもなく湊は事の顛末《てんまつ》を香川から知った。香川が珍しくあわてた様子でやって来たのには、理由があった。

「大変、厄介なことが起こりました。研磨材の大手仕入先ジェロモの営業部長から突然、『御社の担保が少ない。担保を増やさなければ一年以内に取引を中止したい』と通告してきたのです。わが社の担保はすべて銀行に押さえられていますから、担保を増やしようがない。困ったことです」

香川の声が急に細くなり、力なく沈んだ。賢者らしい落ち着きは、失せている。

ジェロモがこれを決めたきっかけは、どうやら日芝からの受注が打ち切られた、との情報を業界関係者から聞いたためらしかった。

「これまで支払いに何の問題もなかったはずですが、どうして突然そういうことになるのでしょう」

湊と同じように訝《いぶか》る香川に、先方の営業部長はこう答えたという。

「聞くところによると、日芝さんからのお仕事がそっくり中国に移されたとか。むろん、いまから言うことが実際にあるとは考えていませんが、弊社としては念のため万一のリスクに備えなければなりません。これはわたしどもの責任範囲ですが、昨年来、売掛金の回収不能で随分苦しみました。弊社としては今後、石橋を叩いて渡る式に慎重に取引していくことに改めた次第です」

今度は湊が、「賢者」になり代わった。香川の細い目が、リスポンス（返事）を求めて見開いている。湊が静かに言った。

「こちらに聞きもせず、簡単に決めたものだな。おそらく要注意と見た取引先には、一律に線引きして同じようにやっているんだろう」。湊はひと息入れると、キッパリした口調で続けた。

「たしかに厄介な事態がまた増えた。対応を一日考えてみよう。明日の午後、連絡する。一つはっきりしていることは、親会社、銀行に続いて、今度は仕入先からもイエローカードを突きつけられたことだ。この重大なチャレンジを跳ね返さなければならない」

自らに言い聞かせるように、湊が「賢者」に静かに言った。

ジェロモは東大阪市に本社を置く有力上場企業で、主力の半導体ウエハ研磨材で知られる。かつて業績は好調だったが、日本の半導体企業が韓国勢の攻勢を受けて世界トップの座から転げ落ちるとともに、ジェロモの業績も悪化していった。

昨今は急増させた設備投資の償却費に加え、原料ジルコンの価格高騰も、業績を下押しした。ジェロモ自体が、日本の半導体産業の衰退の中で翻弄され、何とかして浮かび上がろうともがいているのだった。

(だが、だからといって、事前の事情聴取や連絡もなく、突然、取引き打ち切りを通告してくるとは、けしからん)と、湊は憤慨した。(日本の経済界全体が浮き足立ち、目先のことしか考えられなくなっている。危険きわまりない)とも憤った。そして、(強き者の矛先《ほこさき》がわれら弱き者に突きつけられる。節操なき弱肉強食だ。ますます許せない)。湊は独り歩き回って、対策に考えを巡らせた。

夜通し考えて、ウトウトと浅い眠りのあと湊はふと思い当たった。

「これが連立方程式を解くカギだ。社会全体が、恐竜がのし歩いた弱肉強食のジュラ期に退化したのだ。もはや国は頼りにならない。何者も頼りにできない。われわれを保護してくれるはずの政府は、右往左往するばかりで存在感をなくし、世の中から消えてなくなったかのようだ。とどのつまり、自分自身を頼るしかない？　これは、何とも恐ろしく不安なことだ」と、独りつぶやいた。「独語症」

と自分をあざ笑った通り、自分自身に言い聞かせるように、深夜にまたブツブツと言葉を発したのだった。

翌日——。湊は、なぜか爽快な気分で起床した。それは、ある種の認識に到達し、腹をくる覚悟ができたように思えたからだった。（もしかしたら、ゴータマ・仏陀《ぶっだ》の悟りも同じような心境だったかもしれないな）と、湊は顔を洗いながら想像した。（思うに、わが人生のある種のターニング・ポイントと言えるかもしれない……）

「あんた、ご飯よ」と突然、妻の実子の声が階下から聞こえた。この声が、彼女の最近の体調の回復を何より物語っている。機嫌がいいとき、彼女は春の日の小鳥のように—多少、うるさいこともあるが—心地よい声を響かせる。今朝はどうやら上機嫌のようだ、と京太は思った。京太は髭《ひげ》を剃ることを優先することに決め、四枚刃のカミソリで手入れしながら、その先を考えた。

（実子に関する限り、最悪の状況は去った。彼女が市立病院を退院して以来、確実に快方に向かっている。いまはそっと見守っておいて、自然な回復を待つのが最善の道だろう。であれば、心配させるような話は一切せずに、何事もないかのように振る舞うのが重要だ）

湊はこう結論すると、初めて声を上げた。「いま行く」。

「ご飯よ」と実子が呼びかけてから、この応答までにゆうに三分も経っていた。階下からクスクスと笑い声が聞こえた。それから快活な声が続いた。

「あんた、何か考え事でもしてはったんでしょ？」

事業は厳しい状況だが、家庭の方は実子の回復で明るさが戻りつつあった。医師が指摘するには、実子は心労から一時的に神経を病《や》んだが、気分を落ち着かせ、体力を回復していけば、心配はいらない、必ず健康を取り戻せる、ということだ。自分もこのことを十分わきまえて、医師の助言を守っていこう――湊は、こう自らに誓ったのだった。

一〇分後、湊は実子と平和な気持ちで食事をしていた。シューベルトの歌曲「美しき水車小屋の娘」が聞こえてきた。実子がCDの中から、選曲したのである。二人は久しぶりに、若い頃、一緒にこれをコンサートホールで聴いたことを思い出した。

「ほんと、思い出すわね。懐かしい。愛の歓喜を歌うところ……シューベルトって、本当にロマンティスト。聞いていて感傷的になってしまう」

「彼は汚れを知らん天使みたいなイメージやね。これも素晴らしいけど、いまの僕には『冬の旅』がぴったりや」

「冬の旅」――シューベルトは三〇歳の一八二七年に完成するや、友人らを招待し、「君たちがぞっとするような感じの歌曲集を聴かせよう」と語っている。全篇が「水車小屋の娘」とは対照的に、重く暗い気分に包まれた曲だった。

「シューベルトが純粋に見えるのは、三〇そこそこで若死にしたせいかな。世俗に汚染されへんかったから、きっと純粋でいられたんやね」

「その通り。だが、彼は純情すぎて破滅した。悪い仲間に〝いい所に連れてってやる〟とそそのかされて一緒に行った先が売春宿。そこで娼婦から梅毒を移された。当時、梅毒治療に水銀を使っていたが、水銀で中毒症状を起こして若死にしてしまったんや」

「へえー、それって本当の話？」。実子は、ひどく興味を惹かれたようだった。

ベーコンにスクランブルエッグ、サラダにトースト、それにコーヒーと、満足のいく朝食を終えたとき、京太は気力が甦るのを感じた。それは実子も同様だった。


出社するなり湊は早速、友人の弁護士に電話を入れた。彼とは米国留学時代に知り合った。保守派と目されているが、法的知識と経験に富んだ有能な弁護士として評判が高い。

三〇分ほど彼と話したあと、湊は次に香川に電話して昨日の案件をふたたび取り上げ、検討したい旨、伝えた。まもなく香川がやって来た。

「香川さん、今後の一つの方向が頭の中でようやくまとまった。まず、われわれが当面する法的な問題点――つまり日芝の委託業務の突然の取り止め、ジェロモの突然の担保増し要求、このいずれもが独禁法で禁止された優越的地位の乱用に該当する疑いがある。そこで、この違法性の面から争うことも考えなければならない」

ここで、湊は息を継いで、香川の反応を探った。香川は、感情を押し殺して聞いている。

「ところが、専門家によれば、法的な追及は現時点では難しい、という。どういうことか？　旧知の弁護士の話をいましがた聞いたが、違法性の立証が困難な上に事業継続の観点から、提訴するような敵対的な行動は自制した方がいい。そういう話だった。法的に訴えようにも、勝算あってのことだが、あまりない。理由は、日芝の場合のように、契約書を交《か》わすなどして取引条件が明示されていたわけでないからだ。

だから〝相手方に不利益になるように取引条件を変更した〟という『優越的地位の乱用規定』には抵触しないだろう。そもそも前提となる取引条件なるものが存在しなかった。ジェロモの担保増し要求も、理不尽に見えるが、これも担保提供を取引条件にすることは法律に決められているわけではない。商慣行として力関係で行われてきたにすぎない。嫌なら取引しなければいい、ということにもなるから、法律の問題ではなく、応じるか応じられないか、応じられなければほかの条件ではどうか、という問題になる。弁護士はそう指摘していた。専門家の判断は以上の通りです」

「なるほど……」

香川がうなずいた。湊が続けた。

「弁護士の結論としては、こうした不公正的な取引が増えていき社会問題となって燃え上がれば、司法の判断も変わってくる。しかし、いまの時点で法的に争うのは勝算もないし、賢明でない――と言う。そこでダイアとしては、事業継続を第一に考え、当面は事業リストラと資金繰り、新規顧客開拓、ゆくゆくは将来性に富んだ新規事業に乗り出す。幸い工場の敷地はざっと二〇〇〇坪ある。この資産を財源創出に有効活用することだと……」

香川が「おっしゃる通りです」と賛同し、ジェロモの要求に対しては、これに応じられないとして気長に条件交渉に入ることを確認したのだった。

　これで態勢を備え、次なる手を―と気を引き締め、事務仕事に取りかかった直後、湊の机上の直通電話が鳴った。いなほ銀行の前田からだ。例によって、「明日の午前にもご融資の件でお会いしたい」とせっついて来た。

　湊は日程を、「一週間後」に会う段取りにした。銀行は急いで処理したいのだろうが、そうはさせない。相手のペースにはまってはならない。銀行側の望む進行劇を故意に遅らせる必要があると考えた湊は、ワンテンポずらすことを図った。

　一週間後、銀行側から前回の亀山支店長、前田主任に加え、本店審査部長の代田進の三人が訪れた。代田は初めてである。

　議題は予想がついた。翌月末に期間五年の長期借り入れ金五〇〇〇万円の借換期限が来るからだ。「借り換え」というのは、こちらの都合で毎年要請し、受け入れてもらった性質のカネだから、先方が借り換えに応じなければこの五〇〇〇万円は返さなければならない。しかし、そんな余裕はないから、湊は従前のように返済予定額をふたたび借りる「借り換え」を、何としても実現しなければ資金繰りがつかなくなる、と心配していた。日芝からの入金が月ごとに細くなっていたからだ。

　この会合に先立つ三日前。ダイア産業への融資取り組みを巡って本店審査部のトップ、代田と支店長、亀山の間で話し合いが持たれた。テーマは、日芝の委託業務打ち切りを受け、財務内容の悪化が懸念されるダイア産業に銀行としてどう対応するか、である。すでに基本線は、本店の情報処理センターの中央処理コンピューターが打ち出した「財務分析表」が示していた。ダイアの債権は「要注意債権」である。これが表示されると、各支店は一定程度の貸し出し抑制、つまり貸し渋りに入らなければならないルールとなっている。

判定は覆されない。ただし、いつからどの程度、どういう条件を付けて貸し渋るかは、審査部と支店長の判断に委ねられている。事実上、この日の代田と亀山の協議で貸し出し計画が具体化されるはずだった。

亀山が副支店長を従え、財務分析表をペンで追いながら発言した。

「ダイアは厳しい財務見通しなので、相当程度貸し出しを抑える必要があります。親会社の日芝が方針通りに中国移管を進めれば、やがて干上がることは間違いない。支店としては迅速に債権保全の措置を講じる必要があると考えます」

「そうせざるを得ないでしょうね。で、どういう手順でいくかです」と代田が早速、方法論に入った。

「これまでの成功例からいくと、どういう手順が適当ですかね。先方の社長は、説得にかなり骨の折れるタイプです。できれば段階を踏んでやっていった方が得策と思われます」

「ごもっともです。最も一般的なシナリオはざっくり言うと、先方に再建計画をまず出させる。次いでこれを精査して足りないところを補足させ、ただちに実行させる。これをフォローしていき、具体的な効果がどの程度現れるかで、次のステップを考える。ざっとこうなります」

「その再建計画のポイントとなるものは？」

「むろん経費の削減と売上げのリカバリーです。が、売上げのリカバリーは困難な場合が多いし時間もかかります。即効性を持たせるには、経費カットに頼らざるを得ません」

「となると、人員整理を柱とするリストラですか？」

「そうなります」。代田が冷然と言い放った。

「成功ケースを見ると……」

代田が、傍らの審査課長に合図して、手持ちの「参考資料」を支店側の二人に配らせた。

「これをご覧下さい。経営再建計画が成功してそのまま継続したケースは、全体の一割にも満たない。いや、この一割弱のほとんどに対してもただちに貸出金利を引き上げ、リスク対応の第一段階に入っています。残り九割強は経営再建計画が順調にいっていない。一部はその後、ドロップアウトして倒産に至っています。これに伴い当行の貸し倒れが大きく増えています」

代田が苦虫を噛みつぶした。

「このような実勢から、経営再建の経過をまず見守る必要があります。過大な期待は禁物です。人員整理のリストラを断行したところでも、その後業績が一層悪化して経営破綻がむしろ早まったケースもある。一つだけ、はっきり言えることは……」

代田の鋭い目が、亀山を見据えた。

「はっきり言えることは、経営再建計画を作成させ、この効果をしっかりフォローしていくことです。効果が上がらないようだと、早めに見極めを付ける必要があります。ずるずると貸し込んで傷を大きくするケースが、あまりに多い。相手方をひんぱんに訪れ、良い方向に向かっているか悪い方向かを、接近戦に持ち込んで肌で感じることです。悪い方向なら、すぐに処置する」

亀山に対ダイア産業の作戦イメージが急に浮かび上がった。

「なるほど、接近戦ですか」

亀山の脳裡に、自分をジッと正視する湊の顔が思い浮かんだ。

「そう、接近戦です。先方の身近に張り付いて観察することです。すると、経営動向が手に取るように分かる。それによって融資対応をきめ細かく考える。低空飛行が長続きしそうなら、長期貸し付け分を回収して短期でつなぐように検討する。業績が上向いて持続するようなら、前向きの融資方針に切り替える。同時に、積極的にデリバティブを売り込んでいく。このようなシナリオが考えられます」

代田の言葉に、亀山がいちいちうなずいた。

銀行から支店長ら三人の来訪者を迎えた湊の頭には、借入金の「五〇〇〇万円」の調達のことがこびりついている。

こちらが借り換えをどんなに望んだところで、決めるのは銀行である。銀行が頭をタテに振らなければ、その五〇〇〇万円分をどこからか調達して銀行に返済しなければならない。リスム銀行など他行を回って頼み込む手も考えられるが、突然の話だけに、実現は難しい。

（とにかく平身低頭、いなほ銀行に頼んでみるしかない……）

湊はまた、胃の辺りがおかしくなる感覚に襲われた。

亀山がひとしきり景気の話をしたあと、本題に入った。

「社長、来月一一月末に五〇〇〇万円の長期資金の償還期限が来ますが、いかがされましょう？」

亀山が正面から湊を見据えた。

「借り換えができれば助かります。お願いできますでしょうか？」

「わたしども、検討させてもらいました。いろいろと厳しい事情があり、ぶちまけた話、内部的にも議論が分かれました。が、今回、御社が〝どうしても〟と希望されるのであれば、借り換えに応じることとしました」。亀山が持って回ったように答えた。

「そうしていただければ何よりです。有り難うございます」

「御社は来月に創立五〇周年を祝うご予定と聞いております。わたしどもとしては、さらなるご発展を祈念してご支援したいと考えた次第です」

亀山はそう言うと、破顔一笑し、鋭い犬歯を覗かせた。

「ありがたいお話です」と湊がふたたび神妙に頭を下げた。

「ただし……」と、これを制するように亀山が続けた。

「条件があります。まず金利をコンマ七五パーセント引き上げ、年三・二五パーセントとしていただきたい。期間も一年としていただく。これでお願いしたいと考えますが、いかがでしょう」

「そうですか……」

湊は唐突な条件変更に不満だったが、断るわけにもいかない。静かに言った。

「もう一段、金利を引き下げていただけないでしょうか？　〇・七五パーセントのアップは、昨今のデフレ状況を考えると、非常な大幅です。これを何とか年三パーセント程度に……」

「では、社長のたってのご要請とあれば、年三・二〇パーセントに、わたしの独断で決めましょう。期間は一年。これで、よろしいでしょうか」

「分かりました」と、湊はうなだれた。

銀行の「優越的地位」が、はっきり印された瞬間だった。

しかし、借入条件は悪くなったが、これでともかくも資金ショートは免れたのである。（正直、ホッとした）というのが、のちに香川に漏らした湊の偽らざる気持ちだった。

「ところで以前に見せていただいた経営再建計画案ですが……」

いままで黙って聞き役に回っていた審査部長の代田の野太い声が、井戸の中から響くように聞こえてきた。再建計画のチェックが、代田の担当分野らしい。

「これではイメージとしては分かりますが、計画の大枠にとどまっていて、具体性に欠けます。たとえば、事業リストラ計画。『人件費の削減』項目がありますが、その具体策が明記されていません。収入の面でも新規顧客開拓による収入増を計画していますが、その中身には触れていません。具体的でないと、計画とは言えないですよ」

黒いスーツを着た端正な代田の表情が険しくなった。

「まだ詳細は詰め切っていません。重要なことなので慎重に対応しなければなりませんし、このアウトラインに沿って、一つひとつ検討を進めていきたいと考えています」

それから付け加えた。

「この大枠は骨組みですので、これに肉を付け、血を通わせていきます」

湊が断言すると、代田が追い打ちをかけた。

「もう一つお尋ねしたいのは将来の新規計画ですが、これをもう少し説明していただけないでしょうか」

「まだ構想の段階で決まったわけではありませんが、一つの候補として高齢者向けのメディカルケアサービスなるものを考えています。社会の少子高齢化はこれから加速していきます。あと数年もすれば、六五歳以上の高齢者の比率は、四人に一人ほどになります。当然、医療や介護ケアサービスが要る人々も増えてきます。こうした高齢者の生活需要に応えられるインフラ作りをいま考えています。この新規計画は、二年から三年後に具体化に乗り出す。ざっとそう考えているところです」

「なるほど、そういう将来計画のためにも、いまの経営をしっかり固めることが重要になるわけですね」

「そういうことです」

「では、いまから三年くらいまでの中期計画の内容を、もう少し具体的にお願いできないでしょうか」。代田が湊に柔らかく迫った。

「分かりました」

「一カ月くらいを目途《めど》にお願いできますでしょうか」

「来月は、当社の創立五〇周年事業などでビッシリ予定が詰まっていますので、年内に、ということでいかがでしょうか。その頃には、落ち着いてくると思いますので……」

「結構です」。代田が大きくうなずき、会議は終わった。


秋の深まったある日の午後、湊は久しぶりに吉崎みどりと駅前商店街にあるインド・ネパール料理店「アジアの料理店」で、インドカレーとナンの昼食を共にしていた。

「人間、危機に陥らないと自分の在《あ》り方がピンと来ない。危機が、人生のバネになるというのは、本当やね」。吉崎が、しみじみと言った。

「古代中国の賢人、孟子も言ってる。孟子《もうし》曰く、天が重大な任務をある人に与えようとするときには、その人を苦しませ、失敗させる。これは、天がその人を発憤させ、辛抱強くさせ、いままでにできなかったこともできるようにするための試練なんや、人間は過失があってこそ悔い改め、心に悟る、とね」

湊が『孟子』から引用した。それからアウグスティヌスに言及した。

「もう一人、古代ローマの聖アウグスティヌスも過失を悔い改めて、マニ教からキリスト教に改宗してる」

「なるほど、危機と失敗は、成長と成功の糧というわけやね。それやったら、あんたは最大の危機の中で、いま鍛えられ、知恵を得て、やがて成功するんや。そういう筋書きね」

「まあ、そういうこっちゃ」

　湊がぶっきら棒に応え、ナンをほおばった。食べ終えて、おもむろに言った。

「そういうことなんやが、現実はなかなか厳しい。悪戦苦闘でもがきながら善戦しとる。が、一寸先も見えん――というところやね。山の天気予報で言うと、週末は快晴になるけど、ここ数日は濃い霧に閉ざされとる、ということやな」

「〝捨てる神あれば拾う神あり〟とも言うでしょう。人生、悪いことばかりは続かない。実は、いい知らせがあるんよ。今日、お誘いしたのも、このグッドニュースを知らせるため。お嬢さん、お元気やよ。この前、ひょっこり店に見えたんよ。晴美さんは落ち着いて、すっかり大人の雰囲気。話を聞いて、安心した。タツさんと力を合わせて共働きしていて、〝いまは大変やけど、幸せ。生活も、もっと良くしてみせる〟と言ってやったわ。わたし、何より雰囲気で、その人がどんな状態か分かるんよ。職業的な直感やね。晴美さん、幸せをつかんで将来に向けて目下、着々と準備中。そんな感じやったわ」

「そうかいな。それやったら結構なこっちゃ」

　湊がそっけなく応じて黙り込み、吉崎の次の言葉を待った。

「他のお客さんもいたんで、あんまり立ち入ったことは聞かんかったんやけど、わたしの勘では、うまくいっている、とピンと来たんよ。きっとまた来やはるでしょうから、ご報告します」

「お店に来たということは、近辺に住んどるということやな？」

湊が鋭い質問を発した。

「さあ、どこに住んではるんかは正確には聞いてないけど、東大阪市内にいるみたいね。その日、店に来たのは〝市内の外食チェーンに勤めているけど、今日は非番やから〟とか言ってたから、職場も東大阪市内やと思うわ」

湊の表情が緩むのが分かった。だが、何も言わずにカレーを食べ続けている。吉崎が言葉を継いだ。

「湊さん、これは間違いなく吉兆。これからいよいよ運勢が上向いていくわ」

「そう言えば、ほかにも一つええことがあったな」と、湊がボソッと口を開いた。少し元気づいたように、続けた。

「ええことというんは、うちの実子がすっかりようなったことや。普通に話し、普通に笑っとる。誰が見ても調子がおかしいとは見えん。回復しとる何よりの証拠は、僕と話していて会話が弾むことや。そんな会話は、しばらくなかったからな」

ゴータマがやってきて微笑を浮かべ、「コーヒー、よろしいですか」と言って、カップになみなみと注いだ。

湊が背筋を伸ばして言った。

「これは特筆すべきグッドニュースや。今年のバッドニュースの数々を吹っ飛ばすナンバーワンのニュースやで」

空気が、にわかに和《なご》み、二人は顔を見合わせた。

ダイア産業の創業五〇周年記念式典は、湊の当初のもくろみに反し、ごく慎ましい身内だけのセレモニーに終わった。創業から半世紀の節目とあれば、企業規模、実力にふさわしい程度に有力取引企業や取引銀行を招いて盛大に行われ、併せて工場新設や新規開店といった記念事業も実施されるケースが多い。社長の湊も、一年前までは、記念事業を伴う取引先など関係者を招く大々的な記念式典を構想していた。

しかし、減産が続き企業の存立自体が危ぶまれるような状況では、計画の大幅縮小は避けられない。湊の頭の中で、全般的なコスト削減圧力を受け、コストをかけずに五〇周年をどう祝うか、にプランが絞られていった。

結局、取引企業や銀行関係者は一切招かずに、内輪で祝うこととした。その内容は、食事会と記念品である。社外監査役を含む経営幹部と社員の全員、株主の一部を招いて祝賀懇談会を催す。

そして記念品として、小さな洒落《しゃれ》た置き時計を贈呈する。主要な取引企業、取引銀行に対しては別途、幹部が回って記念品を直接届け、ダイア産業へのこれまでの協力に謝意を表す――という段取りを決めたのだった。

しかし、皮肉なことにこれが「創業五〇周年」を取引先に広く知らせることとなり、いま陥っているダイア産業の窮状に周囲の目を引き寄せてしまったのである。すでに「日芝からの受注がなくなったらしい」との噂が、業界を駆け巡っていた。取引先の中には「今後は大丈夫か」「これまでのようにやっていけるか」と、露骨に問う声もあった。それに対し、「本当にウチは大丈夫なのか」と動揺する幹部も現れた。

仮にダイア産業が倒産や廃業のような事態に陥れば、取引先は多かれ少なかれ影響を被る。だから、「本当のところはどうなのか」を知りたがっている相手先に対し、記念品を届ける幹部は用心してかかる必要があった。

このような場面で、湊の腹心の香川真一の手さばきは水際立っていた。彼がダイア商事の大手取引先の一つを訪れたときのことである。先方の社長が、こう切り出した。

「五〇周年を迎えられたとのこと、誠におめでとうございます。社業を五〇年とは敬意を表します。わたしの会社の二倍を生きられたのですから。〝企業の寿命は三〇年〟と言われますが、それより倍近くも長生きされた。

外部環境の絶え間ない変化、商品開発、社員の人事、販売問題、取引先との関係など、降りかかる様々な問題に対し適切に判断し、対処してこられた。感服いたします。日芝さん撤退の話を小耳に挟みましたが、社長さんのことですから、たくましく道をまた切り拓いていくと信じています。式典で社長さん、社員の皆さんにどんなことを話されましたか？」

「社長は、弊社の社是を確認するように、仕事への心得とかモノの考え方、取り組み方の基本を話されました。社是は社長の人生観を反映していますが、たとえば〝現象にとらわれるな、物事の本質を見抜くことが大切〟というふうに言っていました。

バブル時代を例に挙げ、株も土地も値上がりする現象を見て、それに浮き足だった便乗組の投機家と、これが束の間の現象でいつか沈静すると見た冷静な常識人とに分かれたが、結果は物事の本質を見抜いた者が正しかった、などと話しました。これを聞いた若い社員が〝感動した〟と、あとでわたしに伝えてきましたが、わたしも枝葉末節でないベーシックな話に心を打たれました」

「何か格調の高い高僧の訓話のような趣ですね」

相手先の社長は、これを聞いて信頼感を得たのか納得顔になった、と香川はのちに湊に報告した。

ビッグイベントだったはずの「創業五〇周年記念」。それが、経営異変からプレゼンテーションを大きく手直ししないわけにはいかなくなった。このことを振り返って、湊は自分の事業が思っていた以上に、「日芝依存」に染まっていたことを実感した。

日芝から注文が引き上げられ、なくなってしまうと、ダイア産業なるものの存在感もみるみる小さくなる——多くの関係者が、そう見ているようだった。記念品を手に取引先を回った幹部の一人は、「ウチのファンが結構いて、〝当社はダイア・ファンだから、何とか立ち直ってほしい〟とエールを送られた」と報告した。イベントの縮小で、耳を澄ますと、こうした外部の声が湊に方々から聞こえてきたのだった。

記念式典を開催する場合、普通なら主賓として日芝、いなほ銀行が招かれるはずだ。だが、双方とも今回、これに招かれていない。ひと握りの双方の幹部が、記念品をダイア側から届けられて、ダイア産業との「長い付き合い」を懐かしく思い起こした。

その一人に、日芝の元社長で現相談役の篠宮佐吉がいた。融資課の係員が気を利《き》かせて記念の置き時計を「相談役がよくご存じのダイア産業が創業五〇周年を迎えられ、その記念品を頂戴しました。どうぞお使い下さい」と言って、篠宮に手渡したのである。

篠宮は、生前の湊の父、八平と親しかった。まだ営業部長だった一九七〇年代半ば、好きなゴルフや魚釣りに誘われ、一緒によく遊び、よく語ったものだった。ちょうど日本経済が第一次石油ショックを見事に乗り越えた時期に当たる。高度経済成長の勢いはやや鈍ったとはいえ、各産業の技術革新が功を奏し前途は洋々に見えた。

企業群の系列化が大手銀行・大手メーカーを軸に進み、「ケイレッ」と官庁の「ギョウセイシドウ」が、米欧の関心を惹くようになっていた。やがて一九七九年に、日本人の学習意欲と日本的経営を絶賛したアメリカの社会学者、エズラ・ヴォーゲルの「ジャパン・アズ・ナンバーワン」が、一世を風《ふう》靡《び》する。

その頃、日芝も日本を代表する電機メーカーとして発展を続け、系列の下請けメーカーとの新製品発表会や懇親のパーティー、宴会がひんぱんに開かれた。

ある日、そのパーティーの一つで、部長の篠宮とダイア産業社長の湊八平が意気投合したのである。

篠宮は記念品に添えられた挨拶状の一節に、目を止めた。それには、こう書かれてあった。

「……弊社が発展したのは、ひとえに御社をはじめとする取引先各社様に支えられ、信頼関係を深めて『共存共栄』の理念を実現できたためでした」

篠宮の目が釘付けになったのは「共存共栄」の言葉だった。（これは……）。篠宮は、遠い記憶を手繰り寄せた。

間違いなくこれは、自分と亡き湊八平とが交わした言葉だ。

一つのシーンが、記憶の底から浮かび上がってきた。

あの晩、東京で会い、新宿・ゴールデン街のなじみのバーへ繰り出した。酔い痴れた八平が、耳元でこう語った。

「われわれは、これからも力を合わせた、共存共栄でいきましょう」。自分はこう答えた。「もちろんだ！　われわれは運命を共にするゲマインシャフト、共同体だ」

それから、二人は共存共栄のための分担作業について話し合ったっけ。その折にドイツの刃物製造の街、ゾーリンゲンがひとしきり話題になった。八平が声を高めた。

「ゾーリンゲンはな、中小企業の街だ。ここで作っているナイフやハサミの性能やデザインを大企業は尊重して、マーケットに参入しない。むろん中小の伝統的な技法と少量生産から、大企業としては採算上、参入を躊躇するのかもしれないが、ドイツでは基本的に〝それぞれの存立の場〟を尊重して、大企業がむやみに中小の領域に踏み込むようなことはしない」

八平がつい二、三カ月前に見てきたゾーリンゲンの見聞について語ったことを、篠宮は思い出した。

「ゾーリンゲンに象徴される大企業と中小との共存共栄関係。これを大切にしなければいけない」と八平は力説したのだった。

篠宮は、はるか昔のこのシーンを想起したのである。当時、日本のケイレツ企業はみんな兄弟同然だった。少なくともそういう思い込みで、取引関係も兄弟会社と見なされていた。（しかし、これを自分から否定し、系列の下請けを切り捨てたのは、日芝自身だった）。篠宮が回想した。

（そう、いまの社長になって急旋回したのだ。わたしは相談を受けた際、〝慎重に考えた方がいい〟と伝えたが、社長は見切り発車してしまった。〝グローバル競争でコスト削減が急務となった。すぐに中国に部品製造基地を移さなければ、業績の悪化を免れない〟と役員会で説明していたが、果たして的確な決定だったかどうか。月産自動車のベルモンド社長が就任早々、下請け代の大幅なコストダウンに成功したことが、モチベーションになったようだが、長い目で見るといい手法だったかどうか、大いに疑問だ……）

篠宮は、ふたたびグローバリゼーションが経営に及ぼした影響に思いを巡らした。

（モデルとなった月産自動車の場合、ベルモンド社長は収益のリソースを真っ先に下請け委託費の大幅コストダウンに求め、表向きは成功した。親会社と下請けの力関係から有無を言わさずに通したもので、自助努力よりも手っ取り早い〝下請け叩き〟で成功したわけだ。その一方で、業績を好転させた自分への報酬として、年間給与を一〇億円近くに引き上げている。弱い者いじめで儲け、自分には何億もの高報酬――これこそ強欲資本主義、というやつだ）。篠宮は、自分の血が久しぶりに騒いでいるのを感じた。

しかし、当の日芝もいまやグローバリゼーションの潮流に身を委ね、共存共栄路線を完全放棄したのだ。湊京太の挨拶状の文面から日芝の路線転換が、つい昨日のように篠宮の脳裏に甦った。

篠宮は懐かしさとともに、ある種、悲しみの感情に捉えられたのだった。

メインバンクのいなほ銀行長田支店には、湊京太が記念品を手に訪れることになっていた。支店では支店長の亀山と担当の前田、本店審査部長の代田、それに新顔の審査部次長、八木敏の四人が待っていた。

四人は湊が訪れる直前まで、次のような会話を交わしていた。

席上、口火を切ったのは亀山だった。

「銀行経営はどこも厳しさを増して大変になっています。今日はせっかく審査部さんにお越しいただきましたので、湊さんがお見えになるまでの間、現場の懸案についてざっくばらんにお話を伺いたいと思います。当面する大きな問題は、銀行経営の健全化のために融資をできるだけ抑えて自己資本比率を良くしなければならない命題と、金融庁の指導に従い中小企業への融資を一定程度増やさなければならないという命題――この矛盾する二つの命題に、どう対処していくかです。

私どもとしては正直、この二つは両立できない。中小企業の危ない部分は、どんどん切らざるを得ないと考えています。具体的な問題として、どの部分まで切るかですが、この点、審査部さんはどうお考えでしょうか？」

亀山が審査部長の代田に話を振った。代田がおもむろに応えた。

「二つの命題はたしかに矛盾します。両立しません。現場としては割り切っていくしかないと考えます。本来、ビジネスとして融資するのですから、融資は必ず回収できるものでなければなりません。回収不能が生じないよう、むろん本部のマニュアル通りに融資していく必要があります。あくまでもマニュアルが示す健全度の数値指標に沿って融資していく、これが基本です」

亀山がうなずいて言った。

「わたしもその通りと思い、そのようにやって来ました。グローバリゼーションの時代、世界にも通用するマニュアルを作り、これを厳格に適用する必要があります。しかし、若手の間から数字だけに頼って、経営者の考え方とか個人的な信用力を無視していいのか。こういう疑問が出ています。経営が不振のオーナー経営のようなケースでは、どんな条件なら融資を認めていいかと」

「融資マニュアルには、むろん経営者個人の信頼度のような経営指標は盛られていません。指標となるのは業績一般とか借入金比率、担保資産のような数字で表示されるものだけで、人間的要素は入ってこない。〝この人なら信用できる。この人なら安心。金を貸しても大丈夫だ〟というような個人的評価に関する指標は入っていない」

代田が評価基準に立ち入った。

「人間的要素が指標にならないのは、そもそも数字で表すのが困難だからです。人間的要素を入れると、判断が甘くもなりやすい。業績のようにもっぱら数字に表れた企業の信用力を評点し、ランクする方法が取られています。ですから先方の人間的要素は、融資の適用基準には入らずに無視されます。通常、表に出てきた経営結果の数字のみが取り上げられ、分析され、今後の素材になる。これがグローバル経営時代の企業の財務分析の掟です」

亀山がうなるように声を上げた。

「なるほど、融資判定に人間的要素は入らない。むしろ入れない方がすっきりして分かりやすい。これがグローバリゼーションの基準ですね。ビジネスの基本は、利益の追求ですから、うかつに人間的要素を入れるとややこしくなる。第一、人間的要素というのは、複雑だからね。人間的要素は無視してドライに割り切る。特にしぶとく疲れるお相手は、無視してかかるのが一番——こうなりますかな」

亀山がニッと笑ったとき、内線が鳴った。受話器を取った亀山が、気合いの入った声で伝えた。

「お見えになった？　お通ししなさい」

受話器を置くと、亀山が三人に愉快そうに言った。

「ハッハッハ、いまから皆さんを疲れさせるお相手が登場します！」

ほどなく、秘書に案内されて湊が現れた。湊はその場の和《なご》んだ雰囲気を察して、思わず微笑した。

「これはこれは、おめでとうございます。五〇周年とは、まことに慶賀に堪えません」

亀山が如才なく言った。

「創業五〇周年」をひとしきり称《たた》える言葉に続いて、いつものような質疑が始まった。

「その後、業績の方はいかがでしょうか？」

「九月の中間決算はもう固まったと思いますが、どのような数字になったでしょうか？」「以前、お願いした三年の中期経営プログラムはまとまったでしょうか？」

問いの矢が相次いだ。すべて予想通りだった。

湊はいつものように、想定問答を頭の中に用意していた。想定した相手の問いのうち、二つが特に重要だった。これにしっかり応答して、ひとまず安心させておく必要がある。

二つの問いとは、一つが九月中間決算。もう一つが、今後三年間の中期経営計画の中身である。銀行側は案の定、この二つに的を絞って矢を放ってきたのだった。

九月中間決算の内容が悪いことは、先方も重々承知のはずである。ならば、どこまで話すか、だ。話すに際しては、融資を引き出せるように持って行く必要がある──湊は前もって、あれこれとシミュレーションを組み立ててみた。そして前夜、（やはり、これで行こう）と、右の拳で左の手の平をポンと叩いた。

その質問に、湊は内心、（来たな……）と思いながら、おもむろに切り出した。

「業績内容は、予想した通りでした」

こう平然と答えてから、三人の反応を注意深く見た。

頭の中の想定問答には、「平然と、当然であるように答えよ」とある。あわてたり、声の調子を変えたりしてはならない。

「予想した内容と申しますのは……」と湊は、シナリオに沿って次に進めた。内容が良くないのは、日芝からの受注減によるもので、売上げは前年同期に比べ約半分に減少したことを淡々と説明した。

審査部の部長と次長が、目を見開いて説明に聞き入っている。

「このままでは、三月期決算は惨憺たる内容に終わる恐れがあります。これを避け、業績を目に見えて改善するために目下、最大限の努力を傾注しているところです。具体的には……」

ここで湊は、四人にチラリと目を走らせて反応をうかがった。メモを取っている次長の八木の頬が、緊張のせいか小刻みに震えた。

「連結決算対象の子会社、ダイア商事との連携作業による事業のリストラです。主な狙いは、本体から商事への配置換えによる本体のスリム化です。が、それに留まりません。商事を通じて電子機器部品の販売チャンネルを増やし、日芝に減らされた分を一般向け汎用品で穴埋めしていくことです。手始めに本体から商事の営業向けに若手を中心に七人―彼らは〝七人の侍〟と呼ばれています――が転籍もしくは出向し、一〇月時点で商事の売上げを前期比二割以上伸ばすことに成功しました。この波及効果が、本体のダイア産業の売上げにも及びつつあり、日芝のマイナスを相殺《そうさい》しだしました」

自信に満ちた湊の説明に、四人は聞き入った。湊が勢いよく続けた。

「このまま順調にいけば、上向きの兆候がはっきり表れ、落ち込みのあと業績は好転していくでしょう。ただ、今期中にそれが実現するとは考えにくい。日芝のマイナスの影響が大きいですから。しかし、来期には、企業努力の成果が間違いなく数字に表れて来ると見ています」

四人はうなずいたり、メモを走らせたりしていたが、湊が説明を終えると一斉に顔を上げた。

「質問、よろしいでしょうか？」。次長の八木が細面を上げた。「どうぞ」と湊が発言を促すと……。

「結構なお話ですが、わたしども、もう少し厳しく見ています。御社の九月までの財務試算表を拝見しました。これを基に九月中間期の売上高を当方で推計したところ、最悪の場合、売上高は前期比六割以上の減になります。良くてもせいぜい五割減で、見通しは少々甘過ぎるのではないか、もっと低い数字が妥当ではないか、と考えます」

八木が、テキパキと問題点を指摘した。

「なるほど、ごもっともなご指摘ですが、多くの企業は期末の土壇場で突っ込みを掛け、売上げをできるだけ積み上げます。試算表は速報値ですが、確報の段階でそれより上積みされ、良くなるケースが少なくありません。また決算段階では引き当てた減価償却費の戻し入れで、結果として利益が膨らみ、思っていたよりも内容が良くなる場合があります。弊社においても、これが当てはまります」

湊が雄弁な弁護士の法廷弁論のように力強く、滑らかに述べた。

ここはひとまず切り抜け、次に中期経営計画の説明に移った。

「ご所望の中期計画ですが、すでに具体化した施策は本体から商事への七人の転籍もしくは出向。これを引き続き拡大していき、三年内にこのおよそ四倍の三〇人規模の配置換えおよび自然減を考えています。様子を見て希望退職を募ることはあり得ますが、今のところ解雇は考えていません。弊社は古参の社員が比較的多いため、先の三〇人の人員減のうち、三割弱に当たる八人ほどが定年退職を迎えます」

具体的な数字の列挙に、四人の厳しい表情が幾分、和らいだ。

「とは申すものの、仕事量が減る分、人員も減らす縮小均衡では企業に将来性はありません。社内の活気も萎《な》えてしまいます。積極的な営業強化策が必要です。一社依存だった下請け型の企業体質から脱皮していきます。これまでの蓄積した製造技術で日芝向けに特化した専用品でなく、一般市場向けの汎用品を製作し、ダイア商事とタイアップして拡販していくポリシーを推進します。目下、その具体策を鋭意、煮詰めているところです。決定し着手し次第、またご報告いたします」

湊が堂々と宣言するように話した。

一同は少なからず動かされ、好ましい印象を得たようだった。気難しい表情を崩さなかった、審査部長の代田が初めて口をはさんだ。

「具体的なご施策を考えていることが、よく分かりました。計画通りに行けば、何よりです。また折を見てご報告いただき、足りないところがあれば、われわれもお役に立っていきたい、と思います」

支店長の亀山がうなずきながら付け加えた。

「率直に言って、一つ、小さな山を越えた、という印象を受けました。しばらくこの方向を進めてみて、様子を見ながら検討し、対策を協議してまいりましょう」

五〇周年記念式の話をきっかけに、湊の経営の今後にやりとりが集中したが、湊は「成果、大いにあり」と読んだ。具体的な数字を話に散りばめた作戦が、功を奏したのだ。

これで、多少の時間が稼げた——。湊は帰途の道すがらスタバに立ち寄り、モカコーヒーで興奮した気分を落ち着かせた。飲みながら、湊は自らにささやいた。（不利なことは一切しゃべらないことだ。彼らは、わが仕入先から商事が突きつけられている担保増しの要求は、知らない。知らないに限る。銀行は雨が降ったら貸した傘を取り上げるからな……）

湊が立ち去ったあと、亀山ら四人はしばらく応接室に居残り、今後の対応について話し合った。

湊から話を聞く前、四人の予想はすこぶる厳しかった。たとえば亀山は、こう言って憚《はばか》らなかった。

「納得するような案はどうせ出っこない。〃こうしたい、ああしたい〃と大風呂敷を広げてくるだろうが、どうせ具体的な裏付けのない、希望的幻想だろう。総論はいつものように立派なことを言うに違いないが、根拠不明というやつだ。政治の選挙公約のようなもんだろう」

審査部長の代田は、こう予想した。

「いままでの経験に照らして、経営困難な状況では具体的な計画、目標について経営者のほとんどは敢《あ》えて言わない。うっかりしたことを言って言質に取られるのを恐れるか、確たる見通しが得られていない、あるいは自信を持って言えないからです。おそらく、『頑張ります』とか『努力します』と言うばかりの精神論で終わるのではないですか」

次長の八木も、悲観的だった。

「こういうケースで、これまで数字をしっかり出して目標を掲げる例はまずありません。一つでも説得力のある事業計画が盛り込まれていれば御《おん》の字でしょう」

支店長から、「君はどう思う？」と聞かれた前田はこう答えた。

「支店長のおっしゃる通り、計画というより希望的な予測とか願望を言うだけではないでしょうか。納得のいくような具体策が出てくるとはとても思えません」

この事前の予想を踏まえ、亀山がおかしそうに高らかに言った。

「何が出てくるか。さて、お立ち会い、お立ち会い」

しかし、終わってみると四人の反応は、湊の対応策をおおむね受け入れることになった。

「中小企業のオヤジにしては、珍しく数字をきっちり入れた対策を出してきた」と亀山が珍しく評価した。

「中小企業にしてはまずまずだ。中期計画の形も一応整っている。現段階では、あれが精一杯ではないか」と代田も応じた。

四人は、「この日の評価はBランクで、スレスレの合格」で一致した。これ以下のCランクだと、即座に貸し渋り・貸し剥がしの第二弾に入る、と示し合わせていた。ダイア産業に対し、すでに「金利の大幅引き上げ・融資期間短縮」の形で貸し渋りに入っている。亀山が総括した。

「これで奴さんの首が、皮一枚でつながったな」

ジェロモへの対応が、次の焦点となった。担保を増やさなければ、一年以内に取引を中止する――。

この唐突な要求の狙いは、何なのか。ダイア側が仕入れ代金の支払いを遅延させたことは、これまでに一回もない。やはり日芝からの受注打ち切りから発生する売掛金の焦げ付きを見越した非常措置なのか。

むろんそれもある。しかし、もっと〝深い狙い〟が隠されているのではないか、と湊は推理した。深い狙いとは、商社という仲介役を外してエンドユーザーと直接に取引することである。

それができれば、ダイア商事に支払う「マージン」分、利益が増える、と皮算用をしたに違いなかった。狙いとは、いわゆる「中抜き」である。

商事会社は普通、川上にある資源・生産側と川下にある加工・消費側を結び付ける卸売りの仲介業者である。市場の中央に位置してユーザーの求める原材料や製品を輸入物を含め供給する役割を担う。

そこから、自前のネットワーク管理費や調査費、取扱品の検査費、仕入れ・管理費などの諸費用に加え、売れ残して不良在庫の山を築いたり、代金回収不能のリスクを抱えたりすることもある。これらを売買の差益であるマージンから賄い、かつ利益を出していかなければならない。

こういう立場だから、商社とかその原型である問屋の経営環境は、ここ数年のデフレ不況下で川下からの価格引き下げ圧力を受け、一段と厳しくなった。このような中、大手の仕入先から突如として「中抜き」の動きが出てきたのである。中抜きされたら、ダイア商事の売上げは約四分の一に相当する年間七億円余減少する。

メインバンクを訪れたその日の晩、湊はいつになく上機嫌だった。懸案のメインバンクへの報告が首尾よくいったことに気をよくし、帰宅後も高揚した気分に包まれていた。

湊は家では仕事の話を滅多にしない。家庭にストレスを持ち込まない主義だから、会社絡みの話は努めて敬遠してきた。

ところがこの日は違った。食事時に一杯やりながらジリジリと興奮してきた。そして、つい「次はジェロモや。こいつも、うまく片付けたろ」と口走った。向かいにいた実子が、怪訝な顔で聞いた。

「あんた、ジェロニモっていま言いやったけど、インディアンのジェロニモを退治に行くって、どういうこと？」

「いや、何でもない。独り言や」

湊はおかしさをこらえながら口をつぐみ、自室にこもってジェロモ対策の腹案を練った。

一週間後、湊と香川は東大阪市内のジェロモ本社の一室で、ジェロモ社長の石井勝一、営業本部長の牧野明らと向き合っていた。ようやく社長を引き出したのだから、確実な回答を得る絶好のチャンスである。湊が業況を説明した。

「ダイア産業の業績の内容から不安が払拭できないと言われましたが、目下、改善に向けて手を着々と打っています。商事の営業活動はダイア産業側からの営業増員を受け、九月以降、前期比二割以上の売上げ増のペースで拡大中です。業績は着実に改善しつつあります。もう少し長い目で見ていただけないでしょうか」

苦虫を噛みつぶした表情で、牧野が陰気くさく言った。

「すでにある担保物件は、すべて劣後順位です。万が一の場合、担保を確保できるのは銀行のみで、われわれとしては追加担保をどうしてもいただきたい」

「追加担保として価値ある不動産は、正直な話、もはやございません。では、代替案としてこういうのはいかがでしょう。上場されている御社の株式を一定程度、弊社が購入する。これを担保として御社に差し出す。御社が万一に備え、この買い取り株式を手元に保管する、という案です」

東京株式市場に上場のジェロモ株は、ここ六カ月、低迷を続けている。

社長の石井の眉がピクリと動いた。沈黙を破って、重い口を開いた。

「興味のあるご提案です。われわれとしてもそれでいけるものかどうか、十分に検討したいと考えます。案として有効ならば、細目を具体的に詰めていきましょう。いずれにせよ、このような提案が出てきたことは歓迎です。もう一度、ご提案を考え直してみようと思います」

この「鶴の一声」で、湊案の検討が急きょ決まり、会議はお開きとなった。

二日後、本部長の牧野から、基本的に提案を受け入れる旨、連絡が入り、株の買い取り額などの条件を別途、協議することとなった。リスム銀行が買い取り資金五〇〇〇万円を上限に、ダイア産業に融資することを了解した。

こうして、危機はひとまず回避された。

第四章

デリバティブ

翌年の春――。ダイア産業は、嵐の中をともかくも生き残り、なお格闘を続けていた。資金繰りがつく限り、赤字でもやっていける―という湊京太の経営哲学は、正しいことが実証された。サブバンクのリスム銀行が資金繰りを支援し、メインバンクのいなほ銀行が金利引き上げを条件に融資する状況下で、事業は曲がりなりにも継続してきたのである。

このところ、いなほ銀行との関係は、小康状態を保っていた。前年末に銀行に提出した中期経営計画書が、審査部のチェックの目を通ったからである。

とはいえ、それは無条件で是認されたわけではない。三カ月ごとに実施状況を報告する、という条件付きだった。以後、ダイア産業は三カ月ごとに経営改善実施状況をいなほ銀行に説明し、承認を得る手続きを余儀なくされることとなった。事実上、銀行の管理下に置かれた状況といってよかった。

その日、いなほ銀行長田支店では中小企業向け融資を担当する融資一課と二課の合同会議が開かれた。主宰したのは亀山直樹である。臨席に外国為替課の課長ら二人が、補足説明や質疑に応じるために座っていた。

「いいかな」と亀山が頬を紅潮させて声を張り上げた。前の席にいた若手の顔がサッと上がり、亀山を見つめた。

「要約すると、顧客から預金を集め、これを元手に企業に貸して利ザヤを取る従来式の経営モデルは立ち行かなくなってきた。端的に言えば企業の資金需要が落ち、金利もゼロ同然だからだ。もっと稼ぐのに苦労しないで済む、利ザヤや手数料の取れるニューモデルを取り入れなければならない。せっかくセールスに行くのなら……」

　ここで亀山は目の前の若手に声を掛けるように、「そう、せっかくセールスに出かけるならお客を喜ばせ、最大の効果を上げたいよね」と同意を求めた。その若手はコックリとうなずいた。

「で、最近メキメキ金融技術が磨かれ、これを組み合わせたデリバティブが次々と誕生してきた。発信元はアメリカのウォール・ストリートだ。投資銀行の若手エリートが複雑で洗練されたデリバティブを作り出し、売り出している。このうちわれわれが当面の企業戦略の最新武器にするのが、通貨変動を使ったデリバティブだ。為替は日々波打って動く。輸出入も年々増えている。為替差損をヘッジしなければならない。為替差益はほしい。そこで為替デリバティブがいいタイミングで登場する。セールストークをうまくやれば、貿易関係のどの経営者も興味を抱くのは間違いない。為《な》せば成るだ」

　亀山の口調が確信めいてきた。

「しかし、気を付けなければならない点が一点。為替の動きは気まぐれだから、確実に見通すことは不可能であること。だから〝必ずこうなる〟と言うのは禁句だ。断定は避けること。たとえば、こういう言い方が望ましい。〝わたし個人的には、こう予測する〟とか〝市場では、こういう見方が大勢です〟、あるいは〝米国の著名なヘンリー・カウフマンの予測によると〟というように〝逃げ〟を打っておく。誰でも、いい投資の話は聞きたいから、こういう逃げを打って巧みに誘導していく」

　それから亀山は隣の外為課長の方を振り向き、声のトーンを落とした。

「では、いまから為替の当行専門家の予測の話を聞くことにしましょう。いま時点で、本部は為替動向をどのように見ているか。予測をよく聞いて、皆さんのデリバティブ取引に生かしてください」

亀山が静かに言って一同を見渡した。


翌日の朝、いなほ銀行長田支店の前田茂から、湊に直通電話が入った。

「しばらく振りに、支店長がお話ししたい」と言う。差し迫った問題はないはず、今度は何か、と思いつつ、湊はアポを三日後に設定した。

三日後、支店長の亀山が前田を伴ってやって来た。開口一番、こう切り出した。

「御社の心配された売上げ状況は、その後いかがでしょう。前田からは、まずまずとうかがいましたが……」

「悪くはありませんよ。一般ユーザー向けの汎用部品が好調です。計画通りとは言いませんが、昨今の経済情勢を考えると、まずまずの状況です」

「数字で示すと、どんな具合でしょうか？」

いなほ側は昨年来、決まって数字の裏付けを求めてくるようになった。この用意はできている。

「数字で示すと……」

湊は頭の中の引き出しから売上げの数字を丸めて出し、先方に伝えた。

「そうですか。景気が思わしくない中で、おっしゃる通り、まずまずと言っていいでしょうね」

「一般の景況は、いかがですか？　今朝の新聞にも大きく出ていましたが、〝貸し渋り不況〟とか」

「貸し渋り不況？　銀行から言わせてもらえば、ある意味、われわれも犠牲者なのです。政策不況と言い換えた方がいい。実際、政策不況でこうなってしまったのです」

「どういうことでしょうか？」

「われわれ、何も好きこのんで貸し渋ったり、貸し剥《は》がしたりしているわけではありません。が、そうしないわけにはいかない事情が、あるのです。格別の事情が……」

　ここで支店長はフーッと息を吐いて、言葉を探した。

「なぜ銀行が貸し渋り、貸し剥がしに走るのか？　いいですか。すべてはＢＩＳ、つまり国際決済銀行の各国金融当局向け金融規制に始まります。ＢＩＳが打ち出したのが、自己資本比率の規制です。自己資本比率とは、――釈迦に説法ですが――企業への貸し付けなどの資産に対する資本金や株の含み益などを合わせた「自己資本」の比率です」

　亀山は湊の反応をたしかめるように、ひと息入れて続けた。

「ＢＩＳは銀行の健全性を確保するため、この指標を高めに設定した。国際的な業務を行いたいメガバンクのような大手銀行は、『自己資本比率八パーセント以上』、国内業務だけの場合は『四パーセント以上』必要、としたのです。自己資本比率がこの指標に届かなければ、金融庁から業務改善命令が出されます。最悪の場合は、破綻処理も免れません。各金融機関は当然、自己資本比率を上げようと必死になります」

「なるほど」と湊が小声でつぶやき、先を促した。

「では自己資本比率を上げるにはどうしたらいいか。二つの方法があります。一つは、分子に当たる自己資本を増資などで増やすこと。もう一つは、分母に当たる資産を圧縮することです。手っ取り早くできるのは資産の圧縮、つまり企業への貸し出しを減らすことです。

増資は、他者からカネを出してもらうので、簡単にはいかない。一方、貸し出しを減らすのは、金融機関と企業の力関係を考えれば、比較的容易にできる。で、金融機関は手っ取り早い中小企業への貸し渋り、貸し剥がしに走ったのです」

湊はむろん、このいきさつを理解していたが、当を得た率直な説明に感銘した。

「時代がこれを後押ししました」と亀山が続けた。

「一九九七年に北海道拓殖銀行、山一証券が相次いで破綻します。アジア通貨危機も発生して金融不安が深まる。次はどこだ、と疑心暗鬼が広がって、政府は不良債権処理を急がせた。金融機関は、取引先企業を『破綻』『破綻懸念』『要注意先』などに分類し、貸し渋り、貸し剥がしへ突き進んだのです」

亀山の口調が、ますます熱っぽくなった。

「ただし、貸し渋りは何も日本だけの現象ではありません。米欧の銀行はある意味、もっとドライにやる。九七年に起こったアジア通貨危機。たとえば韓国通貨ウォンの暴落が引き金の一つでしたが、あれは海外銀行がウォンに危機感を抱いて韓国の民間銀行に対し外貨を貸し渋り、ついに貸し出しをストップしたことで発生したのです。韓国の銀行は、外貨調達の三割から四割を海外の金融機関に頼っている。海外銀行が一斉に貸し渋ればウォンは急落し、韓国の資本は海外に逃げ出す。ウォンは信用を失って売られ、ますます下落する、そういう構図です。ウォンを売り払った海外銀行の中には、もちろん、米欧と並んでわれわれを含む邦銀もあります」

亀山が得意気になって胸を張った。

「このように、貸し渋りというのは、日本の銀行に特有の現象では全くない。むしろ万国の金融機関に共通する現象です。つまり――」。ここで間を置いた。

「つまり、資本の論理なんですよ。資本の赴くところ、利潤がある。いや、あるはずだ。資本の論理とは、利潤の追求ですからね。国境は越えるし、危ない先は避ける、当然ではありませんか。安全でリターンが多ければ申し分ない。が、低経済成長下ではそういう投資先は限られる。自然にハイリターン・ハイリスクになるわけです。先ほどのケースでは、ウォンが危ないと見なされて一斉に売られた。それがたまたまウォンだったが、もしも売られたのが主要通貨の日本円なら、アジア危機は、もっと壊滅的な規模になったでしょう」

亀山の〝講義〟が、いよいよ熱気を帯びてきた。あたかも学生三〇〇人超を収容する大教室で話しているかのように、一段と張りのある、大きな声になった。

「したがって、貸し渋り・貸し剥がしとは、資本の論理なのですから、国が本当にやめさせようとするなら、資本力を失った銀行を国有化する必要があります。国有化すれば、貸し渋り・貸し剥がしは絶対に起こりません。なぜなら、その融資用のおカネは国費、つまり税金から賄《まかな》われるからです。貸し渋る必要が全くないからです」

湊は以前に亀山が一時、母校の大学で金融論の講座を担当していたことがある、と聞いた。さぞかし有能な講師だったに違いない。ただし金融の実務家としては、貸し渋りに走るばかりで大いに疑問がある——湊はそう判定した。

黙って話を聞いていた湊が、歯に衣を着せずに聞いた。

「ところで、一つ疑問がありますが、……あなたは、貸し渋りのメカニズムをよくご存じでいらっしゃる。にもかかわらず、貸し渋りに余念がない。ときに仮借《かしゃく》なく、貸し渋る。この差は一体、何なのでしょうか？」

亀山の顔面が蒼白になった。

「そう、わたしは引き裂かれた二重生活者と言っていいかもしれない。貸し渋る男のほうは、格好よく言えば職業的バンカーです。が、もう一方の男は相変わらず、世間離れしたまま、物事の良し悪しを考える学生っぽい男です。どちらが本体か判然としませんが、おそらく表と裏の表裏一体なのではないでしょうか」

亀山が冷然と答え、独白のような調子で続けた。

「バンカーというのは因果な仕事です。善政をやって当たり前、それ以外だと悪人呼ばわりです。どうしてそんな評価になるかと言えば、それだけ社会的に重要な役割を果たしているからにほかなりません。銀行は社会に奉仕しています。社会の期待も大きいのです。特に資金繰りに悩む中小企業の期待は大きい。銀行の社会的責任には実際、大きなものがあります。これは重々、感じています。匙加《さじ》減ひとつで、人の運命を分けてしまいますからね。一家心中寸前の経営者が、融資のメドを突然得て思い留まった話も実際にありました。

世の中、カネが第一ではない、と多くの人は言いますが、〝カネが第一〟の場面も随所にあるのです。いや、その方が多いかもしれない。〝カネが全て〟でないのは、よく分かっています。けれど、資本の論理がたびたび強烈に働く。銀行が社会的責任を全《まっと》うするにも、銀行自身、豊富な資金事情に恵まれている必要がある。銀行自身、肝心のキャッシュフローが不十分では覚束《おぼつか》ない。キャッシュ不足で自分が困っているようだと、資本の論理だけで走り出してしまう。『貧すれば鈍する』です。たとえば中小企業が倒産するのが分かっていても、敢えて放っておく、いやそれどころか、貸した金を強引に取り立てる、貸し剥がしをやる。結果は、予想の通りです。やられる方は、かないません。昨日までは、融資してくれるようなことを言って、期待をつなぎ留める。が、結局はバッサリ切り捨て、中小企業主を奈落に突き落とす。狂暴な資本の論理が、勝った瞬間です」

亀山の目が湊の表情をジッと凝視した。その異様な眼差しに、湊の背筋が凍えた。

（結局、この亀山という男は、カネがなければ銀行の社会的責任など果たせるわけがない、と言っているのだ）と、湊は内心、見定めた。

湊が沈黙を破って、言葉を継いだ。

「……資本の論理が勝ったわけですが、そのことは結局、弱肉強食のダーウィン的サバイバル理論が勝ったということですか、人間らしい理性とか他者への思いやりは無力だったということになりますか？　それとも、われわれの社会、いや世界中のコミュニティーが、グローバリゼーションの進展する中、資本の論理が唯一共通の枠組みになり、ここから何人も逃れられなくなった。銀行も、その無数の隷属組織の一つにすぎなくなった。そういうことですか？」

湊が突き付けた難問を亀山は静かに受け止めた。

「おっしゃる通りです。いまや資本の論理が世界中で支配権を確立しようとしています。グローバリゼーションが、これを推進している。銀行は、この資本の論理に立ち、これを推し進めるオーガナイゼーションです。職業上、それから逸脱することはできません」

亀山の顔が、いつもよりずっとすっきりとして見えた。湊は、思いがけない会話の展開を楽しんでいた。亀山が、銀行の大組織に属してさえいなければ、ひょっとして友人になっていたかもしれない。

「ところで」と、亀山が話題を変えた。

「御社の汎用部品の売上げ増に貢献している商事部門ですが、前田によると、ダイア商事は中国で生産委託して輸入する中国製基礎製品の割合が急増しているとか。現在、中国製品の国内販売額は年間五億くらいですか？」

「昨年、そのくらいになりました」

「お取引はドル建てですか？　円建てですか？」

「ドル建てです」

「では、通貨オプションで円相場の変動をヘッジすることを考えてはいかがでしょう。年間五億円規模で今後も中国製を増やすご計画なら、有利な通貨オプションのデリバティブをお勧めします。米ドルを一定のレートで売買する権利を一定期間、買うというものです。具体的なスキームは、当行本店の海外部で検討していますので、その中から御社に有利なものをご紹介できます。現在、既存のスキームはすべて予定通り好評のうちに契約できたと聞いています。次に売り出す通貨オプションは一層多種多様で、お客様の様々なご要望に応えられる多くのオプションをご用意する予定ですので、是非ご案内させていただきたいと思います」

「当社は米ドルを一定レートですでに先物予約していますから、いずれにせよしばらくは間に合っています」

「では、適当な時期に本店海外部の者を連れてご案内に上がります」

亀山は言いたかった用件を済ますと、すぐに立ち去った。

その夜、亀山直樹はいつものように妻の幸代の口に、冷ましたコーンスープをスプーンで流し込んでいた。傍らで八〇歳を過ぎた亀山の母親のすずが見守っている。

「さあ、サチヨ、飲んで。おいしいかな？」。幸代がゴックリと飲むと、大きくうなずいた。

「もう一杯、飲んでみよう。栄養になるからね。ハイ、アーンとお口を開けて」。亀山がふたたびスープを盛って、幸代の口にゆっくりと運んだ。

「今日も遅くまでご苦労さまだったわね」

すずがいつものように息子の労をねぎらった。

「お母さん、今日は特別な日でしたよ。普段は口に出さない本心をある意味、さらけ出しましたから」

「まあ、お相手はお客さん？」

すずは好奇心に駆られたようだった。

「まあね。ちょっとした哲学論議になって、つい突っ込んでしまった。学生時代に還《かえ》った気分でしたよ」

「フフフ……哲学論議もたまにはいいんじゃない？　あなたの世界は、実利のカネの世界ですからね。きっとおもしろかったのね」

「久しぶりに夢中になりましたよ。……アッ、吐いた！」

ゲェーッとこみ上げると、幸代がいま飲んだばかりのスープを吐き出した。

「どうしたの、サチヨ……」

亀山が素早く腕を回して幸代の背中をさすった。「さあ、大丈夫、大丈夫だよ。……もうお腹が一杯？　食べなくていい？」

幸代が苦しげな表情をしてコックリうなずく。

すずが心配そうに、「きのうもお味噌汁を吐いたのよ。食も進まない。どこか具合が悪いのかしら」と言うと、亀山が怪訝な顔をした。

「何なんだろう。きのうに続いてだから。ちょっと気がかりだな。昼の食事はきちんと食べたの？」

「昼は炒飯にしたけど、半分くらい残していたわ。きのうから食が細っている」

亀山がクルリと幸代の方を向いた。まっすぐに夫を見つめる円らな瞳を見据え、両手で彼女の肩をつかんでゆっくりと語りかけた。

「そう、あまり食べたくない？　季節の変わり目で、少し疲れたのかな。お熱を計ってみよう。今日はゆっくり休んで、明日様子を見てみましょうね」

すずは相変わらず心配顔だったが、亀山は表情ひとつ変えない。幸代の手を取り、「さあ、寝ようか」と言って、寝室に連れて行った。

幸代が若年性アルツハイマー症と診断されて、二年余りが過ぎた。四二歳の誕生日を迎えて間もなく、発症が確認されたのだった。

あの日の衝撃を、亀山は忘れようとしても忘れられない。忘却の淵に沈めて記憶を抑えつけていたはずが、夢の中に突然現れ、叫び声を上げて目を覚ましたこともあった。

あの日——。専門医から呼ばれ「奥様は初期のアルツハイマー症の所見が見られます」と宣告されたのだ。幸代は待合室から診察室に先に入ったが、「ご主人がご一緒なら、呼んで下さい」と言われ、二人で結果を聞いた。

妻は肩を震わせて泣き出した。亀山は「一体、どうなったのでしょうか」と聞くのが精一杯で、あとは声にならない。

若い医師は、こう答えた。

「若年性の認知障害です。まだ軽度な段階で重症化していないので、いろいろと手を尽くしてみましょう」

この瞬間、亀山は頭を鈍器で殴られたような衝撃を覚えた。幸代も同様だったのだろう、彼女は頭を抱えて泣き崩れた。将来はともかく、「いま」の幸代は物事をまだ理解できる。それだけに耐えられないほどの悲しみや、不安に襲われたのだろう。それから暫くあとのことを、亀山は覚えていない。正気を取り戻したとき、すでに一時間は経っていた。

はっとわれに返って、亀山はうろたえた。自分は意識を失っていたのだろうか、何が起こったのか、まるで思い出せない。その間の記憶がスッポリと抜け落ちている。（自分もまた、若年性アルツハイマーなんだろうか？）

頭はボンヤリとしているが、理性が少し戻ってきたようだ。落ち着け、落ち着け。亀山は、自分が病院のベッドに横たわっていることに突然、気付いた。もしかしたら、失神してしまい、ここに寝かされていたのかもしれない。……そう思うと、急に不安になった。ゆっくりと周囲を眺め回す。隣のベッドに幸代が休んでいる。寝息を微かに立てているから、おそらく興奮しすぎて鎮静剤でも投与されて眠らされたんだろう。

亀山は仰向けになり、天井を見ながら考えた。（そういえば……）と思い当たることがあった。

半年くらい前から、幸代の言動がおかしかった。物忘れが度を越していた。メガネを掛けているのに、「わたしのメガネ、メガネ知らない？」と歩き回ったりもした。

話していても、固有名詞がなかなか出てこない。仲のいい友人の名をちょくちょく忘れる。「ほら、あれあれ、あれよ」というセリフも、やたらと口にするようになった。

ウツ症のようにふさぎ込む日も増えた。物忘れがひどくなり、夫である自分の名を事もあろうに幸代の弟の健一の名と再三取り違えた。「ね、ケンちゃん」などと相槌を求める。その度に「ケンちゃんて誰なんだ」と言い返した。

そうか、やはり幸代はアルツハイマー症なのだ。それも進行の早い若年性アルツハイマー症なのだ。そう認めないわけにはいかなかった。――あのときの衝撃がいま、また甦《よみがえ》った。

その日を境に、一家の生活は暗転した。幸代のアルツハイマー症の進行は想像していた以上に速かった。発病後半年で、福祉施設の仕事から身を引いた。一年余りで、買い物も満足にできなくなり、家に帰る道を間違えるようになった。好きだった絵も描けなくなった。幸代を襲った脳の異常な萎縮は、物凄い勢いで進行していった。医師によると、高齢者アルツハイマー症の二倍以上の速さで進行したという。

幸代を寝かせた亀山が、居間に戻ってきた。「幸い、熱はなかったよ」と母親に伝えた。

「フーン、それはよかった」

すずは、ホッとした表情を浮かべてから、「あなたもあまりムリをしないで。このところ残業続きでひどく疲れているみたい。たまには息抜きをなさい。何事も、健康あってのことだからね」と、また心配顔になった。

「お母さん、幸代の病気は確実に進行している。近頃は話しかけても反応が鈍い。戻ってくる気配は全くない。……悪くなるばかりだ。この前、聞いた話では……」

亀山はつい最近、アルツハイマー症で亡くなった知人の話をすずに伝えた。その男性は元美術大学教授で、在任中の四八歳で発症してからわずか四年足らずで死亡した。知的でハンサムで洗練され、ことに女子大生に評判の良い先生だったという。

本人が「オヤ？」と異常を感じたのは、古代美術史の講義をしていて、ギリシャのパルテノン神殿をホワイトボードに描こうとして描けなかったときだ。なぜか、どうしても描けない。

これが最初の自覚症状だった。若年性アルツハイマー発症者の特徴に、「立体図形が描けない」ことが指摘されている。この教授は、得意だった絵も思い通りに描けなくなって愕然《がくぜん》としたが、幸代の症状もこれと瓜《うり》二つであった。

亀山が話したのは、教授がその後、急速に重度の認知症になり、しまいには妻の顔も分からなくなって人格的にも崩壊してしまった、症状の悲惨な進行ぶりについてだった。

すずは身をすくめるようにして聞いた。

「幸代はもう長くないかもしれないが、だからと言って仕事から手を抜くわけにはいかない。放り出すわけにはいかない。お母さんにこれ以上苦労をかけるわけにもいかないし……しっかり稼いでいかないとね。銀行業も、以前とは様変わりし厳しくなった。難しい仕事が多くなった。大変だが、頑張るしかない……」

　亀山がしみじみと言った。

「金融派生商品」と訳されるデリバティブの案件が湊のところに持ち込まれたのは、ドバイで週末に開かれるG7（七カ国財務大臣・中央銀行総裁会議）の前日だった。支店長の亀山と担当の前田、東京本店海外部のデリバティブ業務主査が急きょ来社した。

「以前から勧めていたデリバティブの中で、特にお勧めしたいものがあります」

　亀山はそう言って、「当行一のデリバティブの専門家」と紹介した海外部の若い、三〇歳そこそこに見える主査に、説明を任せた。

　そのデリバティブのコンテンツとは、〇四年一二月から四年間にわたる通貨オプションである。一ドル＝一〇五円六三銭の予約レートで、三カ月ごとに五万ドルを必ず取引する、つまり予め決めた為替レートで企業が銀行と米ドルを売買する取引である。

　主査が、熱っぽく語った。

「G7に向け円高を見越した投機から、一ドル＝一一二円前後に急騰した円相場が、G7終了後の週明けに急落するのは確実です。日本の通貨当局が見合わせていた円売り・ドル買い介入を再開するのは間違いないからです。当行のロンドン、ニューヨーク支店でも同様に分析しています。それだけに、このデリバティブは、いまがお買い得です」

そのデリバティブ契約によると、円高になって東京市場で午後三時までに円のレートが一ドル＝一〇五円六三銭に達すると、その月に通常の二倍の一〇万ドルを買い取る。逆に、一ドル＝一二八円の水準を超える円安になると、企業側はドル買いの義務が消滅する——という内容である。

企業側の相場観が「円高はこのまま続かない。円は日本経済を反映して基本的に弱く、ふたたび円安に振れる」と見るか、「円高は今後も続き、遠からず一ドル＝一〇五円六三銭を突破して続伸する」と見るかどうかで、この契約の諾否が分かれる。

湊がなおも煮え切らないでいると、担当はその場で、本店の外国為替担当課長に電話を入れ、円相場のG7後の最新予測を聞きただした。

担当は「なるほど。分かりました」と答えると、「それをいまここにおられる社長さんに直接、お話ししていただけますか」

そう話して、受話器を湊に手渡した。

「円相場の最新予測では、G7後に円安に戻る見通しです」

先方の声が、受話器の向こうから響いた。銀行内では、専門家たちは全て「G7後に円安へ反転」

と信じ切っているようだった。

疑いの気持ちが、この外為担当課長の相場予測を聞いてようやく落ち着いた。それまで内心は、

「本当に買い得か」と疑心暗鬼だったのだ。デリバティブについて湊は、知識がないも同然だった。

為替相場は、一寸先は闇である。ハイリスク・ハイリターンの世界である。いつ何時《なんどき》、一つのきっ

かけで相場の流れが変わりかねない。瞬時に流れが反転する可能性は常にある。円がさらに急騰を続けることも、むろんある。逆にこの辺で反転して円安に向かう可能性もある。

どちらかを選べ、と迫られたら、ギャンブラーの心境で臨まなければならない。だが、踏ん切りがつかない間は、不安がくすぶり続ける。

こういうときは、決断を促すひと言が決め手となる。湊にとって、いや、気迷うどの中小企業経営者にとっても、当の外為担当課長のG7を引き合いに出した最新予測には、心を動かされるだろう。

湊はこの予測に乗った。よし、これで決まりだ！　と腹が決まった。賽《さい》は投げられたのだ。

湊はこの最新予測を確認後、「やってもいい」と言ってしまう。「いなほ銀行から貸し渋りを受けていたこともあり、〝できれば銀行に協力して、関係を改善したい〟という気持ちが働いて隙を生んだ」と、湊は後日、その決断理由について腹心の香川に明かしている。

銀行側の貸し渋りはすでに五回にわたって行われ、「金利引き上げ・期間短縮」に加え、夏には借り換え時の「融資額削減」が追加されていた。この重圧に押されてしまったのだ。

ところが、週明けになっても円高は進んだのである。円安に戻る気配は全くない。不安に駆られた湊は、支店長の亀山に電話を入れた。

「円高はいっこうに収まりません。先日の話は保留にしたい」

亀山のくぐもった声が聞こえた。

「すでに契約成立と見なして手続きに入りました」

湊は全身から血の気が引くのを感じた。

「手続きに入った？　まだ契約書を交わしていませんが……」

「ご契約の意思表示をされたので、あの日、ただちに手続きをとったのです」

「それは困ります」

「いますぐにおうかがいして、ご説明したいと思います。お時間を取っていただけないでしょうか、よろしくお願いします」

三〇分ほどして、いなほ銀行から亀山、前田と支店外国為替担当次長の島田純男とが、やって来た。亀山が契約書を取り出し、これに調印してほしい、とやんわり迫った。

「すでに国際的な契約の手続きに入っていて、いまとなってはキャンセルは不可能です。円相場はたしかに高騰していますが、いつまでも続くとは思えません。日本経済も公共事業のカットで建設業などが不振を極め、依然低調です。これ以後、経済の実勢を無視するような円高の進行はない、とわたしどもは見ています」

横にいた島田が助け船を出した。

「いま亀山が申しました通り、わたしども本支店の外国為替担当や海外調査部、海外支店の関係者は、例外なく極端な円高は考えにくい、と見ています。G7をはさんだ円高局面は一時的なものにすぎない、との見方をとっています」

何とかして湊を安心させ、契約書に調印してもらおうと、銀行側は必死になった。

湊は黙ったままペンを取り出すと、目の前の契約書に署名した。それから経理部の金庫番に会社の実印を持って来させ、契約書に押印した。

「有り難うございました。ご迷惑をおかけしました」と亀山が言って、三人が深々と頭を下げた。

湊は彼らが去ったあと、手帖を取り出し、「デリバティブ事件」と見出しを記してから、客観状況を第三者の視点に立って次のようにメモした。

問題点
①貿易用の決済ドル資金が要る取引先企業に対し、楽観的な相場情報を繰り返し与えて信用させ、契約に同意させた疑い。
②商談時、企業側は「貸し渋り」を受けている状況にあり、メインバンクから事実上、契約受諾の圧力を受けた形。
湊は何かしら悪い予感がして、メモしておく必要がある、と考えたのだった。

だが、これで〝一件落着〟とはいかなかった。

円高は続き、一ドル＝一〇五円台突入も時間の問題となった。一ドル＝一〇五円六三銭のラインを突破すれば、毎月一〇万ドルの買い取りが義務付けられる。

湊の胸に次第に「立ち止まって一度考えなければならない」という思いが膨らんできた。仮に契約が始まる時点から契約期間の四年間、フルに一ドル＝一〇五円六三銭を超える円高が進行すると、全部で四八〇万ドルを買い取らなければならない。そうなると、買取額は一ドル＝一〇〇円換算として四億八〇〇〇万円、一ドル＝一〇五円換算で五億四〇〇〇万円にも上る。（こんなカネ払えるわけがない……）。湊は、冷静さを失ってデリバティブを受諾してしまった自分自身に、無性に腹が立った。

（取り返しのつかない失敗だった。すぐにも契約をキャンセルしなければ……）

湊は、切羽詰《せっぱ》って「キャンセルの方向」へ舵《かじ》を切った。

しかし、考えてみると、キャンセルするためには相当に高いはずの手数料を支払わなければならず、ひと筋縄ではいかないだろう。

そうこうしているうちに円相場は高騰を続け、契約の有効期間が始まる直前に、円レートはとうとう一ドル＝一〇五円の大台に達した。月一〇万ドルの購入が義務付けられる予約レートまで円高が進んだのだ。

湊はいなほ銀行を訪れ、支店長の亀山とふたたびデリバティブ契約問題を話し合った。湊が円高の止まらない現状から始めた。

「多くのディーラーや専門家は、いまでは一ドル＝一〇〇円台突破も不可避と見ています。今朝の新聞の論調も円安反転論はなく、円高はどこまで進むのか、に焦点を当てて分析しています」

亀山は、何食わぬ顔で応じた。

「為替相場は、しばしば専門家の予測と反対に振れることがあります。たしかにいまは円高一辺倒ですが、急に円安に振れる可能性も否定できません」

「そうあってほしいですが、なかなかそうはならない。そこで考えたんですが――」

湊が亀山を正面から見据えた。

「デリバティブを解約したいのです。このままでは月一〇万ドルを毎月、四年にわたって支払わなければならない状況にもなります。とても負担できる金額ではありません」

亀山は淡々と言った。

「たしかに現在の円高進行状態ではご不安でしょうが、為替レートがいつまでも一方向に進み続けることはありません。もう少し様子を見られてはいかがでしょう？」

湊が、はっきり伝えた。

「様子を見ているうちに契約が始まる一二月に、円高が収まらずにその月に一〇〇〇万円以上も払わなければならなくなる。そうなっては、たまりません。その前に、毎日、円高相場が気になって、落ち着かん状態にもなります。為替に気をとられて仕事に集中できず、経営がおろそかになる、こういう危険も身に染みて感じます。ですから、ただちにキャンセルしたい、取り引きから手を引きたいと思います。よろしくお願いします」

沈黙が数秒、続いた。

「そうですか……ご期待に沿えず、まことに残念です。ご意思が固いようでしたら、解約もやむを得ません」

亀山はそう言うと、目が一瞬、宙に泳いだ。

「ただ、……デリバティブというのは、解約できないことが大前提になっています。ですから、解約するにしても、解約清算金は相当な額になります」

「相当な額？　どのくらいと見たら、いいんですか？」

「以前、別の支店で、たしか七〇〇万円余りと聞きましたが」

「七〇〇万円！　いささか驚きですね」

「そのような解約料でも、キャンセルされますか？」

「解約料については納得がいきかねますが、キャンセルするつもりです。まだ契約が始まる前ですから、解約料をもう一段安くできませんか？」

「デリバティブは米国の投資銀行と提携してやっていますから、わたしどもの一存で契約内容を変えるわけにはまいりません。解約清算金についてはケースバイケースと聞いておりますので、調べて後日ご連絡します」

湊は（メリットを一つも得られないまま、事前解約に七〇〇万円とは実に痛い）と頭を悩ませながら、会社に戻った。

（いなほの対応は、何もかも納得いかない）と、湊はふたたび怒りを覚えた。（今回のデリバティブの場合、銀行は説明責任を果たしていない。銀行側はこの一件を金融庁に問われれば「リスクについても十分にお客様に説明し、ご理解いただいた上での契約」と釈明するだろうが、全くそうはしていない……）と、湊は反芻《はんすう》した。

金融庁は金融機関に対しすでに「検査基本方針」を発表している。それは、主要行の不良債権問題を終結させ、中小企業の再生と地域経済の活性化を図ることが目的、としている。

その検査重点項目の一つに、「金融機関の利用者保護」が挙げられていた。

具体的には、金融商品の内容や包括するリスクについて、「説明内容、説明方法、顧客の承諾の確認方法や、そのための体制整備の適切性について検証を行う」とある。

さらに金融機関向けの監督ガイドラインには「金融商品の販売に際しての顧客への説明方法および内容が適切なものとなっているか」と、要点が記されている。デリバティブのような金融商品に対する銀行の説明責任が、金融庁の監督と検査の眼目になっているのである。

（にもかかわらず、いなほ銀行はこの方針を無視して何もしていない。金融庁が何と言おうが、馬耳《ばじ》東風《とうふう》だ。あるいは聞いて了解したふりをしても、決して従わない—奴らは面従腹背《めんじゅうふくはい》の輩《やから》だ）

湊は心中、そう罵《ののし》りながらも、次第に冷静さを取り戻した。ともあれ忌《いま》わしいデリバティブも、解約金七〇〇万円なりで結着したかに思えた。湊は大きくフーッと深呼吸した。


ところが、まだ一件落着とは行かなかったのである。また〝安眠妨害事件〟が持ち上がった。

その日の朝、直通電話が鳴り、湊が嫌な予感を覚えながら受話器を取ると、やはりいなほ銀行の前田だった。

「もしもし前田ですが、朝早くから申し訳ありません。今日の午前中に、お時間、取れるでしょうか？」と、またも急かしてきた。

「どんな急用なの？　こっちも忙しいんだ」

「すいません、デリバティブ解約清算金の件です」

そう言われると、断る理由はない。

「分かった。何時にしようか、九時でどうかな」

「九時ですね、分かりました。支店長とおうかがいします」と言って、短い会話を終えた。

九時過ぎ、訪れた亀山が頬を紅潮させて言った。

「この前、解約清算金について推定七〇〇万円くらいと言いましたが、調べてみると正確な数字は一二〇〇万円余りとなります」

「何？　一二〇〇万円？　何でそんなに上がったんですか？」

「もともと解約なしが契約の原則ですので、以前にも言いましたように、ケースバイケースで解約清算金のレベルが決まってきます。それで本店で査定して最終的に出した解約清算金が、一二〇〇万円余なのです。正確には、『一二〇一万六五〇〇円』です」

「ちょっと待ってください。当初示した七〇〇万円の一・七倍にもなる。その計算根拠というのは、どのようなものですか？」

「計算根拠は、われわれも聞かされていません」

「少なくとも計算根拠を示してもらわなければ、わたしとしてもこのような大金を、納得して払うわけにはいきません」

亀山は、全く表情を変えなかった。平然と、事務的な口調で言った。

「お気に障《さわ》るかもしれませんが、これまでも計算の根拠は公開していません。その理由は聞いておりませんが、あくまで解約は、原則認められない例外的措置と考えているためでしょう。ご不満であれば、解約をやめ契約を当初通り履行されることも、一つの選択肢かと思います」

亀山は、すっかり「実務家・亀山」に戻っていた。

「そうですか。ではもう少し考えさせてください。これを受けてどうするか、検討して改めてまたご連絡します」

湊は、またしても蜘蛛《くも》の巣に搦《から》め取られたかのように感じた。ふたたび既視感が甦った。

（これって何だ！　俺の身体は、蜘蛛の吐き出すネバネバした糸に巻かれ、身動きできなくなっている！）、そういう錯覚を覚えたのだった。（まるで蟻《あり》地獄にはまったようだ）。湊は頭を抱えた。

二日後、湊はこちらから銀行に出向いた。腹は決まっていた。（これを亀山に伝えるばかりだ）。湊は自分自身に言いきかせた。

動揺したのち、結局腹を決めた理由は、友人の助言にあった。大学の同期で銀行マンの友人が、相談した湊にこう助言したのだった。

「デリバティブはいま、各地で紛争が頻発している。銀行の狙いは結局、高い手数料だ。通常の貸し付け業務では、儲からなくなってきている。おそらくデリバティブの手数料のノルマを達成するため、足元を見て仕掛けたんだろうな」

（なるほど、やはりハイリスクの臭いプンプンだ）と、湊は警護の甲冑《かっちゅう》を装着することとしたのだった。

冒頭、湊は亀山に呼びかけるように言った。

「支店長、解約はやはりやらせてもらいます。それにしても、一二〇〇万円は法外です。二つお願いがあります。これは契約の有効期間が始まる前のキャンセルです。なんとか当初の七〇〇万円でお願いできないでしょうか？　それと、いずれにしても解約清算金の計算根拠を明示していただきたい。よろしくお願いいします」

「お気持ちは分かりますが、解約清算金の一二〇〇万円余りは確定したもので、変わりません。計算根拠について明示できないことは、以前に申し上げた通りです」

亀山の顔立ちが、彫像のように動かずに、強ばったようだった。沈黙の電磁波が、広がった。

「……仕方がありません。では、差し当たりはキャンセルの手続きをとらせてもらいます」

湊が〝交渉終結〟を宣言した。

その月末、湊は自分の個人預金から指定された解約清算金をいなほ銀行の指定口座に振り込んだ。

会社の財政は青息吐息のため、会社の預金口座ではなく、やむなく自分の個人預金口座から引き落としたのである。会社の危うい状況を見れば、そうするより仕方がない、と考えてのことだった。

ともあれ、湊にとって騙《だま》されたに等しい忌々《いまいま》しいデリバティブ事件は、この振り込みをもってすべて片付いたはずであった。

だが、これでもなお、一件落着とはならなかった。

振り込み後、一カ月経っても領収書が届かない。振り込みしたことは、いなほ銀行担当の前田に当日、湊自身が伝え、その際に改めて解約清算金の計算根拠を示した計算書を求めていた。

だが、計算根拠については依然、無言を押し通したままで、その上、領収書も発行されなかったのだ。

（全く話にならない）

湊がふたたび支店長の亀山に電話を入れ、「なぜ領収書を発行しないのか。解約金の計算根拠も明らかにしてほしい」と迫った。亀山は電話の向こう側で沈黙して聞いていた。

解約清算金の計算書も、まして領収書も発行しない。ということは、デリバティブ取引全体がブラックボックス化しているのではないか——湊は、米ウォール街の金融界に暴利を貪らせている「デリバティブ」という名の金融商品の胡散臭《うさんくさ》さを直接、肌で感じる思いがした。

その数日後、「通貨オプション解約料」と書かれた文書が、いなほ銀行から届けられる。これに取引日と一二〇一万六五〇〇円の金額が書き込まれてあった。だが、解約清算金の計算根拠は、どこにも記載されていなかった。計算の根拠は、相変わらず「闇」に閉ざされたままである。

翌日、湊はかねての打ち合わせ通り、友人の南川烈と霞が関で会った。南川は古手のフリーランサーである。以前に一五年ほど都市銀行に勤めていた経験を生かし、金融ジャーナリストに転身した。

住専問題が燃え上がった時期は、経済週刊誌を始め一般向けの週刊誌、月刊誌に彼の署名の特ダネ記事がしばしば大見出しで掲載された。以後、金融を中心とした経済記事で注目を集めるようになった。そのナタのような切れ味から「住専記者」とか「経済事件記者」の異名を取り、ファンも多いが、彼の根っこにあるのは不正を嫌う激しい気性だった。

湊が南川を呼び出した用件とは、南川の助手に化けて取材先の金融庁に連れて行ってもらい、デリバティブ問題の担当官に直接、あれこれ聞き、ひどい取引実態─実は自分が被った実態だったが─を知らせ、対策を促すことだった。自分の被害をかいつまんで話し、このシナリオを伝えると、南川はすぐに喜んで乗ってくれた。

「おもしろい。俺のアシスタントとしておまえは一緒に来て脇にいればいい。俺の質問のあと、『こんな事例を読者から聞いたが、どう思うか』と切り出し、取材する。相手の小早川は良心的な官僚だから、逃げずにきちんと答えてくれるだろう。どう言うか、俺も大いに関心がある」と答え、この日の待ち合わせとなったのである。

小早川史朗は、四〇歳前後のスマートな銀行マン、といったイメージで現れた。名刺の肩書きには「金融庁監督局銀行第一課　銀行監督調整官」とある。

南川が、口火を切った。

「小早川さん、こちらがアシスタントの湊です。まだ出来たてのホヤホヤで、名刺もできていませんが、早く戦力化したいので早速連れ回し、勉強させています。わたしの代役を務めることもありますので、今後ともよろしくお願いします」

こう言って、二人して頭を下げた。

まず、南川が貸し渋り問題の現状を聞いた。小早川は、「公式、非公式にいろいろと耳に入ってきています」と答えた。

「で、悪質な具体例としては、どんなケースが出てきていますか？　メガバンクの中に、相当ひどい貸し渋り、貸し剥がしがあると聞いていますが……」

小早川が、うなずいて言った。

「そうなんです。数が増えているばかりではない。相当、強引な事例も出てきている、と聞いています」

「どんな悪質なケースがあるのでしょうか？　貸し渋りを苦にして自殺した中小企業経営者が増えているようですが……」

「統計をとったわけではありませんが、トラブルが急増していることはたしかです。自殺者も、全国的に増えているようです。いろいろと聞こえてくる話からしますと、この辺で対策を講じる必要がありそうです。われわれとしても検討を進めている段階です」

「この前、中小企業を経営するわたしの友人が経営不振からウツになってしまいましたが、聞いてみると、銀行の貸し渋りが引き金のようです。資金繰りに行き詰まり、従業員を解雇してしのごうとしたんですが、すっかり精神的に打ちのめされてしまった、と奥さんが言っていました。本人は寝込んで電話にも出られない、誰とも話しする気になれない、という状態です。あれほど元気で明るい男だったのに、愕然《がくぜん》としたものです」
南川が、具体例を挙げて説明した。
小早川が噛みしめるように言った。
「インフォーマルな情報が多いため、たしかな実態は分かりませんが、苦情がかなり寄せられていま
す。ごく最近は、貸し渋る代わりにデリバティブを勧めてトラブルを起こすケースが多い。ある中小
企業の社長ですが、新規融資を行う交換条件に通貨オプションを持ち掛けられ、取引に応じた結果、
大損が続いて会社の存続が危ぶまれているケースが報告されました。またこれも外為関連ですが、あ
るメガバンクが貸し剥がしをしようとして、中小の取引先に融資金の返済を求め、これが呑《の》めなけれ
ばデリバティブを結んでもらいたい、と要求したケースも見られました。貸し渋り、貸し剥がしも、
デリバティブに絡めるようになる傾向にあります」
南川がうなずいて応えた。
「やはりそうですか。貸し渋り、貸し剥がしがさらに悪質化している、ということですね。実はわた
しどもにも被害企業からいくつかのタレ込みがあり、その中の一つは特に見逃せないデリバティブ関
連のケースです。これを担当したアシスタントの湊から話してもらいますが、悪質この上ないもので
す」と、湊に目で合図した。
湊が自ら被ったデリバティブ事件のあらましを手際よく説明した。終わって、小早川が一刀両断し
た。

「それが事実とすれば、おっしゃる通り看過できないケースです。解約清算金の計算根拠を示さず、領収書も要求されるまで発行しないとは、このような悪質なケースは珍しい。計算根拠を明らかにするのは当然だし、領収書も発行して当たり前ですよね」

南川が畳み込んだ。

「こういう悪質事犯には行政上必要な措置をとるべきだと思いますが、そのように考えていいでしょうか」

「これに限らず見過ごせないケースについては、当該金融機関から事情を聴き、確認した上で対策を講じるよう指導しています」

湊は南川のアシスタント役を演じて、小早川からともかくもいなほ銀による「デリバティブ事件」への回答を引き出したのである。

これは金融庁に寄せられた情報のうち、法令違反の疑いのあるケースを取り上げ、当の金融機関に対しヒアリングを行い、注意したり、検査・監督の際に重要情報として活用したりするという金融庁方針を確認したものだった。

金融庁はすでに中小企業など借り手の声を幅広く聞くため、「貸し渋り・貸し剥がしに関する情報の電子メール・ファクスによる受付け制度を開設していた。通称、「貸し渋り・貸し剥がしホットライン」と呼ばれるものだ。小早川の言葉が実行されれば、いなほ銀行首脳に湊の受難の声が監督官庁から届くはずである。

「貸し渋り・貸し剥がしホットライン」に通報した中小企業が、金融庁に訴えた相手の最多は、いなほ銀行などのメガバンク、次いで多い順に地銀・第二地銀、信用金庫・信用組合と続いた。

訴えの中で、最近の傾向として「デリバティブの購入要求」が目立って増えていた。その中でいなほ銀行は、デリバティブ関係の苦情の多さでも群を抜いていた。

これらデリバティブの受難企業の多くが、弱みにつけ込まれた赤字続きの企業か当社のように最近、赤字に陥った企業に違いない。南川と庁舎の外に出たとき、湊はそう推理した。それからふと、企業経営が順調に行っていた数年前のいなほ銀行とのやりとりを思い出した。

いなほ銀行の前支店長が三月末日の数日前、会社にやって来て、奇妙にも「この月末に一日だけ二億円借りてほしい」と依頼してきたのである。「どういうことですかな?」と聞いた湊に、「監督官庁の指導で中小企業向け融資を一定比率以上に増やさなければなりません。三月末日に一日だけ借り入れてもらえれば、三月期決算に反映することができますので」と説明したのである。

前支店長は「いい借り手が、見つからなかったもので……ダイアさんのように、安心して貸せるところはありません」と弁解していたが、当時は経営が順調だったダイア産業に〝数合わせ〟の協力を求めたのだ。

(これに気楽に応じてしまったことが、いまとなっては無念)と、湊は歯を噛みしめた。

夕方遅く帰宅してくつろいだ湊に、ようやく「一件落着」の実感がこみ上げたのだった。

第五章

「他行に行っても同じですよ」

長野県中部にある茅野市蓼科には、風光明媚《ふうこうめいび》な山裾に古くからの温泉旅館が点在する。一帯は「蓼科温泉郷」と呼ばれ、蓼科山麓の標高一五〇〇～一二〇〇メートルに位置する避暑地、保養地として知られる。近くには蓼科湖、白樺湖、女神湖が湖面に青い空を映し、夏ともなると白鳥の姿をしたボートから子供たちの歓声が響く。すでに縄文時代に人々が渓流沿いに生活していた形跡を示す住居跡や土器、石器などの縄文遺跡群も見られる。

ゴータマが、東大阪・布施に本店があるインド・ネパール料理店の切り盛りを部下に任せ、この地を訪れた。五月の日差しを受け、顔が早くも日焼けして見えるのは、三日前から蓼科温泉郷を終日、巡り歩いたせいだった。

目的は、不動産物件を調べるためである。「ゴータマ」は湊京太がつけた愛称で、本名は「バム・モハン・コイララ」。名刺には「馬夢コイララ」と書かれてある。

ゴータマは長年、壮大な夢を抱いていた。ネパールを思い起こさせる日本の山の地に、いつか立派な長期保養型の温泉ホテルを建設し経営したい、という夢である。むろん日本、いやアジアを代表するリゾートホテルを目指すのだ。ゴータマは、この夢を片時も諦めず、必ず叶える、と念願していた。

今回は、この夢の実現に向けた最初の基礎調査である。しかし、ゴータマにとって厳密に言えば、これはもはや夢の段階ではなかった。三年前までは夢に過ぎなかったが、いまでは計画のレベルに達した、と考えている。

なぜなら、――湊も知らなかったが――インド・ネパール料理店の事業が急拡大し、一年前から関西圏と首都圏に展開する一三店舗全てで黒字の実績を上げるようになっていたからだ。

成功の秘訣は、二つあった。一つは、地域ごとに特色を出す「地域スペシャル」と、毎日特色を出す「トゥデーズ・スペシャル」をメニューに押し出したことだ。ゴータマは研究熱心で観察眼がすこぶる鋭く、「地域」の空間と「今日」の時間とで、料理の独創性を作り出すことができたのである。

たとえば、東京の渋谷に出店した場合、圧倒的に人通りが多い若者向きに、カレー味をとびきり辛く濃い目にしたメニューを加え、「トゥデーズ・スペシャル」に若い女性向けには、野菜をたっぷり盛った薄味の料理を提供する。東京・世田谷の住宅街の店では、「お子さまランチ」のほかに「お母様ランチ」、「お父様ランチ」を揃え、「トゥデーズ・スペシャル」に「旬の野菜ランチ」を加える――というふうに工夫したのである。

これをゴータマは、「時空活用メニュー」と呼んだ。この結果、シェフはいつも「時空」を念頭に、創造的に取り組まないわけにはいかない。この地域に合うメニュー、今日という新しい日に合うメニューは？　――と思いを巡らせて掛からなければならない。これが習慣となり「創造的メニュー」が客に認知されるようになると、開店前に客が列を作るようにもなる。

成功のもう一つの秘訣は、出店した一三店舗全てを同一の店名とせずに、その地域にふさわしいユニークな店名にしたことだ。たとえば、先の渋谷店の名は「シブナイト」。世田谷店のほうは「セタギーズ」とした。シブナイトでは、夜八時に決まって、店長がギターを演奏した。

客はこれらの店が、それぞれ独立していて、別の経営形態と信じて疑わない。シブナイトの店長の話では、世田谷から出てきた若いカップルが「セタギーズもいいが、ここも素敵で気に入った」と喜んでいたという。ゴータマによると、店名をそれぞれ別個に付けることで、食中毒のような万一の事故が起こっても、他の店にその影響が波及せずに済むメリットがある。

「食産業は、異物混入とか食中毒、虚偽表示に風評被害——ともかく事故が多発し、波及します。リスクを防ぐには、チェーン店のように同じ店名にしないほうがいい」と、その理由をゴータマは雑誌記者に語っている。

このような創意と工夫で、まだ三〇歳そこそこのネパール出身のゴータマは、皿洗いから身を起こし、レストラン経営の成功者にのし上がったのだった。

その日、ゴータマは横谷峡の温泉に浸かりながら、こうつぶやいた。

「そうだ。この地に建てよう。祖国ネパールの山麓を思わせるこの地こそが、長い間抱いてきた夢を叶える地にふさわしい。ここは第二の古里だ。求めていた地が、ここにある」

そう思うと居ても立ってもいられなくなり、急いで服を着ると銀色のランドクルーザーに乗り込んで走り去った。

金融庁では中小企業経営者からのデリバティブ強要を巡り、ますます増える苦情に忙殺されていた。担当官の小早川史朗も湊京太からの報告を聞いて予想していた以上に深刻な実態に眉をひそめ、自分たちの仕事の中心部分になる予感がした。

（この厄介な問題となってきたデリバティブというやつは、アメリカの勃興するウルトラ金融資本主義の華なのだ）

小早川はそう総括して緊張した。

さっそく、考えていた計画の実行に移った。公正取引委員会事務局を訪ね、金融機関の独禁法違反事例を調査することである。これはむろん、「優越的地位の乱用」の実態調査を指す。

電話でアポを取った相手方は、調査局第一課の担当官で、名刺には課長補佐の刈谷博文とある。四〇歳前後の痩身で知的な印象を与える刈谷は、ひと抱えの書類の中から一つを取り出して小早川に渡し、説明を始めた。

「周知の通り、委員会はこれまで金融機関の借り手企業に対する優越的地位の乱用等について、独占禁止法上の考え方を示してきたところです。昨年一二月には『金融機関の業態区分の緩和及び業務範囲の拡大に伴う不公正な取引方法について』と題するガイドラインを公表しました」

と言ってひと息つき、さらに早口で続けた。

「しかし、最近においても、こうした乱用行為が行われているのではないかとの懸念があります。そこで、金融機関と借り手企業との取引について、前回の調査のフォローアップ調査を実施しました。これが、その調査報告書です」

小早川は調査報告書の概要に目を走らせた。刈谷が、そのポイントを列挙した。

「三つあります。まず、融資に関連した金融機関からの各種要請に対して借り手企業の三割が『断りにくい』と感じています。二つめは、意思に反して要請に応じた借り手企業の六割が『次回の融資が困難になる』ことを恐れて要請に応じています。三つめは、金融機関からの各種要請に対し意思に反して応じた借り手企業の割合は、前回調査に比べ総じて減少しているものの、デリバティブのように一部増加しているものも見られます。つまり、デリバティブの要請が増え、借り手企業は融資の中断を恐れて断りきれずに応じた―こういうケースが増大しているようです」。そう説明すると、金融機関の対応に話を移した。

「金融機関の対応ですが、二割以上が前回調査とガイドラインを知らず、また四割以上が知っているのに何も取り組みを行っていない。加えて、借り手企業との日頃のコミュニケーションの問題もあります。説明不足だったり相手の話をよく聞かなかったり……こんな実情が浮かび上がってきました」

刈谷の顔が曇った。続けて、

「結論としては、依然として金融機関と借り手企業との取引においては、独占禁止法上の問題が生じやすい状況があります」と断定した。

次いで、金融機関のコンプライアンスの取り組み状況に移った。

「団体におけるガイドラインの周知徹底など、業界全体で法令順守に対する取り組みの改善が強く求められます。個々の金融機関にあっては、ガイドラインの周知徹底、チェック体制強化等のコンプライアンスの実効性を確保する。これが大きな課題となります」

ここで刈谷は視線をチラリと小早川の方に投げ、反応をたしかめた。小早川は眉間《みけん》に皺《しわ》を寄せ、いちいちうなずいて聞いている。

　刈谷の説明を聞いて、小早川は（やはり、そうだったのだ）という思いを強くした。貸し渋り・貸し剥がしは、シェイクスピアの『ベニスの商人』に示されたように、近代資本主義以前の時代からあったことは間違いないが、現代はこれがよりダイナミックに、大がかりに、組織的になったのである。この貸し渋りに絡んで、グローバル化した金融資本の要求として、二十一世紀的現象の「デリバティブの強要」が盛んになったのだ。刈谷が説明を続けた。

「最近、とみに問題となっているデリバティブですが、今回の調査では『意思に反して要請に応じた』が五割に上っています。要請された半分以上の中小企業が、『意思に反した』と答えた意味は大きい。それだけ金融機関側が優越的立場を背景に圧力をかけている、と言っていいでしょう。

　こういう事例を聞きました。あるメガバンクが、五〇〇〇万円の借り換えを認める条件に、五〇〇〇万円相当のデリバティブの購入を要求した。企業側はその分も借金しないわけにはいかなくなり、結局、デリバティブで損失を被って倒産に追い込まれた、という悪質なケースです。また、金利スワップという、相場変動のリスクヘッジのため金利を交換するデリバティブ取引を行うことが融資実行の条件だとして、これを無理矢理購入させた、メガバンクのケースもあります」

「なるほど、わたしどもの分析と一致します」

　刈谷が続けた。

「意思に反して金融機関からの要請に応じた借り手企業の六割が『次回の融資が困難になると思った

ため』やむを得ず応じたと答えている。看過できない実態です」

いま中小企業の現場に、巨大資本側からひたひたと押し寄せる〈優越的地位の乱用〉の波。その波頭に「デリバティブ」を手に銀行団が立つ──話を聞いた小早川は、そんな元寇《げんこう》のようなイメージを描いたのだった。彼が貸し渋り問題に、後ろめたい気もあって並々ならぬ関心を抱くのは、新潟の実家が代々、酒屋を営んでいたことと無関係ではない。小早川が酒屋を継がずに官僚の道を選んだため、家業は親父の代で途絶えたのである。

その日の夕方、小早川は部下で大学の後輩の千葉卓也を居酒屋に誘った。「一度、お酒でも飲みながら、先輩の貴重な経験談をお聞きしたい」と言っていた千葉のことを思い出したからである。

金融庁での直前の会議のあと、たまたま二人とも時間が空いていた。

「今夜、予定がなければたまには一杯やろうか？」

珍しく小早川が声を掛けたのである。

その居酒屋で小早川は、職場で上司として対面するときとは、別人のように陽気にしゃべった。小早川には千葉に伝えておきたい〝教え〟が山ほどあったのだ。千葉は三〇代初めの入省八年生である。

「いいかね、千葉君。絶対に覚えておかなければいけないのは、信用の大切さだ。バブル経済は、人を踊らせ、軽率に投機へ駆り立ててしまった。信用されるべき金融機関が先頭に立って踊り出してしまった。あのときの後遺症が、まだ残っている。人びとはいまでは金融にたずさわる者を信じていない。われわれ行政当局もむろん、信用されていない。信用を取り戻すのは容易なことではないが、地道に仕事に徹して取り戻していくしかない」

小早川が噛みしめるように言った。

「千葉君、金融の技術――たとえば、いま流行《はや》りのデリバティブ技術の知識などは、時間とともに獲得できる。嫌でも耳に入り、憶《おぼ》え、身に付けていく。けれど、信用という見えない力は簡単に身に付けられるものではない。なぜか分かるか？」

「知識よりも、もっと全体的なものだからでしょうか？」

「そう、信用というのは人格を含む全体的な人間力が作る。そういう人間集団によって組織の信用というものが形成される。銀行はカネを扱うのが生業《なりわい》だから、本来、信用がなければ成り立たない。ところが、どうだ。いまの銀行業は、本業を放棄したに等しい。これでは信用が得られない……」

「えっ、それってどういうことですか？」。千葉がせき込んで聞いた。

「本業を放棄した、という意味は、本来の業務を疎《おろそ》かにしてしまった、ということだ。この前の日銀統計を見たか？ 貸し渋り・貸し剥がしが横行する中で、国内民間銀行の貸出金残高は減少傾向をたどっている。本来業務の融資を減らしてその分、国債を買い利息で儲けている。明らかに変調を来《きた》しているのだ。とりわけ中小企業向け融資が減っている。企業数で九九パーセントを占める中小企業への融資が減っている原因を考えると、企業活動が沈滞して、資金需要が冷え込んでいるか、あるいは資金需要があっても銀行が貸さないかのどちらか、あるいはその両方だ。四、五年前まで中小企業向け融資は、たしか二三〇兆円くらいあったと記憶しているが、いまでは細る一方だ。これを何とかしなければいけない」

「結局、活力を失わせている経済政策が、停滞の原因なのでしょうか？」

「むろんそれもあるが、バブルの反動から銀行が衰退し、信用を失って金融と産業が噛み合わなくなったことが大きい。それと現実の問題として、欧米流の『金融検査マニュアル』を基に金融検査を実施する方向に、金融行政が舵《かじ》を切った。これを引き金に、民間銀行は一斉に融資を抑制し、民間企業の多くが貸し渋りにさらされて、日本の経済地盤を沈下させた。これも大きい」

普段は冷静な小早川の顔が、興奮とアルコールのせいで深紅に染まった。

「ところで、君は最近の中小企業の経済指標のうち、一番気になるのはどんな点かな」

「そうですね。大企業と中小との収益格差が一段と広がったことでしょうか。景況の二重構造がはっきりできてしまった。大企業は、どんどんリストラができる。正規雇用を減らして、コストの安い非正規雇用で穴埋めしていく。中小の下請け業者や納入業者には容赦なく買い叩き、コストカットする。そういうやり方で大手だけが潤っている。売上高経常利益率で見ても、大手と中小では二倍の開きがある。かつては一番格差があったバブル期でさえ大手は中小の一・五倍程度でした。これが気になる点です」

「たしかに気になる点だな」

千葉の表情が厳しくなった。

「格差問題が企業収益に限らず日本の至るところで現れてきましたが、これってグローバリゼーションの必然的な産物なのでしょうか？」

「必然的産物だね。グローバリゼーションというのは、資本の論理を極限に推し進めるから放っておけば弱肉強食、一強多弱になるのは避けられない。ひどい格差社会にもなる」

「セーフティネットが必要なわけですね。……中小企業に話を戻すと、将来に見切りをつけて廃業するケースが急増しているようです。倒産ではなく工場や店を整理して、社員には割増しの退職金を支払って自主的に撤退するケースです」

「僕が問題にしているのが、それだ。九〇年代後半から、企業の廃業率が開業率を上回るようになった。苦労ばかりの経営に嫌気が差して、廃業してしまうオーナー経営者が後を絶たない。中小の事業所数は減少し続けて止まらない。雇用力も減っていく。これでは日本経済の活力は衰退していくばかりだ」

「たしかに地方都市で商店街がシャッター街に変わるのを見るのは、辛いことです。小さな個性的な店が街の顔を造っていますから、これがなくなっていくのは、文化を劣化させる。都市の美観を傷つけ、住民の誇りも奪うことになります。中小、零細企業と職人が日本の町文化の基礎ですから、中小企業がどんどん減っていくようなことは、絶対にあってはならないと思います」

小早川がうなずきながら付け加えた。

「それと、企業活動の面でも重要だ。イノベーションを担うのは、いつでも中小企業だからね。アメリカのコンピューター産業でも、八〇年代前半まではＩＢＭが絶対の支配者だった。これをＩＢＭの基本ソフト作りを委託されたビル・ゲイツのマイクロソフトが以後、ぐんぐん成長する。ＩＢＭの基本ソフトを請け負った八〇年代初め、マイクロソフトは従業員わずか数十人の中小企業だったはずだ。もう一人のヒーロー、スティーブ・ジョブズが七六年にアップル社を立ち上げ、やがてマウスを使ったパソコン『マッキントッシュ』でパソコン時代の幕を開けた。

ゲイツがパソコンの基本ソフト『ウィンドウズ95』『98』を発売していよいよIT革命がアメリカから始まり、世界に波及していく――。アメリカのイノベーションは、全て起業した創造的個人によるものだ。イノベーションは大組織病に冒されていてはできない。大人数の組織の壁が邪魔をするからね。中小企業だから、起こりやすい」

小早川は米国ニューヨークの駐在時代に仕込んだ知識を、記憶の倉庫から次々に引き出した。千葉が同調した。

「たしかにおっしゃる通り、中小企業のイノベーティブな強さというのがあります。中小企業庁の調査でも、中小企業が自分たちの強みとして多く挙げるのが、まず『意思決定の速さ』です。近年は大企業でも組織をスリム化したり分社化して意思決定を速める事例が増えていますが、意思決定のスピードにかけては、何と言っても中小企業です。それと『小回りが利《き》く』とか『きめ細かな対応が可能』を強みに挙げる経営者も少なくありません。イノベーションには、やはり組織と企業風土が柔軟で官僚的になっていない中小の小回りの利く環境のほうが断然有利です。もちろんイノベーションを実現する上で、中小企業には資金と人繰りの問題が常につきまといますが……」

小早川はこの夜、上機嫌で帰途についた。千葉も同様だった。二人は話が通じ、モノの見方もだいたい共通し、理解し合った、と思えたからである。

千葉は、小早川に「志」を感じて、抱いていた尊敬の念が深まった。役所のほかのでくの坊上司とは全然違う、と思った。一方で小早川は、千葉を「頼もしい部下」と改めて感じた。役所のほかの若い奴らとは志が全然違う、と思った。

双方とも、この日の懇談の濃い中身にすっかり納得し、満足した。


湊が机に向かっていると、直通電話が鳴った。朝の八時過ぎである。出ると、いなほ銀行の前田茂からだった。

「お忙しいところ、まことに恐縮ですが」と始まり、「支店長の亀山ができれば今日、お会いしたいのですが、ご都合いかがでしょうか」と言う。

二時間後、亀山直樹が前田を伴って来社した。いつもの厳しい表情は消え、にこやかな笑顔を作っている。席に腰を下ろすなり、切り出した。

「長い間、お世話になりました。わたし、このたび転勤することになりました」

亀山の声が微《かす》かに弾んでいる。

「いろいろと無理難題を言いましたが、……有り難うございました。後任には桜内と申す者がまいります」

「どちらに行かれるのですか」

「東京の丸の内支店です」

「丸の内支店！　支店長としてですね。ご栄転、おめでとうございます」

そう言いながら湊は内心、自分に対しても（これはおめでたい人事に違いない）と思った。

「支店長とは随分長いお付き合いをしたと思いますが、四年余りになるでしょうか」

「四年半になります。通常、任期は二年から三年ですから、長いほうです。でも昨今は支店長人事もイレギュラーになり、四年越しも珍しくありません。グローバル時代であるだけに案件がやたらと増え、流動的になっていますからね。わたしの場合は、有能でないので、次の行く先が決まらなかったんでしょうが」

亀山がへり下って見せた。それから急に真顔になって続けた。

「任期があまりに短いと取引先との関係は、どうしても薄っぺらになってしまいます。その点、お陰さまで十分にお付き合いできる時間ができました」

それにしても長かった、いや長すぎた。実に迷惑な支店長だった。やれやれ、これで清々する、と湊は内心思ったが、むろん言葉には出さない。

「そうですか。月日の経つのは想像以上に速いですね。こちらに来られたのは……」

湊は目を細めて、記憶を手繰り寄せた。（そう、あれは経営が暗転する前年の晩秋のことだ。湊といい関係だった前支店長も俳句好きで、「秋深き……」と詠《よ》んだ自作の二句を支店長室で披露し、芭蕉や一茶の話で盛り上がった。その数日後、突然の交代で去って行ったので時期は忘れようもない）

「たしか一一月でしたね。いま思うと、支店長との四年半は実に濃密な関係を築くことができました」。湊はたっぷりと皮肉を言った。亀山がニヤリと笑って応えた。

「お陰さまで本当に濃密な時を共有しました。後任の桜内にはよく引き継いでおきます」

「デリケートな問題ですから、よろしくお願いします。ところで、最後の機会ですので、ざっくばらんにお聞きしたいのですが」

　湊は、とっておきの質問をぶつける時機が来たと判断した。

「何なりと、どうぞ」

「当社の債務は、御行にどのように位置付けられ、区分されているのでしょうか」

「御社は『長期滞留債権』としてリストアップされています。これは不良債権とまではいきませんが、正直言って長期にわたって返済が進まずに滞っている債権です。御社の場合、新規の資金需要は少なくなりましたが、借り換えが続いていますから、なかなか減っていきません」

「生産と要員の縮小に伴い、予想外の後ろ向き資金の手当てに追われていたことは事実です。しかし蒸し返しになりますが、借金のほとんどはもともと御行から『借りてほしい』と持ちかけられて応じたものです。返済期間も初めから長期間で契約したもので『金利だけ払ってくれればいい』とも言われました。その後もデリバティブの件などで、ギクシャクしたのは、残念です」

「お互いの主張は平行線のままでしたが、わたしどもとしては、あくまで通常、一般の銀行が処理するやり方で対応したまでです。当行の審査部から『貸付金の条件変更』の指示があり、これに従って進めた次第です」

「金利と返済額の見直し、返済期間の短縮――と来ましたが、これが通常の銀行のやり方ということですか。こちらの要望には耳を貸さず、一方的に要求を押し通そうとしてきた。わたしどもの目には、そう映ります」

「妥協点が見出せなかったのは残念ですが、当行が特別におかしな対応をしたということは、決してございません」

それからおもむろに付け加えた。

「他行に行っても同じですよ」

そう言うと、前田が促すように視線を投げ、亀山が立ち上がった。「いろいろございましたが、お世話になりました」と、最後に言って立ち去った。

〝招かれざる客〟を見送ったあと、湊は亀山の漏らした言葉を反芻した。

「他行に行っても同じですよ」

ということは、「どの銀行に救いを求めても、同じ対応しかしない」ということか。これほど人をバカにした話はないだろう。こっちは真剣に、会社をどうにかして存続させようと、藁《わら》をもつかむ思いで要望しているのに、敵は氷のように冷ややかに、機械的に判定してはねつける。

これはもしかしたら「大資本特有のコンピューター的・非人間的要求」対「小資本に共通する生存本能的・人間的要求」の構図ではないだろうか――湊はふと立ち止まって考えた。

そう考えると、少し気が軽くなった。自分の個人的と思われた問題が、その実、普遍的な広がりを持っている、と感じられたからである。自分の問題は、どの中小企業経営者にとっても問題になり得る、と考えたからである。

（このことは、次のように置き換えて考えられる）と、湊はいつもの如くパズルを解くようにして、思考を次に進めた。

（自分はてっきり個人的な問題として考えていたが、実は経営者共通の普遍の問題であった）となると、大袈裟だが、自分の悩みは彼らの悩みの一部であり、彼らの悩みは自分の悩みの一部である。自分と彼らは共通した問題を抱え、ゆえにある意味、頼り合い、支え合っている——。

「他行に行っても同じですよ」——なるほど、図星を言ってくれた。いまの銀行という大組織は、どこも同じような行動をする、という意味だ。つまり、没個性なのである。

自主的な判断は棚上げし、権威とされるものの評価とか見方に囚《とら》われ、そこから逸脱せずに判断し、行動する、ということである。護送船団方式は崩壊したが、そのメンタルなトラウマは依然、疼《うず》いているということだ。

この延長でいくと、亀山何がしはある意味、世の先端を行っていたのかもしれない。彼は社会の常識を心得、湊がどんなに声高に要求しようとも頑として応じず、「他行に行っても同じですよ」と応えたのである。

しばらく思案に耽《ふけ》った湊は、急にわれに返った。ここは冷静に判断しなければならない。「他行に行っても同じですよ」は、実利的な意味では正しい。どの銀行にとっても、不良債権問題とグローバル競争は苛烈だから、甘くやってはいられない。みな、似たような管理行動を取らざるを得なくなる——湊は、このように考えを進めた。そして、(だんだんと霧が晴れるように、視界が見えてきた)と感じた。

(「他行に行っても同じですよ」、これはいまのグローバル式銀行業のキーワードだな)。湊は、よほど気に入ったのか、ふたたびこのフレーズを口ずさんだ。

ここに彼らの経営のカギがある。他と違った人情経営のドンブリ勘定はもちろん、独自に打ち出した数値目標でもいけない。国際決済銀行のＢＩＳが大元締めとなって作った銀行の健全経営指標がある。

これに合格した銀行経営を行い、健全度を保持しなければいけない。そのためには、危なっかしい中小企業には余程用心して掛からなければいけない——ざっとこういうことだろう、と湊は結論を導いた。

その先に銀行側が手元の債権区分表に基づいて取引企業をA、B、C、D……と分類し、その評価に沿って決められた手順で対応していく、というシナリオが続くはずだ。

湊は自分が貸し渋られる立場に置かれてみて、ようやく遅ればせながらこの認識に至ったことに、気恥ずかしい思いがした。これまでの自分は何と無知で、無関心だったんだろう、ダメじゃないか！

と心の中で自分を叱りつけた。

ともあれ、最悪の時期は亀山と共に去ったのだ。亀山が支店長として君臨した四年半は、吹きすさぶ嵐の時代であった。が、嵐が去ってしまえば、次に来るべきものは平和な日和《ひより》に違いない――湊はそう想像した。

（アメリカの作家であるシドニー・シェルダンが使ったセリフ、「何事も永遠には続かない Nothing lasts forever.」、これは間違いなく真理だ）と、湊は自分自身に言いきかせた。

中小企業の経営者の多くが、経営の悩みの相談相手として一番頼りにしているのが、顧問税理士である。湊にとっても、税理士の川口彰は山積する経営課題に真摯《しんし》に答えてくれる、いい相談相手であった。

もう一人の相談相手、吉崎みどりが「人生の相談相手」なら、川口のほうは文字通り「経営の相談相手ナンバーワン」である。川口に続くナンバーツゥーが、ダイア商事社長の香川真一である。重要な経営課題が発生すると、湊はまず川口に気軽に相談を持ちかけ、処方箋を貰ったのだった。

川口は亡き父親が経営していた会計事務所を引き継ぎ、多くの中小企業を相手にすでに二〇年にわたって税務書類の作成やコンサルティング業務を行っていた。その関係で、さまざまなケースを聞き知っていたから、経営に関して具体的で役に立つアドバイスが期待できたのである。ダイア産業とは父親の代から関係していたので、なおさらであった。

その日、湊は来社した川口にいなほ銀行の支店長がついに交代し、展望が開けてきた旨、伝えた。

「先生、ようやく疫病神《やくびょうがみ》が去りました。いなほ銀行の薄情野郎が転勤したのです。後任はまだ会っていませんが、数日中に赴任してくるでしょう。やれやれですよ。これでしばらくは快眠できます」

「ほう、支店長の交代ですか。それは吉報ですね」。川口の顔がほころび、眼鏡の奥の目が笑った。

「今年、最大の吉報です。奴のお陰で当社は辛酸《しんさん》をたっぷり嘗《な》めました。一刻も早く去ってほしかったんですが、ああいう悪役ほどくたばらんもんです。何しろ人の血を吸って生きていますから、元気がある。バンパイアみたいな生き物です。が、不運はいつまでも続きません。バンパイアは、次の獲物を求めて遠くに去って行きました」

「社長がいつかおっしゃっていたように、『夜の闇のあとに、朝の光』ですね。本当に良かった」

「事業のほうも、悪化に歯止めが掛かってきました。本業はここに来て、日芝の喪失分をほかの製造メーカーや販売業者向けに徐々にですが、穴埋めできるようになってきました。販売部門の子会社、ダイア商事の――この前にお話しした――懸案も、曲折のあとこちらの提案を呑《の》む方向で無事に解決しました」

「ダイア商事の懸案というのは、担保増しの要求のことですね。結局、社長のご提案通り、ジェロモ株を買い取り、これを担保にすることで解決した、ということですか」

「その通りです。時間を稼ぐために三カ月ごとに一〇〇〇万円ずつ八回にわたり、計八〇〇〇万円相当、ジェロモ株を購入してこれを担保にする――このスキームで合意して、二年にわたってきちんと実行に移していきます。今後は、株主としての発言力も増していきますから、有効な投資だったと言えますし、配当金も受け取れます」

「名案でしたね。本当に良かった。これで資金繰り問題は、一段落というところですね」

「一応、山を越え、余裕を若干取り戻したところです。この前、お話しした不動産売却の件も、うまくゆきました。生産調整で要《い》らなくなった第二工場の跡地、五〇〇坪を四億円で売ることで、先方と三日前に契約を交《か》わしました。先方は角地で地形がいい、と気に入ったようで、そこでコンビニを始めるようです。

　話はトントン拍子で進みました。売却金の四億円の半分は銀行への返済に回し、残り半分を預金して、資金繰りが困らないように手元流動性を厚くしておこうと考えています。それに、中小企業金融公庫から薄型テレビの汎用部品向けの設備資金三〇〇〇万円の低利の借り入れが、うまく行きました。リスム銀行も資金繰りに協力的です。これでいなほの貸し渋りリスクが、かなり軽減されます」

「それは結構な話です。社長、何もかも好転してきましたね」

「まだまだ油断大敵です。『天災は忘れた頃に来る』とか、『好事魔多し』とも言われますからね。ここで気を緩めては危ない。自転車操業ですから、ボヤッとしていたり漕がないでいたりすると、よろけて転倒してしまいます。先生のお知恵を、今後もよろしくお願いします」

　湊がうやうやしく頭を下げた。

　喜びの余韻がまだ残る翌朝、湊はいなほ銀行担当の前田にコールバックの電話を入れた。支店長が挨拶に来たいと言う。

前田は最近、課長補佐に昇格していた。「いなほ銀行の前田課長補佐から電話がありました」と、秘書が前日夕方に残したメモを見て、湊は支店長人事に絡めた前田の昇格を知ったのである。

前田は積極的な悪人ではないが、ある意味、もっと悪人かもしれない――これは湊が腹心の香川に伝えた前田評だった。

「その理由は……」と湊は酒の席で香川にこう語った。「消極的で迎合的な悪人ほど、厄介でタチの悪い悪人はいないな。彼はまず、自分は悪人とは思っていない。逆に、何も悪いことはしていない善人だと思っているから、そもそも悪人の自覚がない。なのに、彼は悪が強ければこれについて行き、分け前を要求して加担する。この消極悪人は、しばしば積極悪人に寄生して悪を善だと言いふらして、これを増殖させる。一方の積極悪人は悪を重ねて善の力を呼び醒ますから、そこには善の創出作用が起こる。積極悪が、善を引き起こすのに対し、消極悪にはこのような創造ができん。積極悪は善を生むが、消極悪は悪をはびこらすばかりだ」

ざっと、このように湊は説いたのである。

「積極悪」対「消極悪」。自ら影響力を振るう積極悪に対し、これを黙認して支持する消極悪。湊は悪に関して、この二つのコンセプトに分類していた。そして積極悪の本質を問われると、湊は「人の意思に反してその意思を自分の『所有物』にして、思いのままにしてしまうことにあるのではないか」と答えた。つまり、積極悪とは相手の心を所有し支配して有無を言わせない。相手はこの状況から逃げたいが、物理的に脅されたり、法的に拘束されたり、精神的に束縛されていて、自由にならない。隷属の状態に置かれ、身動きが取れない。「この人間精神の自由な聖域を侵害する行為こそが、積極悪の本質だ。悪のキーワードは所有と支配だ」と湊は熱心に語ったのである。

「だから積極悪は、人間関係に必然的に所有と支配を持ち込む」

　これが湊の悪に関する基本的な考えであった。

　香川が湊に感服するのは、対話していてこういう「なるほど」と納得してしまう考え方、物事のコンセプトをしばしば感じるからであった。

　前田は、追従者として亀山の権力に仕える。湊によれば「消極悪人の見本」であった。

　その前田が、ほどなく支店長に着任した桜内宏と共に来社した。桜内は、前任の亀山よりもひと回り若く、四〇代前半に見える。大学時代はレスリング選手で鳴らしたと聞いたが、なるほど小柄ながら身体は引き締まっている。話は全日本学生選手権フリースタイル五五キロ級で優勝した、桜内のレスリングの戦績に始まり、やがて話の本丸に入った。

「さいたま支店から転任とお聞きしましたが、さいたまの景況はいかがでしょうか」

「わたしのいた支店は主に住宅地域でしたから、消費者に直結したスーパーの食品とか衣料品のような消費動向を中心に景況判断していました。そこで見る限り景気の風向きは僅かですが、上向き方向へ変わって来たように思います。ただし、スーパーでも工場でも大手はいいのですが、中小はなお苦しい、といった格差が、至るところで広がっている。この景況格差が全国的に大きな問題になっています」

模範回答で、上手に説明したものだ、と湊は思った。(その先を行って、もう少し試してみよう)

と、湊は質問の次の矢を放った。

「こちらも同様で、わたしどものような中小企業の多くは依然、四苦八苦しています。銀行の支援がもっと受けられれば、将来に向けた思い切った投資もでき、カネ回りも良くなって経済を好転させることができます」

「マクロのレベルでは、その通りですが、ミクロの現場レベルでは必ずしも銀行が進んで支援できる状況にありません。まだ不良債権問題が重くのしかかっているからです。大手銀行は受け入れた公的資金の後遺症に悩まされています。企業の方は、グローバル競争で韓中の台頭する勢力に圧迫されています。中小業者はコスト競争から収益が苦しく、大半が赤字企業で財務内容が悪い。過剰債務のところも多い。こういう環境ですから、現場レベルでの金融支援はなかなか進まない。このような現実があります」

「なるほど。当社は一時に比べれば幸い、業績が良くなってきました。御行から以前のようなご支援がいただければ、もっと業績を向上させることができます。新支店長に期待するところ、大です」

湊はそう言って、新支店長の反応をうかがった。

桜内は何ひとつ感情を表さなかった。一瞬の沈黙のあと、眉をピクリと上げて、言った。

「御社との案件については、よく検討した上で良いご返事を差し上げなければ、と考えています。前任者の亀山からの引き継ぎにもありましたが、これまでの弊行の対応にご不満かもしれませんが、わたしども、通常の業務の範囲内で精一杯対応させていただいたと理解しています」

以前に聞いたようなセリフが響いた。

近鉄・布施駅に近いインド・ネパール料理店「アジアの料理店」。平日の昼下がりにもかかわらず、笑い声に混じって怒涛《どとう》のようなざわめきが外に聞こえてくる。中に、ネパール人と見られる夫婦と子供三人、日本人の男女四人、それに湊京太と吉崎みどり、店主のゴータマが、遅いランチを楽しみながら歓談している。

ゴータマが、さっきからネパールを讃え、ネパール国歌を歌い、「仏陀《ぶっだ》の末裔《まつえい》」と称し「自分は特別にやるべきことがある」などと大口を叩いて客を笑わせている。

ひとしきり興奮したあと客は引いて行き、湊と吉崎だけが残った。

吉崎がクスクス笑いながら言った。

「ゴータマ、今日はよほど嬉しいんやね。まるで躁病みたいに浮かれて……」

「ボクは大変嬉しいんです」。ゴータマが「たまらない」というふうに首を左右に振った。

「何がそんなに嬉しいんや？　何ぞええことがあったんやな」

吉崎が聞くと、ゴータマはもう一度、首を振った。

「じゃあ、何なん？」

吉崎が怪訝な顔でさらに追及した。

「ハイ、そうです」とゴータマが答え、「実に嬉しいことです。幸せです」と、目を細めた。

「だから、幸せの中身は何なん、って聞いてるんよ」

吉崎が苛立たしげに、問いを繰り返した。

「えー、幸せの中身はボクの事業がうまくいっていることです。今年になって順調に滑り出しました。心配はなくなりました」

「まあ、それは何より。お店に近頃、お客さんが大勢見えられるんで、〝良かった、良かった〟とさっき、二人して喜んでいたところなんよ」

吉崎はそう言って、湊の方に振り向いた。湊が言葉を継いだ。

「他のお店も景気がええの？」

「そうなんです。一三ある全店で、この四月から六月までの間に黒字になりました」

「えっ、もう一三店舗も展開してるん？　半年前はたしか七、八店舗やったと言ってたけど」

「いまは全部で一三あります。まだまだ増えます」

ゴータマの黒目がちの瞳がひと際大きくなり、少年のように動き回った。

「そういうことなんや。ご成功おめでとう。近頃にないサクセスストーリーやね。ちょっと、その成功の秘訣は何なん？　わたしにも教えて。みんな経営者は苦戦しとるというのに……」

「大したことをやっているわけではありません。でも注意している点があります」

ゴータマは真剣な眼差しに戻って、自分の経営哲学と手法を二人に語った。「結論として」とゴータマは結んだ。

「この点では、仏陀の教えとは矛盾しますが、成功の一番の原動力は、欲望です。夢を追い、叶えようと一生懸命になったことです。夢がボクのエンジンなのです」

ゴータマの目が閃《ひらめ》いた。

「で、その夢いうのはお店をたくさん持ち、事業を広げ、ビジネスで大成功して、おカネ持ちになる。そういうことなん?」。吉崎が突っ込んだ。

「それ以上です。ボクを受け入れてくれた大好きな日本の人に、ネパールをもっと好きになってもらうことです。日本人はネパールに友好的ですが、ネパールの文化をもっと知ってもらいたい。二つの国がもっと、仲良くなってもらいたい」

「なるほど、気持ちはよう分かるわ。で、追いかけている夢の内容は?」

吉崎みどりが食い下がった。

「ボクの夢というのは、日本の美しい山あいの温泉地で、メディカルリゾートホテルを経営することなんです。空気と水の澄んだネパールのような地にホテルを建てる。そこで医療サービスも安心して受けられ、長期滞在できる—そういうリゾートホテルを経営したい。日本は今後、高齢者が増えていきますから、この人たちに喜ばれる立派な医療サービスと温泉付きにします。これなら、ネパールやアジアからも沢山《たくさん》お客さん呼べます」

「フーン、壮大でええ夢や。レストラン事業で資金を作り、これにいよいよ取りかかるわけやね」

湊が納得してうなずいた。自身も将来構想としてメディカルケアサービスへの進出も考えていただけに、いくらか驚いた。

「もう土地の目星はつけました」と、ゴータマがきっぱりと言った。

「へぇ、どこなん？　ネパールのような所って」。吉崎が次を急《せ》かした。

「そこは長野県の蓼科です。この前、行って見てきました。来週も行きます。ネパールのような美しい山の温泉地です」

ゴータマが、決めてしまったかのように言った。

「蓼科やったら、ええかも。小学生の頃、親に連れて行ってもろた。たしか霧ヶ峰も近いんちゃう？」

吉崎が遠い過去を思い起こした。彼女のいまは亡き両親と蓼科山麓のペンションで過ごした幸福な日が甦った。夏の青空にグライダーが舞う霧ヶ峰の高原が、目に浮かんだ。

湊がふたたびうなずいて、

「蓼科とはおもろい。着眼がええと思うよ。日本でも有数の保養地やからね。そこで土地を手に入れてホテル建設？　それとも古くからある温泉ホテルを買収してリノベーション、ということかいな」

「そのどちらも考えています。調査を始めたばかりですが、蓼科でやることは、もう心に決めました」

ゴータマが、遠くを見るような眼差しをした。

吉崎がゴータマを見上げて、フーッとため息をついた。

「ゴータマ君、エライ！　そういう決心がないと、物事は続かんよ。夢を追って諦めない。ビジネスプランを頭に描いて、確信に至ったら、心に決めて動じない。そうでないと、大きな目標は実現できん。サクセスストーリーがまだこの先、続いていく予感がするわ」

吉崎の声が上ずった。隣の湊を見ると、ゴータマがいましがた見せたように遠くを見るような眼差しをしている。ゴータマの言葉に感銘を受けて、物思いに耽《ふけ》っているようだった。二人の視線を受けて、湊が静かな口調で語り出した。

「プロジェクトのあらましは、よう分かった。ロマンチックで志の高い計画やね。後は実務的に油断せずに詰めていくことやな。不動産プロジェクトには多額のカネが動くんやから、意外な落とし穴が待っとる。リスクが多いから用心に越したことはない。僕もできるだけ協力しよ。ところで以前、日本の永住権は持っていると聞いたけど、日本の国籍は取るつもりなん？」

「いま帰化する申請をしています。もうすぐ〝ネパールの心を持った日本人〟になれます」

ゴータマの表情が得意気になった。

「これから夢の実現に向けて全力投球、のシナリオやね。課題は大きく言えば、不動産の取得、温泉付きリゾートホテルの建設もしくは改装、医療施設と機器、バス・自動車の完備、さらに医師、看護師、ホテルスタッフの手当て、といったところやな。資金も相当用意しなければならんし、ホテルと医療のハードとソフト機能を備える必要がある。採算上、医療ケアをどの範囲までやるか、絞らんといかんやろな」

湊が気難しい顔になった。吉崎が言葉を引き取って、

「夢は壮大に、されど事業は細心に─というわけやね。夢に水を差すつもりはないけど、あの地で経営を持続させるのは容易でないよ。夏は最高だけど、冬はひどく寒いんやし。この話はわたしもよう考えといて、うまく行くようにまた三人で協議しましょ。いま聞いたところでは、医師の常駐は極力避けて、近辺の総合病院と契約して週一、二回診療に来てもらうとかしてはどうやろか。ホテルを病院臭くしないことが肝心。そやけど、健康に不安を感じる高齢者の保養ゲスト用に予防的な医療サービスをする、というのはええと思う」

吉崎のイメージが膨らんだ。

「大体、ボクもそれに似たイメージを持っています」

ゴータマが感心したように吉崎を見た。内心、(この人は凄く勘がいい)と思いながら続けた。

「茅野市や諏訪市には、いい総合病院があります。マスコミに紹介される有名な先生もいます。病院側と契約して定期的に来て診《み》てもらう〝巡回式医療サービス〟を考えています」

ゴータマが考えの一部を披露した。湊と吉崎から見て、ゴータマは思っていたよりも考え深く、ビジネスの嗅覚《きゅうかく》も利《き》くようだった。

事業プロジェクトを巡るやりとりのあと、湊と吉崎は成功に向けて共に知恵を出し合っていく旨を伝え、ゴータマの店を出た。

初夏のまばゆい夕陽が、二人の姿を照らし出した。

第六章

魔の活断層

いなほ銀行新支店長の桜内宏が、担当の前田茂を伴ってふたたび来社したのは、最初の訪問から僅か二週間後だった。

湊京太は、桜内がピリピリとした緊張感をみなぎらせて部屋に入ってきたことを感じた。それは一種、動物的ともいえる〝攻撃への身構え〟のような気配である。

「前任からの引き継ぎもあり、早めに御社の案件を検討いたしました」

桜内が、能面のような表情で切り出した。その能面は、攻撃衝動を隠している。

「案件と申しますと？」

湊がすっとぼけて探りを入れた。

「六億三〇〇〇万円に上る長期貸付金についてです。これを全額、返済の方向でご検討いただけないでしょうか」

「えっ！　全額返済？　これまで返済を約定通りにきちんとやってきたはずですが……延滞したことなど、これまでに一度もありません」

「おっしゃる通りです。たしかにご返済が滞ったことはありません。このまま続けてもらいたいとのお気持ちはよく分かりますが、すべて完済するまでに今後二〇年はかかります。金融環境が厳しさを増していることもあり、わたしどもとしては全額を返済してもらいたいのです」

能面が凍り付いた。

「急に言われても、困ります。全額返済ができるような立場でないことは、よくご存じのはずです」

湊が能面の薄く細長い目を見据えた。

「存じています。これはお願いです」

能面が押し殺したような声で言った。

無言の時が流れた。能面の口元が裂けた。

「今日はわたしどもの立場は立場としてご理解していただき、お願いにうかがった次第です。ご検討いただければ、と思います」

能面はそう言い残し、そそくさと立ち去った。前田が湊に深々とお辞儀して、能面のあとを追った。

（桜内の言ったことは、要するに貸し剥《は》がししたいからよろしくお願いしたい、ということだ）。湊はこう総括した。

（とんでもない勝手な話だ。いろいろあったが、ともかくもこうやって持ち直して事業を続けている。これから腰を据えて、次のステップに入ろうとしている、その矢先に、これだ。いなほは常に、自分の都合で動いて来た。困ったら手を差し伸べるどころか、逆だ。手を引っ込める、いや、助けを求めるこちらの手をピシャリと叩く。これも彼らが、われわれとの共生の理念を失ったからだ。資金を必要な企業に融資する、この本来の金融業務を通じて、金融と産業は協力し合い、共存共栄を実現してきたのではなかったか。銀行は資金供給のインフラではなかったのか。なのに、いなほは返済を滞らせたことが一度もない当社に、この仕打ちだ）

湊はふと思考を止め、今朝、友人から届いた机上の資料に目を見やった。それは、秋田市で中小企業経営者と家族の自殺を防止する目的で活動するＮＰＯ法人「蜘蛛《くも》の糸」の調査資料である。

ページを開くと、「魔の活断層」とある。

一体何なのかと読んでいくと、日本の自殺者数が一九九八年に前年の三割以上も跳ね上がって三万二〇〇〇人に達した。この年から毎年続く「自殺者三万人時代に突入した」というレポートだった。

それは明らかに、九八年に急激な変化が起こっていることを示す。

「魔の活断層」とは、九八年の自殺者増加の断面を指していた。そこに、「一九九七年の自殺者数は二万四三九一人であった。それが、翌年に八四七二人も増加した。この年を境に日本は自殺者三万人時代が定着しだした」とある。

湊はむろん、九八年以後、「自殺者三万人時代」に入ったことは承知している。

九八年といえば、金融危機が一段と深まった年である。（その年に日本債券信用銀行と日本長期信用銀行が経営破綻して、一時国有化されている。デフレ不況にはまり込み、大型倒産が相次ぎ、貸し渋りがひどくなった年でもある……）。湊が記憶を呼び起こした。

（九八年という年は、多くの人は思い出したくもない年だろうな。前年の九七年四月に消費税を三パーセントから五パーセントへ引き上げ、続いてアジア通貨危機に端を発した金融危機——と、ロクなことはなかった。非正規雇用が増えてくるのも、この頃からだ。暗い気持ちで迎えた九八年からいよいよ「自殺者三万人時代」が始まった、というわけだ）

パラパラと資料をめくっているうちに、湊の目がある一点に止まった。

そこには、こう書かれてあった。

「びっしりと道路を埋め尽くして走る東京マラソンの参加ランナーの数と、ほぼ同数の三万人が自殺している」

自殺志願者が大挙して、ゴールの「死」になだれ込んでいる光景が湊の目に浮かんだ。

こうも書かれてある。

「増加した自殺者数の六割近くは、経済・生活苦である。病苦以外の原因により自殺者が二万人台から三万人台に増加した」

病苦以外の原因？　デフレ不況がもたらした経済・生活苦に違いなかった。

中でも自営業者の自殺者数が、うなぎ登りとなった。経営者が、自殺願望の先頭集団にいた。九八年という「魔の活断層」の年だけで、日本の自営業者の自殺者数は、前年より四割以上も増え、全自殺者の一割強の四四〇〇人近くに上った。自殺の多くは、責任を取って武士の切腹のように実行されている。

よく読むと、「魔の活断層」の年の自殺の原因のうち、前年と比べると「経済問題を苦に」が最多で七〇パーセントも増えている。これは日銀が発表した金融機関の「貸し渋り」と大いに関係していた。貸し渋りは、「魔の活断層」の九八年に急増していたからである。

湊が資料に目を走らせていくと、ある自殺しかけた経営者の話が出てきた。その経営者は、経営不振から追い込まれ、絶望して明日にも海に身を投げようと思ったが、その一歩手前でとどまった。土壇場で助言を受けて生命保険を解約し、保険の解約によって手にした一五〇〇万円で辛うじて事業の継続につなげたからである。

この話の中で、湊が「オヤ？」と興味を惹《ひ》かれた箇所があった。

それは「連帯保証」についてである。自殺願望の経営者の中には、自分が会社の借金返済の連帯保証人になっていることを苦にする者も少なくない。会社が倒産したら家庭生活も破滅して妻や子を悲惨な目にあわせてしまう、と絶望に駆られてしまうのである。

（問題は、この連帯保証というやつだ）

湊はふたたび分析のメスを執った。

（連帯保証は、中小・零細業者にしか求められない代物《しろもの》だ。しかしこれは、一種の商慣行にすぎない。上場しているような大手企業の社長に、銀行が「連帯保証」を求めて来ることはないからだ。ところが、中小企業の社長には、「連帯保証」が付きまとう）

湊はふと、忌々《いまいま》しいある出来事を回想した。

それは、取引行と三億円借り入れの契約書を交わしたときのことである。

先方の新任の担当者が、「保証書」と大書された書類を鞄から出し、「社長、ここに署名してください」と、指である欄を示した。いつものことなので、署名して見直すと、何とその欄外に「債務者」と書かれてある。（あれ、おかしいな）と思って上の欄を見た。すると、そこに「連帯保証人」とある。

担当が、あべこべに指示したのだった。

「これ、違うんじゃないの」

このひと言でその若い担当者は間違いに気づいた。が、ドジな担当者は、予備書類を持参していなかったため、その日の契約の取り交わしはできずに終わった。

この一見、うっかりミスに思える出来事を、湊は「銀行側は借りる側の会社を経営責任者と一体に見ているから、こういうことが起こったのだ」と読んだ。銀行側にとっては「借りる会社イコール連帯責任者」なのである。

ところが、この連帯責任には法的根拠がない。

湊はメモ用紙に大きく「連帯保証」と書いて、意味を考えてみた。それは、「連帯して保証します」という意味である。どこの誰と連帯するのか、と言えば、借金を負った自分の会社とである。会社が左前になれば、自分が取って代わり、「会社の借金は私が責任を持って返済します」と、会社に代わって前面に出て債務の支払いに応じるわけである。会社の命運と一蓮托生になる。

（怖い話だ。会社の借金が、自分がした借金ということなのだから……よくもまあ、俺もこれまで連帯保証人を引き受けたものだ。気楽に、というか、軽率に。それが経営者として、当然であるかのように引き受けてしまった。連帯保証した金額を――銀行から商社、仕入先メーカーに対して、その子会社の分まで保証した全ての金額を合わせると、数十億円に上るに違いない。万一、会社が倒産したら、連帯保証人として債務を支払えるか？　中小企業経営者の一体誰が、できるのか。できるわけが

ない！　もしも倒産を余儀なくされたとしたら、海外にでも逃亡するほかない）

湊は寒気がして、身震いした。

「連帯保証人の問題も結局、中小企業に特有の問題だ」と、湊は結論した。「個人連帯保証が原因で、家庭も悲劇に追い込まれる最悪のケースは防がなければならない」と思った次の瞬間、湊の手は反射的に受話器に伸びた。相手先は、この前に会った金融庁の小早川史朗である。

電話に出た小早川に、湊が聞いた。

「個人連帯保証によって、経営者が自殺する引き金となっているケースが見られますが、金融機関にとって連帯保証にどういう意義があるのでしょうか」

この質問に、小早川は丁寧に答えた。

「それは一般論としては、こういうことです。零細の個人事業主を含めて、多くの中小企業では家計と経営が渾然一体《こんぜんいったい》となっています。家計と経営が分離されずに、ドンブリ勘定でやっているため、財務内容が不明朗で信頼性に欠けます」

もっともな説明に思える。小早川の冷静な声が響いた。

「こうした中小企業への融資においては、経営に規律を与え、企業の信用を補完する必要から経営者に個人連帯保証を求めるのです」

「なるほど……」

「他方、経営者以外の第三者の個人保証については、問題があります。直接的な経営責任がないためです。債務者と同等の保証債務を負わせることが適当か、という指摘があります。金融庁としては少なくとも経営者以外の第三者に債務者と同等の保証債務を負わせることに関しては、何らかの結論を出さなければならない。そのように考えています。ただ、名義上は経営者ではないのに、実質的に経営に関与しているようなケース――経営は他人に任せているが、実質は裏で会社をコントロールしているようなケースをどう扱うか、という問題はありますが……」

小早川の説明に、湊は電話口でうなずいた。ともかく金融庁が相次ぐ連帯保証問題に、ようやく腰を上げつつあることは分かった。

湊は、のちの二〇一一年二月に、個人連帯保証に関し金融庁の金融機関に対する監督指針の改正を知ることになる。

その中で、金融庁は金融機関に対し、「経営者以外の第三者の個人連帯保証を求めないことを原則とする融資慣行を確立し、また、保証履行時における保証人の資産・収入を踏まえた対応を促進する」ように求めた。

具体的には、金融機関が「経営者以外の第三者の個人連帯保証を求めないことを原則とする方針を定める」「例外的に経営者以外の第三者との間で個人連帯保証契約を締結する場合には、契約者本人に対し……保証債務を履行せざるを得ない事態に至る可能性があることについて特段の説明を行うこと、及び保証人から説明を受けた旨の確認を行うこと」などの内容が盛られたのである。

事件は、その翌日に起こった。湊もよく知っている大阪の有力金型メーカーの二代目社長で、通称「浪速の若大将」が自宅で首を吊ったのだ。見つかった遺書から、若大将Mの自殺の動機が判明した。銀行の貸し渋りで資金繰りがつかず、「万事休した」とある。

若大将Mはすでに四五歳になっていたが、あだ名の通り声の大きさと威勢の良さで知られ、陽気で若々しかった。どう見ても、自殺するとは考えられなかったので、「なぜなんだ」と関係者の関心を大いに呼んだ。

噂によると、父親の先代からいい関係にあったメインの地方銀行が突然、態度を翻し、融資をストップしたということだ。

なぜ、地銀はそんな仕打ちに出たのか。若大将がバカ正直にも、経営の苦境を洗いざらい銀行に話して「頼んまっせ」と支援を求めたところに原因があった。銀行は一部始終を聞いて会社の内情を知り、助けるどころか融資をそっくり引き上げてしまったのである。

若大将は逆上したがどうにもならず、社員の給料も支払えなくなって、とうとう自らの命を絶ってしまったということだ。

それから二日後に、もう一つの事件が持ち上がった。今度のケースは、銀行からの借金の個人連帯保証人になっていることが、悲劇の引き金となった。

犠牲者は何と湊の友人の地元・東大阪で、中堅の通信機器メーカーを営むオーナー社長のNである。事故のつい一週間前に偶然、湊はNと法人会で会い、会話を交わしていた。その奇妙な話の内容からして、湊はNの死が事故死ではなく自殺ではないか、とピンと勘が働いた。

Nの突然の訃報は、法人会から来た一枚のファクスで知った。まだ、五〇歳の働き盛りだ。死亡したのは一昨日で、死因は自動車事故死とあり、それ以上詳しいことは書かれていない。

死んだ現場はどこか、どのように死んで、何が原因だったのか―湊は手がかりを求めてすぐに法人会事務局に電話した。すると――「ご遺族の話によると、関ヶ原に近い岐阜の山中で崖下に転落したようです」と言う。

「関ヶ原？　岐阜の山中？」

湊は「なぜ、そんな場所なのか？」と問い詰めた。

「そこが分からないんです。遺族もそちら方面に出張の予定はなかった、と言っていました。家族には所用で出かけてくる、夕食は要らない、と電話で伝えてきたそうです」

「同乗者はいなかったの？」

「一人でドライブしていたようです」

「事故の時間は？」

「午後八時過ぎ、と地元警察は発表しています」

「その時間帯は暗くなっている。視界は見えにくい。その時間に目的もなく一人で上り方向を走っているのはおかしい。目的地があるはずだ。どこに行く予定だったのかな？」

「それが分からないのです。警察の調べでは、遺書とかメモのようなものはなく、現場は高速道路から外れた山道で、カーブを曲がりきれずに崖下に転落死したということでした。警察は単純な運転ミスと見ています。当時、霧が出ていたのに、時速七〇キロ前後のスピードを出していたようです」

「おかしなことが多すぎるな。そんなスピードで突っ走ったのも解せない。思慮深い男だったのに」

湊が首をかしげた。

だが、これで事故の大体の様子は分かった。あとは、今夜の通夜に出て遺族から聞くことにしよう。重要な先約があったが、キャンセルして通夜に出ることを決めた。

その日の夜――。読経が響く中、湊は通夜の会場に入った。たまたま隣の席に、知り合いの初老の中小企業経営者が座っていた。彼はかつて地方財界で活躍し、市会議員も務めた地元の名士で、顔が広い。いまは社業の建設会社の会長を務めている。

湊が気付いて挨拶すると、向こうから小声で耳元に話しかけてきた。

「いやあ、不可解な死でんなあ。夜にあんな場所で崖から転落死とはな」

木魚を打つ音が聞こえてきた。湊がそっと言葉を返した。

「本当に不可解です。慎重な人だったのに、考えられまへん」

「転落死の場所も、岐阜山中とは。何をしに行きはったんやろかな」

そのとき前方から「それでは、お焼香をお願いします」という声が聞こえてきた。

最前列の人がモッソリと立ち上がった。

三〇分後、湊は寺の別室に設けられたお清めの席で、ビールを飲み、寿司をつまみながらNの長男と話していた。

「なぜ岐阜まで行ったのか、どんな所用だったのか、心当たりはありません。全く謎だらけです」

大学生の長男がうつむいて言った。

「お父さんは、事故の前はどんな状態でしたか？」

湊が長男から事故の背景を探り出そうとした。

「特に変わったところはありませんでした。ただ、事故の前日の月曜に、家族と一緒して次男と四人で食事したことが、普段と違っていたかもしれません。父は普通、平日は仕事で夕食時には戻りません。月曜は週の初めなので忙しいらしく、いつも夜遅くに帰ってきましたから……」

「となると、食事のときは、どんな様子だったの？」

「……いま思うと、一つだけ気になることを言っていました。〝お前たち、お母さんを大事にしてやってくれ〟と。それまで父はいつものように黙って日本酒を熱燗《かん》でチビリチビリと飲んでいたんです。母が立ち上がって台所に行くと、突然、僕と弟を見てそう言ったんです。僕は一瞬、何でそんなことを言うのかなと。いま、そのことを思い出しました」

この長男のひと言で、湊が抱いた疑念はついに解けた。Nは自殺したのだ。もはや疑いはなかった。湊はしかし、この確信をその場で口に出さずに、胸の内に収めた。

「そうですか……どうか挫《くじ》けずに。弟さんとしっかりお母さんを守ってやって下さい」

湊が思いを伝えると、長男が深々と頭を垂れた。

帰路、湊は歩きながらNの死について想像した。Nはおそらく会社の借金の個人連帯保証人を余儀なくされていたのだろう。会社が倒産すれば、担保としていた自宅を始め一家は全ての財産を差し押さえられ、失う羽目になる、と考えての自死だったのではないか。自殺して、せめて生命保険金を妻子に残してやろうと考えたのだ。

その想像が事実だとしたら、哀れと言うほかない。この結論に至ったのは、一週間前にNと対話した内容に思い当たったからだ。それと今夜の長男の話とは、辻褄《つじつま》が合う。Nがあのとき話したことが、いま結び付いた。

「経営がなかなか思うようにいかんのや。……ところで」と、Nは真剣な面持ちで身を乗り出して話し出したのだった。

話の内容はあれこれに及び、取りとめもなかったが、その中にキーワードが二つあった。借金の「連帯保証」と「生命保険金」である。自分がその立場にあるとは言わなかったが、仮に経営が破綻した場合について聞いてきた。連帯保証人になっていれば、返済の責任を例外なく負わなければならないか。経営者が死んで倒産した場合、生命保険金で一家を借金取り立てから救った例について知らないか、と。因《ちな》みに、自分が万一のときは掛けていた生命保険から一億円以上出る、と。

湊はNの「経営不振」「連帯保証」「生命保険金」の三つの言葉を並べてみた。明らかに、今回の死に至る要素が、そこにあった。

Nは倒産を覚悟したが、個人連帯保証で会社の借金返済の責務を負う。残された家族の生活が根こそぎ崩れるのを何とか防ごうと、自殺したのだろう。自殺と分かれば家族は自分たちが原因の一つを作ったとひどく悲しみ、自らを責めてしまう。だから事故死を装ったのではなかったか。

湊は〝独自捜査〟から、以上の結論を導き出したのである。

湊が思いを巡らしながら帰宅したとき、時計は午後十一時を回っていた。


「いなほ銀行の前田さんからお電話です」

湊が電話に出ると、支店長の桜内がお取引の件で来社したいという。以前にあった借金の全額返済の要求は、むろんキッパリと断っている。また、この要求を蒸し返しに来るのだろうか。

三日後、桜内が前田を伴って訪れた。

「お話ししたい案件と申しますのは……」

桜内が上目遣いで湊を見つめた。ヘタなことをすると、いまにも襲いかかるかもしれない殺気をたっぷりとたたえている。

湊が目で話の先を促した。

「六億三〇〇〇万円に上る長期貸付金についてです。これをわたしども、ファンドにそっくり引き取ってもらうこととしました」

能面の唇が不気味に左右に裂けた。

「何ですって？　ファンドに？　どういうことでしょうか。御行にとって不良債権だから安く売却する、ということですか？」

「不良債権というわけではありません。わたしどもとしてはファンドに御社への期間二〇年の長期貸付金、つまり、わたしどもの債権をファンドに譲渡することとしたのです。ご承知の通り、以前に長期貸付金の全額返済を求めましたが、御社からの同意は得られませんでした。そこで、やむなくこのような措置を取らせていただきました」

「待ってくださいよ。そのことはすでに決まったことで、すでに先方のファンドと契約したのでしょうか？　先方はどういう会社で、当社にはどんな影響があるのですか？」

「契約は、交《か》わしました。相手先は『シルバー・インベストメント』という会社です。アメリカの投資銀行大手のシルバーマン・サックスの出資会社ですから、信頼できる相手先です。弊行とは提携関係にあります。御社は、現行条件と同一の条件で返済していくことになりますから、ご心配は要《い》りません。不利な扱いになることはございません」

「現行条件と同一——つまり、これまでと同じくそのファンドに元利返済を続けていけばよい、ということですか？」

「おっしゃる通りです。ただし、振込先はわたしどもではなく、シルバー・インベストメントになります。」

「随分、一方的な通告のように感じるんですが、どうしてこのようなことになったんですか」

湊のいなほ銀行に抱いていた不信感がふたたび沸き上がってきた。

能面の顔にサッと生気が甦った。

「ぶちまけた話、こうすることが御社とわたしどもにとって利益になるからです」

能面の目が笑い、口が裂けた。

「利益になる？　どういうことでしょう」

「御社にとっては債務問題を切り離すことで、弊行との関係をリスタートできます。少なくとも、ゼロから始める気分で再出発できます。ある意味、精神的に解放されます、これが大きい。さらに債務返済の相手が別の専門機関に変わることで、――失礼かもしれませんが――債務返済にも緊張感がより生まれて、返済に集中できます。これは御社にとって、いい結果をもたらします」

能面が、湊の反応を探った。

「なるほど……それで御行にとっては、どういう利益ですか」

「弊行にとっては、正直な話、長期債権を切り離すことでバランスシートから外し、財務内容が改善されます。銀行は国際基準もあって、自己資本比率を一定以上に保たなければなりませんが、この目的に適《かな》います。それが一つ。もう一つは、管理事務の合理化です。長期にわたってフォローしなければならない管理事務は、手間とコストがかかりますから極力、外部委託を考えています。これもその一環として、実施を決めたものです」

「なるほど……で、わたしどもとしてはこれまでと同じ返済条件で返済していけばいい。返済する先が変わる、ということだけですね」

「おっしゃる通りです。返済の仕方はこれまで通りです。振込先が変わるだけです」

「一つお尋ねしますが、御行が債務を切り離したという意味は、ファンドにわたしどもの債権を売却した、ということですか」

「おっしゃる通りです」

「債権を売るとなれば、安くしなければ引き取らないと思いますが、相当安値で売却したということでしょうか」

「詳しいことは分かりません。取引内容について、詳細には聞いていないのです。ただ財務担当の話では、ファンドへの売却法はケースバイケースで、価格は債権の性質によってむろんまちまちです。ファンドが一社分だけではなく、まとめて五社や六社の債権を買い取って売るケースもあるようです。ファンドが債権を買って直接、経営に乗り出す場合もあれば、これを転売して儲けるケースもあるようです」

「老舗旅館の債権を、銀行がファンドに売り払うケースが増えていると聞きますが、中にはシルバーマン・サックスが関与した話も、ちらほら聞こえてきます。外資が入ってくるほど、債権売買は活発になっているんですか？」

「活発化していることは、間違いありません。買い取ったファンドがその先どうするか。主に二つに分かれるようです。事業承継か転売か、です。旅館の場合は――ファンド自らが経営するケースが少なくありません。シルバーマン・サックスが長野県の大手リゾートホテルと組んで、買収を進めた話も聞いています。しかし、経営は案外、難しいようで、うまく行っているのは全体で一割くらいでしょうか。ファンドが旅館を経営する場合、中国や台湾、韓国などからの海外旅行客にターゲットを絞って、破格の安値で客集めするケースもあると聞いています」

「そうですか。そうやって、アジアから団体観光客を入れてゆく」

「おっしゃる通りです。ファンドは地元の旅館組合などに入っていないアウトサイダーですから、平気でダンピング料金でやります。やってみてダメなら、転売したりしてあっさり撤退します。地元の旅館にとってはハタ迷惑な話ですが、低価格を求める消費者には喜ばれる。ある意味、グローバル経営を地でいくものです」

能面の説明が弾みを付け、一層具体的になってきた。

「信じがたい話ですが、歴史も資産もある老舗温泉旅館の債権が、いくつもひとまとめにして売られるようになるとは、一〇年ほど前には考えられないことでした。この新しい波は、しかし、先ほど申しましたように、債権者、債務者の双方に有利なチャンスをもたらすことも事実です。御社にとって、このチャンスを十分に生かしていただければ、幸いに存じます」

能面がムリして都合のいいように結論付けた。

吉崎みどりは書き上げた企画書に、もう一度目を通すと「ヨッシャ」とつぶやいた。

吉崎の企画書は、一風変わっている。文字と並んで必ず漫画ふうの図とか考えの順序を示す矢印とかがふんだんに盛り込まれている。これを吉崎は「観客目線の企画書」、と呼んでいる。

「観客の目から見る印象が大切なんよ」

ある日、吉崎が作った町内会の催し物のパンフレットを見た湊京太が「何でいつもこういうふうに、マンガチックなんかな」と聞いたときの吉崎の回答だ。そういえば、吉崎には、学生時代に大手広告会社でアルバイトをした経験がある。これを生かしているのか、コピーライター的能力がたしかにある……。

湊が感心するのは、吉崎のいつも「相手の立場から見る」目線だった。

その日、吉崎の店の近くの喫茶店で吉崎が湊に見せた企画書は、いつものように単純だが、アピール力があった。それはゴータマの計画するメディカルリゾート事業に関するものである。

湊はこれを一気に読んだ、というより、目を走らせた。そして「そうなんや！」と叫んだ。

「こいつは願ってもない物件かもしれん。ゴータマが求める地、蓼科でこういうのが現れるとは！シュルレアリスムの画家、ルネ・マグリットのコレクションを展示する美術館を運営する老舗の名門ホテルが、まもなく売りに出されるとはね。見たところ、希望価格も良心的や。情報の出所は、知り合いの地元経営者とあるけど、たしかな筋やろね？」

湊が、吉崎に情報源の信頼性を確かめた。

「情報元はたしかよ。その人、ご主人が蓼科で経営している旅館の女将《おかみ》さん。私と大学が一緒で、仲良かったんよ」

「ほんまかいな。で、企画書によると、森林野を含めて敷地八〇〇〇坪余りあるそのホテルを併設する美術館と共に、二億円を下らない価格で買い取る。マグリットを始め収蔵するシュルレアリスムの絵画については、希望するなら取引を別途、交渉で——ざっと、こういうことかいな？」

「わたしも、この話を持ち込まれて正直、びっくりしたんよ。求めていた案件が突然、降って湧いてきたもん。ゴータマはどう反応するやろか」

三日後の昼、二人はゴータマとレストラン「マストロヤンニ」で会食していた。ゴータマの笑い声が時折響いてくる。

「その立派なホテル、知っています。大変、気に入りました。最大二億円のオファーですね。もっと安くいける、と思います」

「あら、そー、買い取りにゴーサインというわけやね。それは良かった。細かなところはこれから詰めていく。そういうことでええわけね」

吉崎が、ゴータマの意思を確認したあと、同意を求めるように湊を見た。

黙って聞いていた湊が、口を開いた。

「良さそうな物件であることは間違いない。ゴータマが気に入って何よりや。ゴータマが〝蓼科一本槍〟で進むので、僕も一応、立地条件などをたしかめてみようと思ってね。東京に行ったとき、たまたま金融機関を訪ねて知り合った茂木さんという諏訪市の建設会社の社長に電話してみた。蓼科は諏訪の隣なんで、土地勘があるはずやからね」

ゴータマが、目をギョロリと見開いた。

「彼が言うには、蓼科はメディカルリゾート事業をやるのに打って付けではないか。その証拠に、すでに古くから知られた保養地で、保養地の条件である温泉と山の空気、水の清さを備えている。付近に縄文遺跡群があるのも、縄文人が豊かな渓流を頼りに大がかりに生活を営んだからだという。縄文人は早くからこの地に、自然の大いなる恵みがあることを知って住み着いていたんだ。今後、ますます増えていく元気な高齢者用のメディカルリゾートにピッタリだと思う、と彼は言っていた」

湊がひと息つくと、ゴータマが、満足げにうなずいた。湊が先を続けた。

「どやろか。今週一杯考えて、ゴータマの気持ちが変わらんのやったら、来週初めに吉崎さんの方から先方に連絡を取ってもらい、先方と交渉に入る――この線でやってみては」

ゴータマが、すぐに反応した。

「それで、お願いします。いい話だと思いますが、今週一杯じっくり考えて、気持ちを固めて最終的にご返事します」

吉崎が、割って入った。

「ゴータマ、あんたすっかりのぼせ上がってるけど、おカネの方は大丈夫なん？　二億円用意できるん？」

「ああ、おカネですね。何とか、なります」

ゴータマが、声を落として断言した。そしてもう一度、繰り返した。「何とか、なります」

「そんなら安心して話を進められる。ゴータマは自信家で前向きやから、あとは前のめりになって転ばんように用心せんとね」

吉崎が、もっともな助言をした。

「ここ『布施』で成功したら、日本のどこに行っても成功する、と言われとるんや。日本最初の回転寿司『元禄寿司』が開店したのも、この布施や。たしか昭和三三年頃、と聞いた。プラスチックからペット用品、LED電球まで幅広い生活用品で知られるアイリスオーヤマも、ここ布施から家業を引き継いでいまは本社を仙台に置き、大きく発展させとる。社長の講演を聞いたが、オヤジさんが急死したため大学進学をあきらめ、一九歳で社員五人の零細企業を継承した、と言うとった。ゴータマは現に布施で、成功してはる。用心深くやれば心配することは、一つもあらへん」

湊が、話を引き継いだ。

「布施は庶民の町なんや。商売がうまいことといくには打って付けや。客の目は肥えとるからな。値段にもさといし。とにかく安けりゃ売れる。小売りは安くて種類がなければダメ。店開きのとき、人がゾロゾロ押し寄せる。景品が貰えるからね。セールで卵一〇個で八八円というのがあった。コメも一〇キロ三〇〇〇円を切らんと買わん。この前、タクシーの運転手から聞いたんやけど、タクシー代を『もっと安うできんか』と値切りよる客もいるそうや」

吉崎がクスクス笑って相槌を打った。

「ほんまに布施はちゃう。安いもんには目がないんや」

「なあ、ゴータマ。天神社の楠《くすのき》を知ってるやろ？　樹齢九〇〇年と言われ、東大阪で一番古うて大きい楠や。僕も勇気を貰いに行くことがあるんやが、楠のように大地に根を張る生命力が、何事にも肝心や。楠ほど生命の長い樹木は、僕の知る限りないからな。全国巨樹のトップ一〇のうち九までが、楠やったという役所の調査があるくらいや。全国一位の鹿児島にある楠は幹周りが何と二四メーターほどもある。何で、そんなに寿命が長いんか知っとる？」

湊が、二人の顔を交互に見た。

「寿命が非常に長いのには、立派な理由がある。楠は多量の樟脳《しょうのう》を含むため、虫が嫌うから虫害を受けず、腐敗しにくいせいや。樟脳は防腐剤、防臭剤の原料になってるけど、この樟脳は楠から取られる。楠が長生きして大地に根を張れるんは、内部に持つ樟脳のお陰や。人間も、そうでないとあかん。内部に腐敗しにくい実質を備えておかんとあかん、ということや」

ゴータマが右手を挙げて質問した。

「ということは、われわれも虫を寄せ付けない強い心を持て、ということですか？」

「まあ、そういうことやな。楠のように強い幹になるということ。今度、ゴータマの仕事に一区切り付いたら、三人で天神社の楠にお参りに行こか」

ゴータマと吉崎が、同時に声を上げた。

「行きましょう！」

三人はそれからしばらく和気あいあいと話し合い、カプチーノを飲み終えて上機嫌で散会した。

ダイア産業といなほ銀行との関係は、シルバーマン・サックスに債権が移されて以来、微妙に変化する。ある種、「トゲが抜かれた関係」に変わったのである。のちに湊が「相対的安定期に入った」と回想するようになる。

どういうふうに両者の関係は変わったのか――。ひと言で言えば、銀行にとってはこの先も抱えていかなければならなかった長期滞留債権をバランスシートから外すことで、サッパリし、ダイア側も銀行とのわだかまりが解消した形となるから、同じくサッパリしたのである。

つまり、表面上は両者がひとまず戦いの矛《ほこ》を収めて休戦した状態となったのだ。これを湊は「ヘンな戦争」と呼んだ。

たしかに「ヘンな戦争」だった。

何より双方の間のピリピリした緊張が緩んだ。懸案が他社の手に移されたことで双方の訪問件数自体が減り、ときたまの訪問でも話題から借金返済問題がウソのように消えた。湊の精神的負担はかなり軽くなり、気分が和《やわ》らいだ。この点で、「ゼロから始める気分で再出発できます。ある意味、精神的に解放されます」という桜内の言葉は本当だったのである。

翌日、湊は腹心で「賢者」の香川に、「借金問題は新しい段階に入った」と説明した。

「はっきりしたことは、経営の立て直しを進めて借金を減らしていくことだ。借金依存から訣別することだ。これ以外にない」

湊は自分自身に言いきかせるように断言した。

このことは自明のようだが、簡単でない。日芝の委託生産分がなくなった穴を汎用の電子機器部品を製造して埋めなければならないが、そのためには商事部門が汎用部品の販路をもっと開拓しなければならないからである。デフレ不況で競争が厳しい中、大きな受注を失ったあとの失地回復がどれだけ困難か、湊には痛いほど分かっていた。

だが香川は、「これで、かえってさばさばした気持ちで経営再建に集中できますね」と応じた。二人は意見の一致を見たのだった。

湊は、この機会に借金について考えてみた。「経済関係とは、一つには債権・債務関係である」と言えるのではないか。平たく言えば、「貸し借りの関係」である。銀行と企業の関係が、まさしくそれだ。

この企業と銀行間の債権・債務関係は、企業の経営が順調に推移しているときは悪化するはずもない。双方とも受益の「ウィン・ウィンの関係」だからである。

しかし、ひとたび、経営環境の急変―たとえば自分たちのように下請け委託業務が突然、中国に移されてなくなるような事態に見舞われた場合には、銀行は平気で手の平を返す。経営拡大が順調なうちは〝行け行けドンドン〟と貸し込んでくるが、いったんつまずくと「もう貸さない」「早く返せ」とハシゴを外しに掛かる。「行きはよいよい、帰りは怖い」だ。あまつさえ、立場の弱みにつけ込んで怪しげなデリバティブを押し込んで恥じることがない。

「これが銀行の現実だ」

湊は思わず手で膝を叩いた。

「そう言えば……自戒を込めて、重要なことがもう一つある」

湊が小声で自分自身に言い聞かせた。

それは〝借金慣れ〟の恐ろしさである。借りられる限り借り続けると、借金の感覚が薄らいでゆき、やがて借金漬けに慣れてしまうのだ。

水瓶に蛙を入れ、徐々に加熱していくと、蛙は瓶から飛び出さずにジッと留まり、そのまま茹《ゆ》で上がってしまうという。ちょうどこの茹で蛙と同じように、借金漬けになっても感覚が鈍くなり、終いにはマヒしてしまうのである。借金の茹で蛙である。

借金漬けが当たり前となると、いつしかその状況に慣れてしまう――この場慣れしてしまう人間の「適応力」が、実は曲者《くせもの》なのだ。

考えてみれば、あらゆる動物の中で、人間が最も多様で柔軟な環境適応力を持っているがために、どんな過酷な環境にも、恐ろしい非道徳的な状況にも慣れてしまうのかもしれない。ナチの強制収容所にぶち込まれたユダヤ人精神科医のヴィクトール・フランクルは、希望的な状況を想像することで辛うじて絶望に陥らずに済んだ。「希望」を幻視する想像力が、現世の地獄を乗り越えたのだ。

借金漬けに対しても、この適応力がそれを「無視する」形で発揮されたのではないか。嫌な現実を見ぬふりをする、決して直視しない「無視」「無関心」というやり方で、借金漬け状況に適応しようとしたのではないか、と湊は考えた。

そうだとすれば、「慣れる」とは怖いことである。現状を「イエス」と肯定して、安住してしまうことにほかならないからだ。つまり、進化の時計の針を止めることなのではないか。

借金に慣れてしまう、借金に平気になってしまう――湊はこのことの意味を考えてみた。

借金漬けの「茹で蛙状態」には、二つの特性があるのではないか。一つは、借金への警戒感、危機感が薄れて借金状態に慣れ切ってしまうこと。つまり、借金が膨らんでも〝いつもの感覚〟、平常感覚でいられることだ。平常感覚とは、この場合、マヒ感覚にほかならない。

この「平常感覚」には、嫌なことは無視して忘れ、快適に生きようとする人間のしたたかな適応本能が働いているのではないか。心安らかに生きようと借金の意識をオフにしてしまうのではないか。

もう一つの「茹で蛙状態」の特性は、借金のマヒ感覚に伴って借金返済の責任感が薄れてしまうことである。「借金は返さなければならない」の観念が希薄になり、ついには「返さなくてもいいんだ」と勝手に開き直って反省しない。

こうなると、遅かれ早かれ隙を見て「借金の踏み倒し」の魂胆が頭をもたげる。「借金したオレが悪い」という感覚はなくなり、逆に「借金させられた」という被害意識を抱く者さえも現れる。

最悪の場合は、借金感覚のマヒから次に自制を失った浪費へ、ムダ遣いへと踏み出して行く。金銭感覚がおかしくなっているため、いま手元にあるカネを大事に扱わなくなる。その投げやりの心理には「自分を翻弄したカネに復讐してやろう」という倒錯した感覚が働いているのかもしれない。

こうして借金をしているのにカネ遣いが荒くなる、という奇妙な倒錯状況さえ生まれる。湊はそっとつぶやいた。「これが借金漬けの心理学だ」

いなほ銀行支店長の桜内が、ダイア産業の債権譲渡を湊に通知してから一週間後、受け皿となる当の投資ファンド「シルバー・インベストメント」の幹部二人が来訪した。二人は四〇歳前後と三〇代前半に見える、物腰の柔らかな営業マンふうの男たちで、湊に差し出した名刺には肩書きがそれぞれ「債権統括部」の「統括マネジャー」、「副マネジャー」とある。

「このたび、いなほ銀行様から御社の債権について譲り受けのご要請があり、お受けすることといたしました」

まず統括マネジャーが猫なで声で切り出した。

その説明は、型通りに簡単に終わった。それから男は「債権譲渡通知書」なるものを差し出した。そこには、債権者のいなほ銀行が有していた一切の債権を「これを担保する担保権とともに一体のものとして、下記譲受人に譲渡いたしましたので、ご通知申し上げます」と書かれてある。

続いて、振込先が記されている。

湊は目を走らせ、末尾の「本件のご連絡先」の項で止めた。湊は債権を譲渡されたシルバー・インベストメントが、てっきり債権を管理・回収するものと思っていたが、そうではなかった。別の会社名「株式会社　光債権管理」と記載されてある。その会社を説明して次の欄に「債権管理

回収業許可　法務大臣第××号」とあった。シルバー社は債権の管理・回収を紛れもなくプロの業者の手に委ねたのである。万一、返済が滞ることになれば、こういうプロが債権取り立てに出動する。統括マネジャーなる男は、次に「特約書」を取り出した。「譲り受けた金銭債権について、次の通り合意しました」とある。返済期間、各回の返済額などが書かれた合意事項が盛られている。

湊がふたたび目を走らせ、それが終わると、男が書面の下方を指して言った。

「この『借主』の欄にご署名と捺印をお願いいたします」

このようにして、いなほ銀行が持つダイア産業の債権は、シルバー・インベストメントに譲渡されたのである。

その日の午後、湊は近くの寿司屋に香川真一を誘い、遅めの昼食をとった。

湊が愉快そうに、「債権譲渡の案件、さっき先方のシルバーと手続きを済ませたよ。気分はなぜか爽快だ」と伝え、胸を反らして伸びをした。

「それは何よりです。借金が銀行の手を離れるだけ、やれやれですね。お気持ちは、十分理解できます」

香川が忠臣らしく、思いやった。

「不思議なもんだ。借金自体はなくならないのに、心が軽やかになる、とはね」

湊が、表情を和ませた。

香川が穏やかに「社長も、銀行には随分、悩まされましたから、ようやく心の平安を取り戻せますね。神経を使うのも仕事のうちですが、ないに越したことはありません」と、慰めた。

「思うに、借金問題が絡んでいると『もっと借りたい』とは言い出しにくいしね。銀行の方も貸すより返すのが先だ、と言うだろう。だから、今回のシルバー様の登場は有り難い。これで、銀行もわれわれも借金のことをひとまず棚上げして、同じテーブルに着くことができる」

湊がそう言って微笑んだ。

「お互い再出発の形で話し合えるようになるわけですね。銀行問題は、一応の解決を見た、ということでしょうか？」

「残念ながらそうはならんな。借金外しで、話し合いはしやすくなる。が、銀行側はこれを機にデリバティブでやったように、あっけらかんと攻勢を強めてくるだろう。銀行は借金切り離しで、負担が軽くなった分、フットワークも軽快になるからね。油断大敵だ」

香川が「ごもっともです」とつぶやいて、首を縦に振った。

「授業料は高くついたが、人ができない経験をした。ほかではできない貴重な経験だ。今度はこいつを生かす番だ。ここ数年、七転八倒したが、次は経験をしっかり生かして、七転び八起きといこう」

香川が相槌を打って、「七転び八起きとは、人生の極意ですね。悪戦苦闘しながら最後は勝ち越す……」と微笑を浮かべた。

「そう、人生の極意……。差し当たって、人助けをしようか。せっかくの経験を生かして、デリバティブの蟻《あり》地獄にはまった中小企業の経営者仲間を救い出す――その役割を引き受けようかな。仲間の中には、困り切って途方に暮れている者も、きっといるだろうから」

湊はむろん知る由《よし》もなかったが、その掛け替えのない経験を生かす機会がほどなくして訪れる。

為替デリバティブの誘惑者は、やはりすぐ近くにもやって来ていた。羊は危うく餌食《えじき》となるところだった。

それは長田法人会の理事会の席で起こった。湊は四月から理事に就任し、初めての理事会に出席していた。予定より早く出てきたので、始まるまでに間がある。湊は隣に着席した同じ新任理事の田岡公一に話しかけた。話題が景気に及ぶと、田岡が大きな禿頭を振って声を潜めた。

「実は困りましてな。景気はそこそこなんですが、いなほ銀行がひっきりなしに、いま流行《はや》りの為替デリバティブを『やらんか』と勧めてきましてね。それも一度や二度やない。しょっちゅう融資担当者がやって来ては勧誘しよる。うちに持ってくるのは、決めた価格でドルを五年間買わないか、という通貨オプションとかいうやつですわ」

と言って、額からにじみ出た汗をタオルで拭った。

田岡は、女性向け衣料品販売チェーンを地元周辺で展開し、商品の八割を中国から輸入している。年格好は六〇歳前後で、見るからに精力的な中小企業の社長だ。五〇〇〇円、六〇〇〇円クラスの婦人用ブラウスを揃え、自らも店頭に立って主婦客らを呼び込む。

田岡の話によると、銀行は中国から商品を常時、輸入しているところに目を付けた。

「中国からの輸入がメインなら、デリバティブをお使いになった方が円安メリットを受けられてお得です」と、いなほ銀行の融資担当者は切り出した。

「そうなんやが、仕入れは商社を経由しとるから、ドルは必要ないんや」

田岡は、のっけからそう伝えて勧誘を断った。

ところが、それから一週間後、今度は三友銀行の担当がやって来て、同じように為替デリバティブを勧めた。

田岡は丁重に応じた。

「よそさんからも勧められたんやけど、断りましたんや。デリバティブをする気はさらさらあらへんさかい」

（これで一件落着）と思っていたら、その一週間後にいなほ銀行が、ふたたび訪ねて来た。翌月には融資を頼もうと考えていた矢先だった。

田岡社長は、融資の案件が頭に浮かんでいたこともあり、とうとう根負けした。「説明を聞いてると、円安相場が続けば得をすると言うから、一つ賭けてみよかという気になりましたんや」という。

「危ない話ではあるんやが、相場次第で大きく儲かるかもしれんと、ついスケベエ根性が出たんですわ」

田岡は揺れた気持ちをそう話した。

「デリバティブは危険極まりない代物《しろもの》でっせ。やらん方がいいのと違いまっか。で、先方はどんな条件で言ってきよったんでっか?」

「いなほと三友とでは、デリバティブの内容が違います。あたしらはまず、いなほから説明を聞きましたんやが、それによると――」

「ちょっと待ってえな。契約はもうやったんでっか?」

「来週、そのつもりでんねん。先方と月曜に会うて、契約内容を詰める段取りになっとるんですわ」

「そんなら、まだ契約は交わしとらんということや。すぐに、キャンセルした方がええ。あとで取り返しのつかんことになりよるから。わたしも、ついうっかりいなほの話に乗ってしもて大損しましたんや。で、いなほの契約内容というのは、どんなんでっか?」

田岡が頬を紅潮させながら、「五年の期間にわたって三カ月に一回、一二万ドルを決済する。行使価格は一ドル=一〇〇・七九円、というもんですわ。仮にいまの為替レートが変動せずにそのまま推移したら、十分得する計算になりまんな」と言って、湊の反応をうかがった。

「なるほど……銀行も、そういうふうに説明しよったんですな?」

「その通りですわ。たしか、こう言うとった。『円高になるリスクも、もちろんありますが、日本経済の停滞ぶりから逆に円安に振れる可能性も十分あります。ですから、ここで利益を出しておいて貯めておき、万一、円高になって負けたときには、その蓄えで支払えばいいでしょう』――こんな話でしたな」

「それで、行使価格を超える円高になったときには一定額を購入する約束になっているんやと思うけど、それはどんな中身なんやろ」

湊は、すでに他人事とは思えなくなっていた。

「特約のことでんな。行使価格一〇〇・七九円を超える円高時には、決済額が二倍となり、二四万ドルを購入する義務が生じよる。この特約で、円高になるとリスクは急増しよる」

「そうやと思たわ。で、銀行はその点をどう説明しよりましたんかいな？」

「銀行は、たしかこう言うとった。この特約は、円安のときに、企業に有利な行使価格を作る、その代償として盛り込まれた、と。つまりやな、これで均衡が保たれた契約になっている――そう説明しよったと思うな」

「なるほど……」

湊が思案顔になって、解説した。

「五年の契約と行使価格を超えた円高時の特約事項―これがデリバティブのポイントや。この長期のタームやと、遅かれ早かれ相場は大きくうねって円高の局面が出てくるのは必然や。そこで、円高とともに特約によって決済額は倍になって、銀行は大儲けしよる。ざっとこんな仕組みや」

「そうでっか。そういうことでっか。よー分かりました。敵は相当狡猾でんな」

田岡が感心して、うなずいた。

「それで、解約のことについて先方は説明されたんでっか？」

「こっちから尋ねると、中途解約は原則、できん、と答えよった。万が一、やむを得ん事情が発生して解約する場合は、解約清算金を支払ろうてもらう必要があると。それはケースバイケースやが、相当に高うつくみたいや」

「いなほとの契約の内容は分かった。三友とは、契約を終えたんでっか？」

「これも来週中にしよと考えとったところや。三友さんには、むげに断るわけにはいかん。二億円借りてまっからな。いなほさんとやるんやったら、三友ともやらんと、と考えとった次第や」

「そうでっか。お気持ちはよう分かりますんやが、こちらのデリバティブも断った方がええ。このデリバティブも、内容は大同小異やからな。で、どないな内容なんでっか？」

「たしかに大同小異ですわ」。田岡が眉間《みけん》に皺《しわ》を寄せ、次の言葉を探した。

「そやけど、三友さんの方がリスクが高そうや」

田岡は一層険しい顔付きになった。それから内ポケットから手帖を取り出して開き、思い切ったように説明を始めた。

「契約の内容は、五年にわたって三カ月に一回、二四万ドルを決済する、というもんや。特約によって九九・五円を超える円高になったら、一〇七・二円でドルを購入することになっとる。為替レートが九九・五円を超える円高になると、たとえ一ドルが九〇円になろうと八〇円になろうと、一〇七・二円で二四万ドルを三カ月に一回、買い続けんといかん、そんな内容です……そうすると、三カ月に一回、一〇七・二円で二四万ドルを決済するための資金も用意しておかんといかんわけですわ。実に一回、二五〇〇万円以上の資金がかかりよる」

こう言うと、田岡は空《うつ》ろな目で天井を見上げた。

「よー分かりました。そやけど、まだギリギリで間に合いますな。これも契約してはいかん。ドタキャンに限りまっせ。調印せんことです。よろしおまっか、決して調印してはいけまへんで」

湊が念を押した、ちょうどそのとき、理事長が事務局長を従えて入室してきた。司会役がマイクに向かって、

「大変お待たせしました。予定より遅れましたが、ただいまから……」と声を張り上げた。湊と田岡は、話を切り上げ、理事長に視線を向けた。


翌日の昼、湊京太はリスム銀行東大阪支店の沼田大介と、レストラン「マストロヤンニ」で昼食を共にしていた。湊が昨夕、「為替デリバティブの件でお話をお聞きしたい。明日の昼、ご一緒できれば有り難い」と沼田に話し、銀行の外に呼び出したのである。この際、為替デリバティブの問題をしっかり理解しておかなければならない。ついては沼田の知識が役に立つだろう、と考えたのだ。沼田は最近、昇格して融資担当のグループリーダーになっていた。

湊は、デリバティブ契約を突き付けられ当惑している経営者仲間の相談に乗っているところだと簡潔に説明し、助言を求めた。沼田はすでにデリバティブ関連の資料も持参し、質問に答えられるように事前の準備を怠っていない。

湊からひと通り説明を聞いたあと、沼田がいつものように当を得た質問を返した。

「お話のあらましは分かりました。一つ、確認ですが、その方は先方と契約書をまだ交わしていないんですね。交わしていなければ、ドタキャンするに限ります。判さえ押さなければ、契約は執行されません」

「来週、契約を考えていたそうで、危うく契約するところでした」

「それなら、辛うじて最悪の事態は避けられます。実に強運な方です、数日遅れれば、ディザスター（災難）に巻き込まれるところでしたから」

「タッチの差で災厄《さいやく》から免れた、ということですか？」

「その通りです。為替デリバティブは大変、危険な商品です。弊行もいなほさんや三友さんほど大規模ではありませんが、多少のデリバティブを扱っていますので、いまからお話しする内容については厳秘扱いで内密にお願いいします」

「分かりました。もちろん内密に扱います」

「ご承知と思いますが、金融機関が盛んに中小企業に取引を勧めているのは、為替デリバティブの一種、『通貨オプション取引』と呼ばれるものです。通貨オプションとは、あらかじめ決めた価格―行使価格と言われます―この行使価格で外貨を売買する権利のことですが、この権利を売買します。中小企業は『ドルコールオプション』と呼ばれる『ドルを買う権利』と、『ドルプットオプション』と呼ばれる『ドルを売る権利』の売買を金融機関との間で行います。仮に一ドル＝一〇〇円の行使価格で『ドルを買う権利』と『ドルを売る権利』の売買契約を結んだ、としましょう」。

沼田が淀みなく説明し、湊が素早くメモを取った。

「その場合、一ドル＝八〇円の円高になると『ドルを売る権利』によって、顧客の企業は一ドル＝一〇〇円のレートでドルを買わなければならず、損失が発生します。金融機関の方はこうしたデリバティブ取引から非常に高い手数料を得て収益にする。ざっとこういう仕組みです。この仕組みの怖いところは、企業にとって当初は円安で儲かるが、円高で逆ざやになると一挙に損失が膨らんでいく。想像以上にハイリスク・ローリターンの商品であることです。

それは契約内容が五年といった長期にわたる設計になっているためです。長期の契約ほど損失を発生させやすい。為替変動で、結局は損失を蓄積させるリスクが高い。外資系の投資銀行や証券が勧める商品は、さらにハイリスクになっていて、すでに問題化しています。契約期間が一〇年に及ぶものもありますから、企業側は結局は大損してしまうのです。銀行が圧勝するシナリオになっているのです」

沼田が手に持ったメモに、チラリと視線を落として続けた。

「為替デリバティブは大規模なオプション取引なので、本来なら契約先から担保が必要です。ところが担保を求めると取引が成立しなくなるので、資産のある優良企業とか老舗企業がターゲットにされがちです。最近では企業ばかりか、投資目的と称して有名大学を含む学校法人にも、外資を始め盛んに勧誘している実態があります。こちらの方も、大学財政急悪化などの形でいずれ問題化してくるでしょう……」

沼田の説明をうなずいて聞いていた湊が、質問を発した。

「契約の中に盛り込まれている『特約』に問題があると聞きますが、特約とはどんな内容で、どういう問題があるんですか？」

湊はむろん、特約についてある程度知ってはいたが、敢《あ》えてたしかめようとした。

「特約には三種類あります。問題は、そのいずれもが契約した中小企業にとってリスクがより大きく、販売した金融機関にとってはリスクがより小さくなる仕組みになっていることです。特約の一つ目は、『レシオ』と呼ばれるもの。これは、円高時のドルの取引金額が円安時のドルの取引額の二倍や三倍に膨らむ特約です。レシオがあると、ドルの購入額が数倍に増加し、損害は数倍に拡大します。つまり、銀行がボロ勝ちできる仕掛けです」

湊の目がギロリと光り、沼田を見据えた。沼田がふたたび続けた。

「特約の二つ目は、『ノックアウト』です。これは円安がある水準に達すると、契約自体が消滅する特約です。契約時の為替レートより一〇円とか一〇数円程度円安が進行した時点で契約が終了する仕組みになっています。円安リスクを引き受けている金融機関は、円安局面での自らの損失拡大を回避できるようにしてあるのです。顧客が円安で勝ち出しても、一定以上になると打ち止めにする仕掛けになっている。つまり、このノックアウト特約で金融機関はちゃっかり自分たち用にリスクヘッジしているわけです。顧客の会社が損を出しても、自分たちは損をしないようにヘッジしているのです」

（そうなんだ……）と思いながら、湊はメモを取り続けた。

「特約の三つ目は、『ギャップレート』です。これは、円高時のある時点から企業の損失が急に拡大するものです。たとえば、円レートが一ドル＝九五円よりも高くなれば、一ドル＝一〇七円などあらかじめ設定されたレートでドルを買わなければならない、そういう仕組みです。先の三友銀行のケースが、これに該当します。ただでさえ高いリスクが、さらに格段に高くなります」

「分かりました、そういうことですか。特約でリスクが高まる仕組みになっているわけですね。ところが金融機関は、このリスクについてロクに説明していない。中小企業はいずれ損失を大きく膨らませ、借金を抱えることにもなる。これでは浮かばれません。銀行は取引先を困らせるためにやっているのですか？」

　湊が疑問を呈した。

「公式には、銀行側は「為替変動リスクを回避したり低減したりするために必要な契約」などと言っています。しかし、本音は手っ取り早く儲けることにあることは間違いありません。いまメガバンクは、公的資金の返済競争を繰り広げています。一番早く返して信用を取り戻し、経営の軛《くびき》も払いのけたいのです。そこで営業現場に『とにかく収益を上げろ』と盛んにプレッシャーをかけています。ここに強引に無茶な為替デリバティブを、立場の弱い中小企業に押し込む背景があります」

　沼田がキッパリと言った。

「それにしても、中小企業が交わした契約がここ数年来、みるみる数万件に上っていったのは、契約の当初は円安から利益が大きく見込まれ、実際に利益を得た。これが評判を呼んで契約を全国的に増やしていった、という面もあるんですか？」

湊がさらに突っ込んだ。

「急増した要因は、二つある、と考えられます。一つは、むろん銀行や外資系の激しい売り込みによるものです。外資系の中には、飛び込みに近いセールスもやったようです。もう一つの要因は、おっしゃる通り、中小企業が初めの頃、転がり込んだ利益に目がくらんで一件でやめずに契約を複数、結んだりしたせいもあります。当初、大儲けした中小企業の中には、これに味をしめて同様の契約を他の銀行と結んだところも多数あると聞いています。中には有名大学法人もあります。ところが円高になって状況は一挙に暗転して取り返しがつかなくなります。

通貨オプションは、初期は儲かる〝おとり〟のような仕掛けになっていますから、これにはまって泥沼に入ってしまったケースも多いのです。損失はしばしば一〇億円単位にも上ります。為替リスクヘッジの名の下に、リスクテークの高い〝壮大な博打〟が進行している、と言えます」

沼田がふたたび、為替デリバティブの危険性と不当性を明言した。

湊が、沼田の話を総括した。

「要するに、為替デリバティブの商品自体が詐欺まがい、ということですね。ガードの堅い大企業には持ちかけず、専《もっぱ》ら中小企業をカモにする。超高額な手数料、銀行しか儲からない仕組み、強引な勧誘――弱みにつけ込んで中小企業を食い物にする商品ですね」

「おっしゃる通りです」

沼田が断言して、続けた。

「一種の不法行為であることは明らかです。契約先の中には、輸入実績がなく、円建てで取引している企業や団体も数多くある。つまり、為替ヘッジの必要性のない会社にまで販売しています。加えて、商品に関しての説明不足があります。説明責任を果たさずに円高のリスクを伝えないために、顧客はリスクの大きさを理解できないまま押し込まれている」

「商品もおかしい、契約の仕方もおかしい、説明もロクにしない、というなら、公序良俗違反は間違いない。被害会社は一体、どのくらいに上るのでしょうか」

「実態はまだはっきりつかめていませんが、相当な被害を受けた会社は少なくとも二万社に上る、と関係弁護士は見ています。そのうち弁護士に相談してくる会社は一割にも満たない。実態は表面化しにくいのです。中小企業は銀行からお願いされれば、むげに断れない。いまは業績が好調でも、イザ資金繰りに困るような事態を想定して行動しますからね」

「銀行とは仲良くやりたい──その心の隙を突いて銀行は為替デリバティブを仕掛けてくる。リスクへッジを口実にしたインチキ契約が、いつの間にか大火のように広がってしまった、というわけですね」

「おっしゃる通りです」

沼田がふたたび断言した。

第七章

リーマン・ショック

二〇〇八年九月――。その日、米国第四位の大手投資銀行、リーマン・ブラザーズの日本法人「キーマン・ブラザーズ証券」の役員室は、異様な雰囲気に包まれていた。

長さ一三メートル、幅二メートルはゆうにある細長い会議机。これを囲んで、大勢が集まっていた。社長以下役員五人、監査役二人、それに普段は顔を見せない弁護士四人、さらに社長秘書など女性事務員二人、弁護士秘書一人、社長室長と室次長二人―の計一六人である。激しい議論を交わし、ときに飛び交う大声が室外にも響いた。

午後七時半過ぎ、社長のテッド・ターナーが書類から目を離し、右手を宙に挙げて宣言した。

「皆さん、すべて準備が整いました。明日午前、東京地方裁判所に民事再生法の適用を申請します」

ターナーのブルーの目が一同を見渡し、ゆっくりと噛みしめるような日本語で続けた。

「これで古い歴史を持つリーマン・ブラザーズの日本での活動に、ピリオドを打つことになります。長い間、ご苦労さまでした。グッドラック！　皆さんに幸せがありますように」

そう言うと、左の指をパチンと鳴らして目で合図した。すると、大男の社長室長が立ち上がって、「では、これにて散会いたします」と、声を張り上げた。一瞬、シーンと静まり、場内に緊張が走った。頃合いを見て副社長の渡辺保一が「ちょっとよろしいですか」と言って立ち上がり、おもむろに落ち着いた口調で語り出した。

「非常に残念ではありますが、アメリカの本社が連邦破産法の適用を申請してしまった以上、こうなるほかありません。わたしも二〇年にわたるニューヨーク駐在を含め、自分の職業人生の大半をここでお世話になりました。この地でキャリアを積み上げ、楽しむことができました……」

そう言うなり、品良く整った白髪が小刻みに揺れた。渡辺が目に右手を当てて涙を拭った。

「……いい会社でした。破産する前は、格付け会社から最上位の「トリプルA」にランク付けされていたほどでした。誇りにしていた会社でした。常にわたしどもから活力を引き出し、機会を与えてくれた会社でした。……いま、米国リーマン本社は破産したために、経営が強引すぎた、無茶をしすぎた、破産して当然、などと世論から叩かれていますが、当局はどうして救済しなかったのでしょうか。なぜ、公的支援の手を差し延べなかったのでしょうか。公的資金を注入さえすれば、買い手が現れて再建できたはずです。FRB（米連邦準備制度理事会）の前議長、アラン・グリーンスパンは、今回の金融危機を『一〇〇年に一度の津波』と表現しましたが、リーマンを救済していれば、そもそもこんなことにはならなかった。愚行と言うほかありません。

もちろん、われわれにも反省すべき点があります。『伝統的な社風をなくしてしまい、カネ儲け亡者の会社になってしまった』とか、顧客を『儲け話をエサに必ず釣れる魚』とあざ笑う声も、残念ながら部下から聞きました。たしかに行き過ぎはあった。しかし真摯《しんし》に反省すれば、弊社の原点に戻ることはできました。

なのに、アッという間に、破綻してしまった。……わたしは『金融資本の行き過ぎに見せしめが必要だ。リーマンなら、潰してもいい』といった偏見と独善に満ちた、あるいは悪意ある判断を米当局が下したのではないか、と疑っています。……納得のいかない残念な結果ではありますが、こういう事態に相成った以上、わたしも日本法人の責任者の一人として応分の責任を果たし、事後処理に最善を尽くす所存であります……」

どうやらリーマンの経営破綻は、米財務省と中央銀行に相当する米ＦＲＢが救済を見送った判断の誤りのせいだ、と言いたいらしかった。

しかし、初老の副社長の話は、片付けのため、いつの間にか入ってきた社員たちの盛んな拍手喝采《かっさい》を浴びた。渡辺はこれに応えて、ふたたび立ち上がって頭を下げ、感謝の意を表した。

このようにして「キーマン・ブラザーズ証券」の最期の日は終わった。社長室長が再度言い渡した「では、これにて散会いたします」の文言は、文字通り同社の全ての会合の永遠の終わりを意味したのだった。

翌日昼のテレビ放送は、いずれもトップニュースでキーマン・ブラザーズ証券の倒産を報じた。

「米国第四位の大手投資銀行、リーマン・ブラザーズの日本法人、キーマン・ブラザーズ証券が今日午前、東京地裁に民事再生法の適用を申請しました」

報道はこのように始まり、会社の沿革、業務内容に触れ、負債規模や今後の影響について言及していた。

報道によると、日本キーマン・ブラザーズは米国でも古い歴史を持つ投資銀行リーマングループのアジア拠点として、一九七四年に駐在員事務所として設立された。その後、駐在員事務所は支店に格上げされ、ニューヨーク、ロンドンと並び米国本社のリーマン・ブラザーズの三大拠点の一つに位置付けられた。

そして、「債券、株式、投資銀行の三本部体制が敷かれる。この体制の下、有価証券の売買、先物取引、オプション取引、取引の仲介、代理業務、有価証券の保護預かり、企業・事業買収（M&A）、財務アドバイザリーなど幅広く業務を展開してきた。業績を年々伸ばし、今年二〇〇八年三月期には営業収益はおよそ一二二〇億円、当期利益はおよそ一二四億円を計上していた」などと伝えた。

この順風満帆の発展は、突然腰折れする。〇七年から表面化した、サブプライムローン問題がきっかけである。米国本社では〇七年一二月から〇八年二月にかけ、サブプライム関連の損失が一七六〇億円にも達した。〇八年六月~八月期の決算見通しでは、約四二〇〇億円の最終赤字に陥る、と米国本社が明らかにしていた。

その結果、株価は下げ止まらず、連日にわたり身売りを含めて対応を協議したが交渉は決裂、ついに二〇〇八年九月一五日、米リーマン・ブラザーズは連邦破産法一一条の適用を申請する——ざっと、こういう経過であった。

当然の成り行きだが、この米国本社の破産に連鎖して日本法人も経営破綻したのである。むろん持ち株会社のキーマン・ブラザーズ・ホールディングスも同じ日に、東京地裁に民事再生法の適用を申請した。

負債は一体、どのくらいに上ったのか。

負債は、キーマン・ブラザーズ証券と持ち株会社のものを合わせると、二〇〇〇年一〇月に倒産した協栄生命保険に次いで戦後二番目に大きい約四兆円にも上った。報道は一様に、日本経済に大きな影響を及ぼすと伝えた。

しかし、米国本社の負債はさらに途方もなく巨大だった。負債総額は史上最大の六四兆円規模に上ったのである。これが「リーマン・ショック」として、世界的な金融危機を引き起こす。日経平均株価も暴落し、九月一二日の終値一二二一四円が一〇月二八日には六〇〇〇円台までつるべ落としとなった。

世界の金融・経済を、恐慌状態にまで引きずり落としたリーマン・ショック。その翌一〇月に、湊京太をまたしても驚かせる出来事が持ち上がる。湊はリーマン・ショックが、よもやこういう形を取って自分の借金返済問題にすぐさま絡んでくるとは、夢想だにしていなかった。金融のグローバリゼーションが、ふたたび湊の借金環境を目まぐるしく変えたのである。

その日の朝、比較的穏やかで凪《なぎ》のようだった日常に、一本の電話が入り、波紋を広げた。ファンド会社「シルバー・インベストメント」の統括部長からである。

「湊社長でしょうか？　御社との債権返済契約についてお話ししたい、よんどころない事情が発生しましたので、お時間を取ってもらえないでしょうか」

（よんどころない事情？　一体、どういうことか）と、内心訝《いぶか》ったが、会って直接聞いてみるほかない。

「突然の話で、誠に恐縮ですが……」

受話器から聞き取りにくい小さな声が聞こえた。

「御社に対する債権を、現行条件と同一条件で別の会社に譲渡することとなりました。御社にとって債務の返済はこれまで通りの条件で行っていただければいいので、不利な扱いになるようなことは一切ございません。つきましては、債権譲渡先の会社の責任者もお連れしておうかがいしたいと存じますが、明日の午後にもお時間を割《さ》いていただくことはできないでしょうか？」

湊の本能は、債権をどういう理由から譲渡するのか、それによって当社はどういう影響を被るのか、新しい契約先とはどんな会社なのか、これをできるだけ早く確かめる必要がある、と命じた。

「では、明日午後二時を目途《めど》にいかがでしょうか」

このようにして、早めの会合が設定されたのである。

翌日、四人の来客がアポ通り定刻に現れた。シルバー・インベストメント側から、例の統括部長ら二人、これに新しい契約先の会社からと思われる二人である。四人はいずれも湊より一〇歳かそれ以上は若いはずだが、一見して消耗している様子だった。相当に負担の重い日常から来る疲れが、力のない眼差しや声の調子、前屈みの姿勢から滲み出ていた。

シルバー社の統括部長が早速、本題に入った。いなほ銀行から譲渡されたダイア産業の債権をそっくり同じ条件で、別の会社に譲渡する、というのである。

別の会社とは、株式会社「オーエスケー（ＯＳＫ）」である。変な名前だが、こうした類《たぐい》の名は、この業界では珍しくない。

ＯＳＫについて湊は何の知識もなかった。聞いたこともない、その会社名からして、胡散臭《うさんくさ》さを感じた。

統括部長は、湊の怪訝そうな表情に気付いて、すぐに付け加えた。

「ＯＳＫは、いなほ銀行といなほ証券が共同出資して作った会社です。独立系ではなく、正真正銘のいなほ系です」

いなほグループというビッグ資本が背後に付いている、だから心配はいらない、と言いたいようだった。が、湊は逆に、（ならば、心配無用どころか油断も隙もない）と身を引き締めた。

ひと通り説明したあと、統括部長は湊の反応をうかがった。湊が質問した。

「御社が債権を譲渡する理由として、本社シルバーマン・サックスの『よんどころない事情』を挙げていましたが、具体的にはどういう事情でしょうか？」

一瞬、統括部長は虚を衝《つ》かれたように言葉を見失った。それから慎重な口ぶりで語り出した。

「よんどころない事情と申しますのは、例のリーマン・ショックの影響です。実はあのショックの影響は大きく、わたしどもも例外ではありませんでした。資産を見直し、不要不急なものなどは分離・売却する必要に迫られました。会社の事業のうち採算上、是非とも維持しなければならないものを除いて、やむなく手放さなければならない事業を今回、泣く泣く処理することとなりました」

もとは鼻柱が強そうだった統括部長の風貌が、みるみる打ちひしがれたふうに変わった。湊がさらに突っ込んで尋ねた。

「この前まで投資銀行分野トップで、飛ぶ鳥を落とす勢いだったシルバーマン・サックスが、資産売却とは意外です。米ＦＲＢの保護に入れば安全とばかりに、今後は銀行業に衣替えしてＦＲＢの監督下で再出発する、と聞きましたが本当ですか？」

「はい、報道された通りです」

「リーマン・ショックの引き金となったサブプライムローン危機があまりに深刻で、ショックは大きすぎた？」

「おっしゃる通りです。ああいうショックがもう一回起これば、業界は二度と立ち直れないでしょう」

統括部長は力なく言った。

「しかし、サブプライムローンは、アメリカの金融バブルの産物です。無茶な住宅ローンを証券化して世界各国にも売ったことから、バブルが破裂して世界的な不況に発展したのではありませんか。であれば、アメリカの金融各社の自業自得と、そのとばっちりを世界中が受けた、と言えなくもないですね」

「おっしゃる通りです。米国の住宅ブームが終わり、住宅価格の上昇に翳りが見え始めた二〇〇六年初めには、不動産担保証券の値上がりが一服して貸し倒れリスクが表面化する兆候が現れていました。低所得者向け住宅ローンは、普通、最初の三年間は低金利、四年目から高金利の変動型になる契約に商品設計されていましたし、ローンの借り手の中には住宅価格の上昇を見込んで返済計画を立てていた人も多かったので、ハイリスクでした。ひとたびバブルが崩れると、大変なことになるわけです」

統括部長の口調が熱っぽくなった。

「でも、いよいよサブプライムの資金の貸し手である住宅金融専門会社が経営破綻するまで、おっかなビックリながらもシステムは結構長く続いてバブルを膨らませたわけです。金融各社がデリバティブやスワップなどの金融商品を開発して、貸し倒れに対しリスクヘッジしたり信用保証したからです。格付け会社がサブプライムを『信用力がある』と高評価したことも、大きく後押ししました。金融商品の中に、サブプライムローンの債権が組み込まれ、格付け会社の高い格付けを得て世界各国へ販売された。これがバブルを一層膨らませ、世界的な金融・経済危機を発生させてしまったのです」

ここで話をひと区切りして、湊の反応を見守った。どうしても話したかったことをようやく話し終えた、という風情《ふぜい》だった。湊が話を継いだ。

「本当に、サブプライムローンはアメリカ金融資本主義の〝怪物〟商品だったわけですね。元来、優良顧客層よりも下にランクされる顧客層向けローンということで『サブプライムローン』と呼ばれていたものが、証券化されていろんな形の金融商品に化けた。金融技術を駆使して見かけは〝信用力のある商品〟に次々に仕上げられたというわけですね。そして優良の格付け評価を得て世界中にばらまかれた。これがわたしどもの知っている経緯です。買う方も浅はかだったのでしょうが、『安心できる。信用保証もある』と言って、売った方はもっとえげつない。詐欺のようなものです」

「わたしどもも『危ない、危ない』とは思いながらも、破裂するまでは『まだ大丈夫だろう』『もう少しやれるだろう』と続けてしまった……」

統括部長がうつむいて弁明した。

「バブルというのは、破裂して投資家はようやく『大変なことになった』と気付いて慌《あわ》てふためく。破裂するまではバブルと認識していない。グリーンスパンの言う通りですな。バブルが続いている限り、性懲りもなく従来の行動を繰り返す……」

湊はこう結論付け、それから、ハタと思い出したように言った。

「わたしの方から、サブプライムローンに触れたために話はやや脱線してしまいましたが、債権譲渡の件、理解できました。先を続けましょうか」

これを合図に、新たに債権を引き受けるＯＳＫの専務取締役が、緊張した面持ちで手元の書類を湊に差し出した。

書類の左上に「変更契約書」と大書され、本文は次のように始まる。

「借主、連帯保証人、および株式会社オーエスケーは、……シルバー・インベストメントから譲り受けた金銭債権について、次の通り合意しました」

湊は既視感を覚えた。そう、この前のシルバー・インベストメント社の「特約書」の冒頭文と同じ内容だ。その下段に借入金の残高が記入され、これに付帯する「未収利息および損害金」と合わせた債務を負担していることについて、借主と連帯保証人は「承認します」とある。

各月の返済条件は前と同一だが、万一、返済を遅延した場合は前の契約と同様、「原契約に定める手続きに従い、債務全額について期限の利益を失うものとします」と記されてある。

「期限の利益を失う」とは、もしも一回でも返済が遅れたら期間を決めた返済計画は効力を失い、すぐに全額返してもらうか、返せなければ強制差し押さえするゾ、という意味である。

先方の専務から契約内容の説明を聞いたあと、湊は「借主」の欄に会社の実印を、「連帯保証人」の欄に自分の実印をそれぞれ押し、署名した。

このようにして、二回目の債権譲渡の契約が交わされ、ダイア産業の借金の返済先がまたしても変わった。最初の債権譲渡のシナリオがあっけなく崩れたのは、リーマン・ショックの打撃から資産整理・売却を余儀なくされたためだった。

金融のグローバルな荒波の余波が、東大阪の中小企業の財務部門にもひたひたと押し寄せて来たのである。

それから二週間ほど経ったある日、湊はＯＳＫから一通の通知書を受け取る。文書は一枚で、表題に「お客様窓口変更のお知らせ」とある。

湊は目を走らせて、それが「担当窓口の変更」を通知したものと分かった。つまり、債権回収業務を別の会社に委託する、業務の〝丸投げ〟である。まるで、役所の天下り法人への業務丸投げを見るようだ。

別会社の名称は「みらい債権回収株式会社」。前回のシルバー・インベストメント社と同様に、債権回収業務をそっくり外部委託するわけだ。

この委託に伴い、「今後、お客様へのご連絡およびお客様からのご用件の承りについては」と注意を促し、みらい社が行うのでご了承願いたい、とあった。

そして、この業務委託には法的根拠があることを「（ご参考）」と題してわざわざ強調している。

このように自己の委託業務を正当化した後、文書は最後に返済金の振込口座が明示してあった。「受取人名」は、「オーエスケー」である。

通知書に目を通した湊は（なるほど、これが債権回収業務の現場最前線だ）と妙に納得がいった。

債権債務関係の現場は、想像以上に厳しい。借金を負う者はもともと苦しい経済的立場だから、返済に窮して切羽詰まった状況になりやすい。中には借金を踏み倒そうとする者がいる。債権者の追及を避けて雲隠れする者、逆に開き直って脅しつける者もいる。

こうした環境下で、借金の取り立て人となる債権回収業者は人知れない苦労を強いられるのである。そればかりか、せっかく回収できても、会社からは「当然の業務」として高く評価されることはない。

こうして、債権回収というのは相当なストレスにさらされるのだが、その労苦は報われないとあって、業者の第一線のやるせなさは想像を超えるものがある。

心労の割に報われにくい職種では、余裕のある企業なら業務を外部委託するようになる。もちろん幾分かはピンハネした上で仕事を請け負わせるのである。

したがって、債権回収業の多くは、その仕事の性質上、下請けか孫請けが第一線を担うことになる。みらい社は、ＯＳＫの下請けであった。そのＯＳＫは、嫌な第一線の回収業務をみらい社に委託していた。みらい社は債権回収の専門会社だから、返済を万一遅らせるようなことになれば、暴力団まがいの取り立てをすることもあり得る。

だが、きちんと計画通りに返済していれば、決してうるさいことを言って来ない。余計な干渉をするようなことはしない。

その点で、律儀に返済できる会社にとっては、こういう債権回収のプロはまことに有り難いのである。なぜなら、これが銀行であれば、融資に絡めて貸し渋ったり貸し剥がしたり、果ては預金を要求したり、あれやこれやとうるさい条件を陰険に突き付けてくるだろうが、それがないからだ。

湊は、みらい社の登場で経済分業の一断面を見た思いがした。よく引き合いに出される建設業のように、親会社―下請け―孫請けの請け負い構造が、多くの産業分野で存在しているが、その一断面である。

請け負い構造とは、言い換えればタテ型の業務委託構造にほかならない。この構造が堅固なわけは、「天下りと委託利権」とが絡んでいるからだ。

「天下り」と言っても、この場合は官の公益法人、契約先の民間企業などへの天下りだけでなく、民の大手企業から下請け、孫請けへの天下りも含めて考える。すると、これは一種の上下・利権構造であることが見えてくる。

官僚は業務を系列法人に委託して公費を交付し天下る。民間大手企業は系列の子会社や関連会社に仕事を請け負わせ、役員などに天下る。

これが、湊が二回目の債権譲渡案件から得た新しい認識であった。


リーマン・ショックは、日本経済に予想以上の深刻な影響をもたらした。当初、その影響は、サブプライムローンにあまり関わっていないため軽少と見られていたが、実際にはどの先進主要国よりも大きかった。ショック後のＧＤＰ（国内総生産）の落ち込みぶりが、それを物語っていた。

銀行はリーマン・ショックを境に、投融資の見直しを余儀なくされる。むろんそのことは公表していないが、この方向転換は、深く、静かに、進行していったのである。

その日——。いなほ銀行長田支店長の桜内が、前田に代わる担当の山井厚を伴って来社した。湊は前田が前週に挨拶に来ていたので、京都支店に転任することは知っていた。ただ新しい担当者についてはあまり関心がなかった。為替デリバティブの一件以来、いなほとの取引を縮小していこうと心に決め、実行に取り掛かっていたからである。いなほの個々の人事は、もはやほとんど関心外になっていた。

しかし、いなほの桜内の事情は真逆だった。桜内にとって、一度は見捨てるところまでいったダイア産業が、いまでは業績を回復させつつある。

貸し渋り・貸し剥がしは、業績の低迷とか悪化を想定している。ところが、ダイア産業は業績悪化に歯止めを掛けて、上向きに転じていた。

そうなると、ダイア産業に対する「業績低迷・悪化」の評価を見直す必要がある。「危ない。撤退すべし」から「少し待て。もうしばらく様子を見よう」モードに変えなければならない。

このように、いなほのビヘイビア（態度）は方向転換しようとしていた。桜内は、銀行の新たなガイドラインに基づきダイア産業の格付けを「要注意債権」ながらも「正常化途上債権」に格上げした。その上で、このランクにふさわしい新たな取り組みを考え、提案しようとしていた。

その提案とは、縮小した取引を一定程度増やす狙いで、融資やデリバティブのような金融商品を提案することだった。桜内は、このうちどれをどのように提案すべきか、昨日までかけて考えをまとめたのだった。

桜内が新任の山井を紹介して、話の本題に入った。湊が初めに、「前任の前田さんには長い間、お世話になりました。この前お聞きしたところ、京都支店の課長としてご栄転されたとのこと。前田さんはお仕事に熱心でしたから、評価も高かったのでしょうね」と、多少の皮肉を込めて言った。支店長の忠実なイエスマンとして、可愛がられたに違いない。

「たしかに前田は成長して力を付け、管理職として安心して任せられるようになりました。前田は湊社長にある種、尊敬の念を抱いていたようです。勉強させてもらった、と言っていましたから。前田が立派に成長したのも皆様に日々、教えられ鍛えられたお陰と感謝しております」

桜内が何やら意味ありげに応えて続けた。

「ですが、この山井も弊行の期待される若手の一人です。前任は梅田支店で、わたしから言うのもおかしいかもしれませんが、上からの信任の厚い成長株です」

そう言って山井を見やり、目を細めた。山井が恐縮して「いや、いや」と小声でつぶやいた。

（……ということは、デリバティブでも熱心に勧めて好成績を挙げたのだろう）と湊は思ったが、言葉には出さない。

湊が出された山井の名刺を見ると、肩書きは「主任」とある。

桜内が上機嫌で続けた。

「いま二八歳で、これから一層励んで将来は弊行を背負って立つ、と期待しています」

山井は、ますます恐縮して身を縮めた。その恐縮ぶりを、桜内はおもしろがっているようだった。

それから話の矛先《ほこさき》を切り換えた。

「ところで社長、前田からご商売の方は順調とお聞きし、何よりと思いました。ここで新しい提案をしたいと考えていますが……」

「順調？　とんでもない。以前のような落ち込みから若干回復し、やや余裕を取り戻した、というところですわ」

湊が正直に業績の近況を説明した。（今度は何を提案してくるのだろうか）と湊は身構えて桜内の次の言葉を待った。

「わたしどもも、反省を込めて御社との関係を見直しました。これまで行き届かず、ご迷惑もお掛けしましたが、初心に返って、お役に立とうと思います」

桜内が湊の顔色をうかがって、静かに続けた。

「率直にお話ししますと、わたしどもにも至らぬところが多々ありましたが、御社とお付き合いしていくためにもう一度、御社へのご融資を再開しなければ、と考えた次第です。実は御社に対して、もっと前向きに協力すべきだったとの反省があります。御社のように堅実な経営に対しては、再評価して積極的に支援、協力していく必要がある、と本部の方針も示されたのでございます」

「その本部方針というのは、最近のことですか？」

「ハイ、つい一週間ほど前のことです。他行さんも同じですが、金融庁の指針を受けて弊行も新しい融資方針を策定したところです。それによると……」

湊は聞いていて、心にさざ波が立った。（勝手な話だ。金融庁から中小企業向け融資を増やせと言われ、やむなく融資態度を変えたに違いない。おそらく当社の持ち直した業績を見て、本部が融資の再開を指示したのだろう。また手の平を返したわけだ……）と推察した。

（しかし、今頃そんなことを言っても遅い。こちらの腹はすでに決まっているからな）湊は内心、そのように断じた。

桜内の声がふたたび聞こえてきた。

「……というわけで、弊行としては原点に立ち返って、ぜひ御社の資金のご要望に応えていきたいと考える次第です」

「そうですか。有り難いお話ではありますが、当座の資金調達の道はすでに付けてあります。わたしどもとしては、資金は必要なときに入らなければなりません。資金が順調に借りられないと事業に支障を来《きた》すような事態は、何としても避けなければなりません。黒字倒産のような状況は、あってはならない。数年前まで資金繰りで苦労しましたが、幸いどうにかやり繰りがつきました」

湊がいなほ銀行のお陰で難儀したものの、他行の融資で息を吹き返したことをほのめかした。この他行とは、リスム銀行と政府系金融機関である。湊の目の前に、リスム銀行の沼田大介の顔が一瞬、浮かんだ。

桜内はしかし、知らん顔をして言った。

「そうですか。それは結構なことです。では、弊行としてもご協力して、設備投資のご計画の際などにご融資したいと思います。そのようなご計画は、いかがなものでしょうか?」

湊は（敵は額のでっかい設備資金を狙っているな）と察した。（やはりさすがに半端でない……）

「近く計画している設備資金についても、すでに目鼻が付いています。金額が大きいので初めは大丈夫かと心配しましたが、何とか通りましたよ」

湊が成果を見せびらかした。（どうだ、お前さんがいなくたって、どっこいやっていけるぜ！）と内心、叫んでいた。

「そうですか。社長、さすがに周到でいらっしゃる」

桜内が何食わぬ顔で称賛した。桜内にとって想定外の展開ではあったが、こういうケースは珍しくない。中小企業経営者も、ヤワではないことは知っている。

「いやいや、ご配慮していただき、有り難い気持ちです」

湊が労をねぎらうように返した。

「万一、資金的な必要が生じた場合、その節は、よろしくお願いいたします。いまは足りていますが、何が起こってもおかしくないのが、昨今の事情ですから」

湊が静かにやり取りを収めた。次は、以前から考えていたことを問いただす番だった。

「ところで、リーマン・ショック以後、銀行はますます営業の重点を中小企業向け融資業務から国債の売買に移している、と聞いています。日銀の統計によると、民間銀行の貸出金残高は減少傾向をたどっていますね。これが、大企業の社債発行のように自前では資金調達できない中小企業の資金繰りを圧迫している面があります。他方で、銀行の国債購入はリーマン・ショックを境に急増しています。どういう事情から、そんなことになっているんでしょうか？」

桜内の頭がクラリと揺れたように湊は感じた。実際、思いがけない質問に桜内は一瞬、混乱したかに見えた。が、すぐに持ち直して言った。

「おっしゃる通り、リーマン・ショックの影響は思いのほか甚大でした。欧米向けの輸出は急減して、それまで好調だった日本経済のエンジン役にブレーキが掛かりました。トヨタを始めとする自動車や電機といった基幹産業が極端な不振に陥った。その影響が、すそ野部分の中小企業へ波及したわけです。わたしどもとしても、この急激なショックに対応しなければなりません。当然、収益の確実なものに目を向けなければならない。というわけで、国債購入に走った次第です。いや、走らざるを得なかったのです」

（なるほど、思った通りだ）

湊は内心、つぶやいた。桜内が、注意深く聞いている湊を見て続けた。

「中小企業の皆さんには不満かもしれませんが、銀行としても自己防衛しなければなりません。リーマン・ショックで景気が急速冷却したために、中小企業の資金需要も当然ながら落ち込みました。われわれが貸し渋ったというより、資金需要が景気後退を受けて急速にしぼんだのです。しかしわれわれとしては、資金を寝かせておくわけにはいかない。国債の購入が、有力な選択肢として浮かび上がったような次第です」

桜内の頬が紅潮した。

「そうですか」

湊がうなずき、桜内が話を先に進めた。

「銀行の社会的責任は、むろん大きいものがあります。それは否定するものではありませんが、その責任を立派に果たすためには、自ら存立できる経営基盤がしっかりしていなければなりません。きっちり収益を上げ、その上に立って本業である企業への融資業務を全うする必要があります」

（言っていることは、もっともに聞こえるが、本当に中小企業向け融資を真剣に考えているのか、もう少し聞いてみるか……）

湊はこれまでの経緯から、慎重な態度を崩さなかった。そのままジッと耳を傾けた。

「つまり、国債購入は一種の緊急避難だったのです。われわれとしては、やむを得ない手段でした。しかし一時の措置ですから、いずれ中小企業向け融資に戻ってくるのは間違いありません」

桜内の国債購入論に熱がこもった。（桜内は、紛れもなく銀行の体制内幹部だ。お偉方の方針に盲従して、疑っていないのだからな）と湊は思いながら、口を挟んだ。

「ということは、銀行本来の業務である企業融資は、遠からずふたたび活発化してくる、ということですか。そう楽観していいですか。それならば、中小企業にとって幸いな話です」

湊はさらに次の質問に移った。

「そうあってほしいのですが、率直に言ってそうなるとは思えません。というのは、いくつかの実例が銀行の〝本業離れ〟を示しているからです。融資をなおざりにしているのです。わたしが中小企業の経営者仲間から聞いた話では……」

ここで桜内を見ると、耳を澄まして聞いている。湊の説明に力がこもった。

「ある銀行の支店長が、こう言ったそうです。『もはや一般的な企業向け融資の時代ではない。有望な成長産業向け以外は、考える必要がない。投融資も、重点化と選択が一段と重要になった。われわれの投融資の方向を、グローバル化に合わせて変えていかなければならない』。つまりM＆Aとかデリバティブのような儲かる業務にシフトすべし、ということなのです。投資銀行のシルバーマン・サックスが一つの見本かもしれません」

桜内の眉がピクリと上がり、反論を始めた。

「たしかにシルバーマン・サックスは、一つの成功の見本であります。しかし、そのシルバーマン・サックスにして、リーマン・ショックで経営が大きく揺らぎました。正直な話、銀行はいま、新しい経営モデルを求めているのです。いまはその過渡期にあり、資金活用の一環として、国債を購入して収益を確保しているわけです」

（桜内は案外、切れ者に相違ない。これほど理路整然と説明できるとは意外だ……）と湊は思い直した。しかし、よく考えると彼の言葉には「ごまかしのテクニック」が盛られてある。一見、正論のようにも思えるが、実のところ目くらましのレトリックがある。

だが湊は、その思いはおくびにも出さず、やんわりと言い返した。

「国債の購入を急増させたのは、一つには安全性の追求からだと思いますが、緊急措置にしては止む気配がない。いや、むしろ増え続けていますよね。銀行協会は盛んに銀行の公共的使命を謳っていますが、率直に言って『公共の利益より私的利益の追求を』とばかりに、雪崩を打って国債に走っていると言えなくもない」

湊が皮肉をたっぷり利《き》かせた。

銀行が中小企業向け融資を減らす一方で、国債の購入を増やしていることは明らかだった。湊はその数字の推移を、日銀や商工中金のホームページからつかんでいたのだ。

実はこの傾向は、〇八年九月のリーマン・ショック以前から始まっている。

中小企業向け融資は、小泉純一郎政権期に顕著に減少していく。森喜朗内閣当時の二〇〇〇年九月、国内銀行の法人向け貸出金残高のうち、中小企業向けは三分の二の二三二兆円を占めた。それがリーマン・ショック直前の〇八年八月に、中小企業向け融資は一七八兆円に激減している。リーマン・ショック後、それは一七〇兆円台前半へとさらに低迷する。

国債はどうか――。国内銀行の国債保有残高は、一九九七年九月までほとんど二九兆円台以下にとどまっていた。ところがそれ以後は、右肩上がりに増え続ける。

これがリーマン・ショックをきっかけに、爆発的に急増する。〇九年三月にはついに一〇〇兆円の大台を超えた。

湊はのちに知ることとなるが、東日本大震災の翌月に当たる二〇一一年四月に銀行の国債保有残高は過去最大の一五八兆円に達し、一〇年前の二倍にもなる。銀行の総資産に占める比率は実に約二割に上った。

このことから、個人や企業からゼロ金利に近い超低金利で預金を集め、国債を買い続けて利ざやを稼ぐ、銀行業の異様な姿が浮き彫りとなる。カネが市中に回らなくなり、深刻なデフレに陥るのも、当然の成り行きであった。

少しの間を置いて、桜内がおもむろに切り出した。

「湊社長は、いろいろと研究なさっている、相当に碩学《せきがく》ですね。洗練された経営者にお勧めですが、利殖のためにこういうのを考えてはいかがでしょうか？」

言うなり、A4サイズのカラフルな資料を湊の前に差し出した。表題に難解なクーポン債の名称が大書してある。桜内が説明を始めた。

「これは仕組み債と言って、高い利回りが得られ、条件によって元本が戻ってくる債券です。一般的な債券にはない特別な仕組みを持つので『仕組み債』と呼ばれています」

湊が資料を見ようと身を乗り出したのを見て、桜内の声が弾んだ。

「これは普通の債券ではありません。商品の内容はこうです。購入時から当初の三カ月は年率一二パーセントの利回りがつきます。その後は、三カ月ごとに来る判定日に、日経平均株価が購入時より二〇パーセント下落していなければ、利回りは一二パーセントのままです。二〇パーセント下落してい
れば年率〇・一パーセントとなります。逆に日経平均が購入時より五パーセント上昇すれば満期の一〇年を迎える前に元本が満額で戻ってくる。『期限前償還』と呼ばれる仕組みです」

「で、リスクはどうなんですか」

湊の疑問に、桜内が答えた。

「ただし、日経平均が一度でも四四パーセント下落すると、その後は日経平均の騰落率に元本価格が連動します。これはリスクではありますが、そうなる可能性は小さい、とわたしどもは見ています」

「ハハア、ここに書いてある北欧の輸出金融公社の社債が本体ですね。これにデリバティブを組み込

んだ？」

「まあ、そういうことです」

桜内があっさり認めた。

湊がピシャリと言った。

「デリバティブをまた勧めてくるとは、相当に心臓がお強い。『やります』と応じるとでも思ったとしたら、見当違いもはなはだしい。やるわけ、ないでしょう！」


その日の夜、桜内は引き継ぎで帰ってきた前田と山井を連れ、行きつけのバーに行った。おもしろくなかった。桜内にとって湊の対応は気に食わなかったのだ。

「オイ、お前たち、今日は何でも好きなものを飲め。ママさん、今日はパーッとやる、頼んだよ」

桜内が粗暴な本性を現した。

カウンターで飲むほどに、桜内の愚痴がしつこくなった。

「いいか、あの中小企業のオヤジめ。許せない！　たかが中小企業のくせに、でかいツラをしすぎる。おい前田、よくあんな野郎と辛抱強く付き合ってきたな」

右隣の前田が低くつぶやいた。

「あの社長はしぶとい人です。ちょっとやそっとでは、言いなりにならない。本当の目的は何か、意図は何かと疑ってくる。前支店長も手を焼いていました。『あんな強情な奴はいない』『妥協知らずのきても絶対に応じないぞ。なっ、そうだろう、山井！」

「だろうな。だが、所詮は中小企業だ。いずれ資金に詰まってくるだろうが、そのときは頭を下げて

しぶとい奴だ』と憤慨していました」

左隣の山井が小さくうなずいた。

桜内は酒をあおるにつれ、ますます抑制が利かなくなった。前田と山井の気分は次第に白けていったが、それに反比例するかのように桜内は意気軒昂《けんこう》となった。

「フン、メインバンクの支援なくしてどだい、資金が続くわけはない。生きられるわけはない。中小企業のくせに、身の程知らずもいいところだ。そのうち思い知らせてやる」

そう言うと、桜内の口が広く裂けた。

桜内はブツブツ言いながら飲んでいたが、やがてトイレに立とうと腰を上げた。すると足がもつれて、ヨロヨロと隣の前田の肩にもたれかかった。

「大丈夫ですか！」

ママが思わず声を上げた。前田があわてて桜内の上体を両手で支えた。

「大丈夫だって！」

桜内が唇をひん曲げて態勢を立て直しながら大声で応じた。

「とにかく許せん！」

桜内は大声を張り上げながら立ち上がり、覚束《おぼつか》ない足取りでトイレに向かった。

ママが、カウンター越しにその揺れる後ろ姿を心配そうに見守った。姿が消えると、前田に小声で話しかけた。

「いつもはあんなふうに酔われることはないのに……きっと、お仕事でお疲れなんでしょうね」

前田が慎重に言葉を選んだ。

「このところいろいろあって、支店長の心労も大きいと思いますよ。銀行っていうのは客商売ですから、客筋次第でストレスも溜まる。今日はちょっと、きつすぎる場面があったかも……」

「きつすぎる場面？」

「中小企業の社長との激しいやりとりで、相当、手厳しく押し込まれてしまったようです」

前田がトイレの方を見やりながら、声を潜めて言った。

「支店長は沈着冷静な人ですから、受けて立つのがお上手です。相手の話を聞き、受け身になりながら、得意だったレスリングのようにいつの間にか態勢を入れ替えて、見事に一本取ります。ところが、今日は勝手が違いました」

前田が先ほど山井から聞いた湊との対話の雰囲気を、かいつまんで伝えた。山井が黙ってうなずく。

前田がくぐもった声で続けた。

「ともかく、その中小企業オヤジはなかなかの頑固者でしてね。言い出したら引っ込まない、自分の意見をトコトン押し通す。自分じゃ経営者として当然のことを言っている、と思い込んでいるんだろうが、とんでもない独善男なんです。いつもこちらにはこちらの考えがある、というふうでね。話には妙に説得力もあり、交渉していて骨が折れますよ。シェイクスピアの名セリフを引用したりして、何とか我を通そうとする。前の支店長はそのオヤジを〝石頭〟をもじって〝イッシー〟と名付けていたくらいです。よく『イッシーにやられた』とか言ってましたよ。僕も交渉を横で見ていて、イライラ、ドキドキしたことは何度もある。支店長も今日は、くたびれ果てたのではないですか？」

「そうなの。桜内さんのことだから、イッシーさんのこともあって、いつも我慢、我慢でストレスを胸に一杯溜めているんでしょうね」

　ママが桜内に同情した。その同情ぶりは、心から寄せられたものに違いなかった。

「イッシーはある意味、格別の厄介男です」前田がまた湊の人物像に話を戻した。

「〝世界で一番疲れさせる男〟と、前の支店長が評したこともあるほどで、ひと筋縄ではいかない。トコトン主張してへこまない。へこんだかと思っていると、また理論武装して主張しだす。まるで、ゾンビのような男ですよ。誘導術にもなかなか長《た》けている。奴が『ところで……』と言ってきたら、次に必ず要求を持ち出すか、肝心の話題をすり替える。手強《てごわ》いですよ。

　奴は自負心過剰男でもある。よくこういう言い方をしていた——『われわれ中小企業は日本経済の〝縁の下の力持ち〟だ』。日本経済を土台になって支えているのは実はわれわれだ、と自慢したいんだろうが、何度も聞いているうちに鼻に付くようになった。奴はこうも言っていた。『われわれ中小企業は日本の毛細血管だ』って。血が通わなくなれば、日本経済はそこら中に壊疽《えそ》を引き起こす。だから企業にとって血の流れに等しい資金を、銀行は絶やさない責任を忘れないでほしい、と。真意は結局、自分のほうに存分に融資してくれ、というわけだ。万事、こういう調子だから前の支店長も大分、攪乱《かくらん》されたのでは……」

ママが含み笑いをした。

「聞いていて支店長の大変なお立場が分かるわ。でも、そのイッシーさんも興味深い方。ここで聞いていたら、何て反論するかしら」

「ここにいたら場が混乱するだけですよ。ハタで聞いていればおもしろいかもしれないが、当事者として向き合うのは真っ平御免だね。ところで……」

前田がふたたび声を潜めた。

「そばで見ていると、支店長という立場は本当に大変です。本店と取引先に挟まれてサンドイッチになる。ひと昔前なら本店も地域の事情とやらに配慮して特例を認めたものだった。ところが昨今は、規制基準を作って一律に指示するやり方だから、支店に特有の事情があってもなかなか認めない。上意下達が強まって、支店の意見が通らない。

ここだけの話だけど、首都圏ではいま支店長三人がノイローゼで療養中とか。自殺が疑われている変死も一人出た。こうなったのも、支店の独立性、自主性が弱まったせい、との声がもっぱらですよ。中央で経営情報をすべてコンピューター処理し、何でも数字にして全支店をコントロールしようとする。なので、支店長の権限も、裁量範囲も小さくなった。支店長は本支社間の〝伝令〟とか〝通信士〟にすぎない、という声さえある。気の毒ですよ、支店長は。

かつてのように胸を張って『自分が支店の長だ』という自負心や誇りが持てない。そのくせストレスばかり積み上がる。ケツをまくって辞表を叩きつければ格好いいが、生活の手前、家族の手前、そう簡単にはいかない。この前、支店長が役員と電話でやり合っていたとき、支店長は口では冷静に受け応えしていたけど、手は怒りでブルブル震えていたよ。いま、偉くなりたくない、出世したくない若者が増えているけど、分かる気がする。責任ばかり重くなるからね……支店長が今日僕らを誘ったのも、気が相当に滅入っていたからでしょうね。やりきれない、今夜は飲まずにいられない、酔わずにはいられないという気分なのでは」

「分かるわ、その気持ち……」

ママが、しみじみと言った。

山井が口を挟んだ。

「あの……ママ、支店長は仕事に厳しい人だから、気持ちの許せるところでつい酔ってしまうんではないですか。支店長も人間です。ママさんの前では、支店長も安心して酔っぱらえるんですよ」

山井が殊勝なお世辞を言った。

そこに桜内が頭を揺らしながら戻ってきた。何事もなかったかのように、さっぱりとした顔をしている。二人に声を張り上げた。

「どうだ、カラオケでもやるか。ふてぶてしいあの野郎のことは忘れて、パーッといこう、パーッと」

そう言うと、桜内はマイクをつかみ、立ち上がっていつもの曲に備えた。曲名を聞くまでもなく、ママがカラオケ画面で選曲に入った。

現実は、桜内が思っていた以上に、金融波乱のうねりはふてぶてしいはずのダイア産業の湊京太をひどく揺さぶり、一時は会社がひっくり返る間際まで追い詰めていたのである。

だが、当の銀行支店長の亀山も桜内も、支店の取り組みがそのような深刻な打撃をダイア産業に加えている自覚はまるでなかった。二人とも「中小企業なんだから資金繰りに苦しむのは当たり前」「苦境は自分が招いた個別の問題」くらいにしか考えていなかったのである。

「中小の一つや二つ、潰れたってどうってことない」というのが、二人の共通認識だった。中小企業への融資にもっとお役に立とう、という殊勝な気持ちは微塵《みじん》もなかった。カネ儲け第一主義の行風に、いつの間にか染まっていたのである。二人にとっては本来の職業モラルよりも、行内の出世競争に勝ち抜くことに関心があった。

結局のところ、自分は銀行の立場上、当然のことをやっているまでだ、という感覚を、二人の支店長は共有していた。

だから、先方がそれが嫌で銀行のチェンジを考えたとしてもうまく行きっこない、と支店長らはタカを括《くく》っていた。銀行を代えたいなら、勝手に代えればいい。

「他行に行っても同じですよ」。この言葉が、彼らの見方と行動を象徴していた。

第八章

出発

「大阪の心」とか「浪速文化の誇り」と言われる通天閣。♪通天閣の灯はともる——王将、坂田三吉が「賭けた命」の将棋に没頭し、串カツを頬張り、「どない、しとるんや！」と声を掛ける街。吹けば飛ぶよな将棋の駒に、とことんこだわり、頭から離れない三吉を献身的に支える女房の小春——。

その年の晩秋、この大阪のある意味、シンボリックな通天閣に、吉崎みどりが湊晴美を夕食に招いた。

吉崎がそうしたのには、立派な理由があった。十分な説得とか、本心を大切な相手にしっかり伝えるには、それにふさわしい舞台装置が必要だ、と吉崎は思った。通天閣が真っ先に思い浮かんだ。それにムード作りも欠かせない……吉崎はこのように考えて、通天閣の見える近くの高層ビルの最上階にあるレストラン「アトランティス」に、晴美を招いたのだった。

吉崎が仕事を終え、約束の夜七時に着くと、晴美はすでに席に座って一心に本を読んでいた。その姿を見て吉崎はエッと驚いた。なぜなら、吉崎の記憶する限り晴美は約束の時間に現れたことはない。遅れてやってきて、「あら、ご免なさい」と言い訳するのが常だったからだ。その上、読書をしている姿を見るのも、初めてだった。(何かが変わった)と、吉崎は直感した。

「お待たせしました」

吉崎が声を掛けると、晴美が目を輝かせて応じた。

「全然。通天閣の夜景を楽しんでた。ほんま、綺麗やな」

通天閣がライトアップされ、薄闇にてっぺんの丸いネオンが白く輝いている。

会話は、自然に「通天閣」から入った。吉崎がその豊かな知識を繰り出した。

「この通天閣、パリのエッフェル塔に似てるでしょ。最初に建てられた大正時代、エッフェル塔を真似て造られたんや。いまのは二代目通天閣。戦災で焼けたのを地元市民が再建したんよ」

晴美がふたたび通天閣の方に目を向けた。

「パリには行ったことないけど、エッフェル塔は写真で知ってる。たしかにそっくり……」

うっとりと眺める晴美の美しさも、一幅の絵になるな、と吉崎は思った。

「そやけど、東京タワーにも似てる」

晴美が振り向いて、おかしそうに言った。

「ほんまにそうや。二代目通天閣の設計者の内藤多仲《たちゅう》という人は、東京タワーの設計者でもあるんやて。似とらんほうが、おかしいやん」

吉崎がニッコリ微笑《ほほえ》んだ。パリのエッフェル塔、大阪の通天閣、そして東京の東京タワー。このつながりが、ノスタルジアをひと際掻き立てる、と吉崎は思っている。それぞれの地元市民の心のどこかに、その像が宿っているからだ。

「そやけど、三つの塔の中で通天閣にしかないもの知ってる？」

吉崎が問いかけた。晴美が「さあ、なんやろ」と首をかしげた。

「ビリケンさんや。尖った頭と吊り上がった目の子供の像。通天閣の守り神、幸運の神様や。足の裏をなでると幸運が訪れるんや」

「あ、なるほど」

晴美が相槌を打った。

「二〇世紀初めにアメリカの女流作家が夢で見た神様をモデルに製作した像なんやて。そやからユニークで可愛い格好してるやろ。アメリカのセントルイス大学のマスコットやよ」

言われてみれば、たしかにE・Tのような宇宙人ふうに見える。晴美は納得がいった。

「ハイテクもあるんや。ほら、てっぺんが丸く白く光ってるやろ」

吉崎が通天閣の方を指差した。

「あれ、明日は『晴れ』になるという意味、天気予報の色や。色が白やと明日は晴れ、青やと雨、橙色やと曇り、というように表示してるんよ。気象台と通天閣をエレクトロニクスで結んで、これができるんよ」

「へえー」と晴美が驚きの表情を見せた。晴美はその天気予報の仕掛けだけでなく、吉崎の物識りぶりにも驚いたのだった。

吉崎が身を乗り出した。

「通天閣はただの塔とちゃうんよ。『天に通じる高い建物』の意味や。大阪人の心のシンボルなんよ。大阪人はね、本当は優しいんよ」

晴美は（言われてみれば……）と合点した。思い巡らすと、自分の周囲にいる人たちはみんな優しい。連れ合いのタツ、目の前の吉崎みどり、心を開いた友人たち。それに、飛び出してしまった実家の面々……衝突を繰り返したオヤジ、湊京太の顔が突如、脳裏に浮かんだ。

「そうなんや、ほんまに大阪人は優しぃんや」

晴美が、ふたたび相づちを打った。

「タツさんも、変わらず優しくしてくれてはるんやろ？」

吉崎が急に話を本流に持っていった。

「タツ？　もちろん変わらへん。いつも優しくしてもろてる」

晴美の目が和《やわ》らいだ。

「それは何よりや。二人の頑張りで、生活の方も楽《らく》になったんとちゃうの？」

「……多少はな。来年は結婚せんと。あたしもタツも、来年は二四になるんや。もう、二人の意思は固いし、二人で約束した生活の—なんちゅうか、生活していける目途《めど》が、どうにかついたし……それに……」

晴美が言い淀んだ。吉崎が察して助け舟を出した。

「それに？」

「ウン、……赤ちゃんができるんや。順調に行けば、来年六月と言われてるんよ！」

晴美が快活な声を上げた。

「まあ、ほんと？　グッドニュースやんか」

吉崎も意外な展開に興奮して、丸い目をさらに大きく見開いた。

「タツもいま、板前修業がうまく行ってすっかり腕前を上げているし……わたしたちの未来、やっとこさ開かれてきたんよ」

「結構な話やね、明るい話。で、タツさん、法善寺横町の割烹で修行してるとちゃうん？」

「そうや、〝包丁一本〟なんよ。お客に気に入られ、親方に気に入られ、言うことなし！　とこの前、のろけやった。来年の春には待遇もちゃんとようなる見込みやし、間違いないって。社長に腕を見込まれ、じかにそう言われて喜んどった」

晴美が「希望」をどっさり抱えているふうな、恍惚《こうこつ》の表情になった。吉崎が微笑んで言った。

「この前、法善寺に行った折り、水掛不動に願かけたんや。もちろん、晴美さんのこともタツさんのことも願かけといた。それが効いたんとちゃう？」

「ほんま、うれしい話やわ」

二人は、給仕が運んできた西洋料理に手をつけた。吉崎はまずサラダを頬張ったあと、エビフライにナイフを入れた。晴美はサラダをあと回しにして、ハンバーグをまず口に運んだ。吉崎と目を合わせ、「おいしい！」と言う代わりに思わず二人してうなずき合った。

通天閣の灯りが夜の闇に、ますます輝きを増している。

「そうそう、もう一つ、いい話」

晴美がハンバーグを半分ほど食べてから切り出した。

「兄のジャズバンドが来年春、大阪でライブを開くことが本決まりになったんよ。そのライブというのは……」

晴美は、家出したあとも兄の太一郎とは連絡を取り合っていた。彼女の説明によると、ライブ会場は大阪の中心部にあるBホールである。ここで公演する、ということは「一流」と公認されたに等しい。しかも、太一郎は立派なバンドマスターとのことである。

「兄は以前に事件を起こしてバンドの仲間と逮捕され、起訴されたんやけど、裁判では主犯でもなく『仲間内でちょっと軽い気持ちで大麻を吸った』だけと分かり、情状酌量されて執行猶予付きやった。それから兄は反省して立ち直ったんや。でも両親には敢《あ》えて何も話してへん。『完全に立ち直ったら報告に行く』と言って口をつぐんでやった。大阪公演がもし決まったら、『錦を飾る思いや』と電話で話しとった」

晴美が笑みをいっぱいに浮かべた。

「ええ話や、ほんまにええ話やね。両親に一刻も早く知らせんと」

「『公演のチラシができたら手紙を添えて必ず送る』と言うとった。もうそこまで来てるんよ」

晴美が思わず、目頭をそっと押さえた。

「それは安心やね。ご両親、ホッとしはるよ」

吉崎は太一郎からの手紙を読む湊の顔を想像していた。

ぼんやり考えながら窓の外を見ると、通天閣が夜空にひと際、くっきりと浮かび上がっている。

「親から見てあんたら二人の存在感、あの通天閣のようやね。時間と共に鮮やかに、綺麗に浮かび上がる……」

吉崎の目が通天閣から離れない。やがて晴美の方に振り向いて言った。

「一つ、いいシナリオができ上がりや。達磨《だるま》の片目に黒い目玉が入ったんや。もう一つの目にも、近く入れてやろ。その当ては、あるんや。あんたの父親が成功したら―もうすぐやが―もう一つ目玉を入れてやるわよ」

晴美が嬉しそうに返した。

「父はほんま、喜びやること間違いなしや。あたしも兄も、ぎょうさん、親不孝やったからね。親不孝で、申し訳ない思いでいっぱいや……」

晴美が視線を下げ、うなだれた。涙を長い指でそっと拭った。二人の会話が、しばらく途絶えた。通天閣の明かりが、二人を優しく包んだ。

この晴美の後悔の念を感じ取ったとき、吉崎は経営者の勘で（これでめでたし、めでたしや）と直感した。人生、悪くなるときはいっぺんに悪くなるが、よくなるときも一緒や、いっぺんに良くなるんや――吉崎みどりは、改めて人生の教訓を汲み取った、と思った。

食後のコーヒーを飲み終えたとき、吉崎はすっかりいい気分に舞い上がっていた。聞こうと思っていた湊晴美の近況は、ダークグレーからバラ色に変わった。展望も、列車がトンネルを抜けたときのように、にわかに開かれたようだった。

しかし、吉崎は晴美の話を鵜呑みにするほど、人生にウブではなかった。肝心なところでは急に慎重になり、石橋を何度も叩いて話の信頼性を確かめる、老練な習性も身に付けていた。

（裏を取らなければいけない）――吉崎が晴美を見据えて言った。

「一度、あんたの愛しいタッさんに会いたいな。きっと、ええ男やろ。立派に精進している話をじかに聞いてみたいな……」

「そんなら、彼に連絡しとく。ちょうどええ。彼を姉さんに紹介せんと、と思っとったんよ」

このように話が弾んで、吉崎が法善寺横町で包丁を握るタッさんに会って話す段取りを決めたのだった。晴美が明日、タッと連絡を取る予定だ。

帰途、二人は通天閣の建つ街「新世界」を散策した。晴美がふと見上げると、頭上に通天閣の展望塔が聳《そび》え立っている。塔の側面に「安心と信頼の日立グループ」と大書された垂れ幕状のイルミネーションがさんさんと輝いている。

「あれ、なんで日立の広告なんや？」

晴美が不思議に思って尋ねた。「地元のパナソニックやシャープなら分かるけど……」

「グッド・クウェスチョン！」

吉崎が素っ頓狂な声を上げた。

「訳があるんや。いまの通天閣は二代目。それが完成した翌年の――たしか昭和三二年に、日立が大阪進出を狙ってこの塔に大広告を出したんや。通天閣を経営している通天閣観光は、建設資金の返済に資金が要る。長期にわたって広告を出してくれる大手企業を探しとった。で、両者の思惑が一致したんや。地元の大手電機企業――松下電器やシャープ、三洋電機を出し抜いて、日立が広告を独り占めしてしもた」

事実、通天閣で広告を独占したことで、日立の大阪での知名度は一挙に上がったと言われる。日立はこの広告で「大阪人の心」をつかんだのだ。「通天閣の日立」によって、「大阪の日立」に変貌したのだった。

「ワァー、懐かしい！」

ジャンジャン横町手前のうどん屋に差し掛かると、晴美が足を止めた。看板に「おたべや」とある。晴美が「ここで若いとき、タツときつねラーメンを食べたんや」と、まだ若いのに少女の頃を振り返って言った。

「きつねラーメン？　なんやそれ」

「ラーメンの上に油揚げが乗っとるんよ。一杯四〇〇円や。ここにしかない。うまいんやで」

晴美の目が少し妖しく輝いた。

「へぇー、そないに安いん。今度食べに来よう。……まあ、お客さんぎょうさん入りおる」

吉崎が通りから中を覗いて、客の入り具合を小声で伝えた、
二人はビリケンが並ぶ串カツ屋を通り過ぎ、ジャンジャン横丁に入った。まもなく右手に「王将」の看板が現れた。

西條八十が作詞した村田英雄の大ヒット曲「王将」で歌われた坂田三吉が、ここで将棋を指して腕

を上げたとされる、ゆかりの〝将棋屋〟だ。

吉崎が気持ちよさそうに、「王将」をそっと晴美に歌って聞かせた。

「坂田三吉はネ、『大阪の将棋狂い』とか、『無学文盲の将棋指し』、『阿呆の三やん』と戯曲や映画でからかわれたけど、本当は純粋で律儀で礼儀正しい人やったらしいんや」

吉崎が注釈した。

「けど、破天荒だったことはたしかや。三吉に愛想を尽かした女房の小春が二人の子を連れて家を出てしまったという話もあるんや。ある日、小春が思い直して戻って来たんを見て、反省して将棋をやめることを長屋の連中に誓ったはずの三吉が、また将棋盤を取り出して駒をあれこれ動かした―そういう話や」

「フーン、破れかぶれの凄い将棋指しやったんや」

二人が窓越しに見ると、九組ほどが対局している。壁紙に「席料一時間三〇〇円、二時間六〇〇円」などとある。

窓際の対局者の片方が、考えた末に「次の一手」を指すと、これを見た吉崎が「そないしたらあかん、あんたの負けや！」と小声で言った。むろん窓を挟んでいるから、助言は相手に伝わらない。

ほどなく男は投了した。吉崎はそれを見届けると、晴美を促してふたたび夜のジャンジャン横丁を歩き出した。

翌日、タツから吉崎に電話が入った。その声の第一印象は、爽やかだった。言葉もはっきりしていて、明朗に響いて聞きやすい。

「晴美がお世話になっています。晴美から聞きましたが……」

その声は、すぐに用件を簡潔に伝えた。吉崎の美容院と同様、来週の火曜は休みなので、できればその日の夕方に、法善寺近くの相合橋筋通りにある喫茶店「丸福」でお会いできれば有り難い、という内容だった。

丸福なら、昔からコーヒーを飲みに足繁く通ったものだ。吉崎は会う時間を五時に指定した。すると、タツが申し訳なさそうに希望を付け加えた。晴美もその日は非番なので同席してもかまわないか、と言うのである。

「もちろんよ。ではお二人と午後五時に」

ところが、電話を切ったあと、吉崎はふと思った。晴美を同席させたい、という意味は小さくない、と。二人で自分と対面して結婚を承認し、心から祝福してもらいたい、という意思の表れではないだろうか。

その奔放な共同生活ゆえに、家族・親族からも拒否された格好の二人。彼らにとって、吉崎みどりの「承認」の意味は大きい。まして吉崎は晴美の父親の湊と懇意な経営者仲間であり、吉崎の「承認」は湊の「承認」につながりやすい。タツと晴美は、そのように考えて、晴美の同席を求めたのではないか。

そう考えると、吉崎は気分が軽快になった。なぜかと言えば、二人の深謀遠慮を感じ取ったからでである。二人は結婚の計らいを繊細に、大事に扱っていることがよく分かったからである。

　これは、吉崎にとって一つの発見であった。家を飛び出して顧みなかった晴美とは別人の晴美が、そこにいた。想像していたのとは別人のタツが、そこにいた。


　水掛不動で知られる浄土宗法善寺。その横を東西に二本、八〇メートルほどに伸びる法善寺横丁。戦時の空襲で寺も横丁も焼失したが、不動尊は奇跡的に戦火を免れた。その不滅の存在感が、人びとを引きつけてやまない。

　願いを込める人びとがひっきりなしに掛ける水で、不動尊の全身は緑の苔にびっしり覆われ、慈愛深いに違いないその眼差しも苔に隠されて見えない。

　ここは道頓堀の騒々しい盛り場の中心部。それなのに、石畳の路地裏には奇妙な静かさが漂う。まるで時間の経過から取り残されて佇《たたず》む空間のようである。

　吉崎が約束した喫茶店に行く前に、水掛不動を訪れたとき、時計は午後四時半を示していた。吉崎は、タツと会う前に、タツが修行する法善寺横丁の割烹店Kを見ておきたかった。

　しかし、近くに来てみると、急に水掛不動を拝んでみたい気持ちになったのである。（願い事は、ぎょうさんある。でも、今日は一つだけ……）。吉崎はそう心に決めた。不動尊の気を散らしてはいけない、と思ったのである。

　その一つの願いとは、晴美のことだった。せっかくつかみかけた幸せを、しっかりつかませてほしい――。これを苔だらけの水掛不動に祈願するつもりで向きを変えてやって来た。不動尊の前に頭を垂れ、杓子《しゃくし》で瓶から水をすくい、苔だらけのお顔を目がけて水を掛けた。（お願いがあります。晴美さんをどうか……）。吉崎は願いを申し述べると、深々と頭を下げた。隣に二組の参拝者が並んで待っている。

吉崎はもう一度頭を下げ、（よろしくお願いします）と念を押した。

道一つ隔てた法善寺横丁に入ると、初老の品のいい男が何やらブツブツとつぶやいている。近づいてみると、男は「月の法善寺横丁」の歌詞が刻まれた石碑の前で小声で歌っていた。

吉崎はこの不思議な路地裏の空間をあとにして、割烹店Kに行き、外から眺めて立派そうな店内を想像してみた。それから繁華街の中央に向かい「かに道楽」のバカでかい看板を右に折れた。

道頓堀川に架かる橋の上には、多数の観光客が、カメラを手に談笑している。聞き慣れない言葉が飛び交う。「ウォー　シャン　チー……」などと聞こえる。大半が中国人や韓国人だ。河岸のグリコの大看板を背に、アメリカ人らしい若者がグリコのランナーを真似て、片足を上げて走っている姿でカメラに収まっている。

「ここが大阪や」

吉崎は思わず口ずさんだ。ここミナミは、大阪らしい開けっぴろげな活気にあふれている。食い倒れの街に立ち並ぶ無数の食べ物屋、居酒屋、次々に声を掛けてくる呼び込み、大きな看板に店案内――ある店の前には「トイレあるよ」と大書されたネオン看板がある。店の前で立ち小便されたくないし、便意を催す客も呼び込めるという知恵だ。これを見てか、若い男六人がその居酒屋にゾロゾロと入って行った。こういう陽気な風景は、他の都市ではまず見当たらない。

吉崎は観光客のように徘徊《はいかい》したあと、目的地の「丸福珈琲店」に約束の五時きっかりに着いた。

二人はすでに奥の席に座って待っていた。

「シックでいいお店やネ」

挨拶もそこそこに、晴美が店内を眺め回しながら言った。

「大阪で一番古い喫茶店よ。創業は昭和九年。ということは……一九三四年のはるかな昔。創業以来、守り続けた焙煎法で、コクのある濃い味わい。ここでは技術を認められた職人だけが、お客さんに珈琲を抽出できるんや。昭和天皇も行幸《ぎょうこう》の際にここで珈琲を召し上がっているわ」

吉崎の説明に、タツが「ほんまでっか！」と反応した。板前修業の身にとって、この情報は重要だ。お客とのちょっとした会話の役に立つ。

タツの反応ぶりに、吉崎は（大変、結構）と満足した。こういう敏感な感性が、生活を築いていく上で基本的に大切だからだ。

以後、吉崎はタツに敢《あ》えて突っ込んで聞くようなことはしなかった。その必要を感じなかったからである。三人の会話は、リラックスした雰囲気の中、自然体で続いた。

その一つひとつのタツの反応を、吉崎は好感した。好感した主な理由は、将来の生活設計に関して堅実な考え方を示したためだった。

タツは、こう語った。

「いまの収入ではまだまだ厳しいんやけど、腕を磨けば、この世界、何とかやっていけます。幸い腕は上がっている、と親方はんも喜んでくれはった。もっともっと勉強して、生活と自分の家庭と、あんじょう、作っていこと思っとります」

このひと言で、吉崎の心に「ゴーサイン」が発信されたのである。一つの言葉が「この人なら……」の信頼を呼び起こすことがあるが、この場合がそうだった。

タツとの会話の際、吉崎は何度かチラリと横にいる晴美の反応をうかがった。その都度、晴美はうなずいて聞いている。（そうね、その通りやね）と賛同しているに違いなかった。

この晴美の態度も、吉崎のタツへの心証を良くした。（この二人なら、きっとうまくやっていける……）と、吉崎の思いは「確信」にまで深まっていったのである。

（あとは日々、努力あるのみ）

吉崎は自分自身の人生経験に照らして、そう判断したのだった。

ダイア産業の顧問税理士である川口彰が、秋日和の昼すぎにレストラン「マストロヤンニ」に行ってみると、湊はすでに来ていて資料をテーブルの上に広げ、せっせとメモを取っていた。川口が席に着くなり、湊が話し出した。その声は明朗に響いたので、悪い知らせではない。

「先生、お呼び立てしたのは、経営の改善状況をぜひご報告したかったためです。お陰さまで、経営は立ち直りました。リーマン・ショック直後、当社の売上も減少しましたが、その後は着実に回復に向かっています。しかし、肝心の収穫は赤字を解消して黒字基調が定着した数字の面に限りません。経営の根幹とも言うべき自主性・独立性が確保され、自分の判断で経営を動かすことができるようになったことです」

川口は聞いていて、（それは大いに結構な話だが、『自分の判断で経営を動かすことができるようになった』とは、どういう意味だろう？）と訝《いぶか》った。湊が続けた。

「日芝が委託業務を突然、中国に持って行ってしまい、これをきっかけに、メインのいなほが貸し渋り・貸し剥がしに入り、挙げ句、デリバティブを押し付けてきたことは、ご報告の通りです。経営は苦境に立たされ、一時はギブアップ寸前まで行きました。それが先生のご尽力もあって、したたかに巻き返すことにとうとう成功しました」

湊の目が輝いた。川口が「いろいろありましたが、本当に良かったですね」と柔和な目を細めた。

「結局、あの事件で親会社、主力銀行に頼れなくなったのですが、結果として、これが良かったのです。自分で自発的に判断して行く道を決めなければならない——この本来の経営道に戻ることを余儀なくされたからです。もしも親会社、親銀行の指導の下で従来のようにやっていれば、緊張感なき経営に陥る。そこそこにやっていけるとしても、これに甘んじてしまうので発展しません。いわば、いい試練でした」

湊がキッパリと言い切った。「いい試練だった」と言うことは、あの事件を肯定していることを示す。挫折してあれほど苦悩したことに、積極的な意味を認めていることになる。

湊がこのことに注釈を加えた。

「『自主的にやれ』とか『独立性を保て』などとよく言われますが、簡単ではありません。われわれはそもそも何らかの形で社会とつながっているから、自主的に考え、やり通すには、既成勢力の制度とか慣習とぶつかることを覚悟しなければならない。独立するには、それまで生活基盤を与えてきた親とか企業の『保護』から離脱しなければなりません。日芝といえば、かつてダイアにとって保護してくれる、一番頼りになる存在でした。

これが突然いなくなり、否応なく放り出された。途方に暮れ、何とかして別の生きる道を探さなければならなくなった。けれど、ようやくそれを探り出し、見通しが立ってきたのです。試練がなければ、そのチャンスも与えられなかった。ある意味、あの事件にはいまでは感謝しているくらいです」

川口が大きくうなずいた。

「それに、事件のお陰で新しい認識も仲間も得ました。たとえば――」

湊はリスム銀行の沼田大介を頭に描いていた。

「銀行の大組織の中で、組織の論理ではなく自分の考えでもって業務を処理しようと、たゆまずに努力する人もいます。時には組織の指示に逆らっても、自分の良心に従おう、という人です。『他行に行っても同じですよ』の状況下にいる異邦人です」

湊はひと言、沼田の助力に言及した。

「ある銀行の若手幹部は、すぐに当方の置かれた貸し渋り状況を理解し、融資の手を差し伸べてくれました。そしてこうも言ったのです。『万一、上が融資を認めないような事態になったとしても、心配には及びません。信用保証協会が公的に保証する融資枠を使って、融資するように計らいますから』と。こういう異邦人も現れたのです。為替デリバティブが持つ罠の恐ろしい仕組みも、彼の説明から詳しく知ることができました。世の中、捨てたものではありません」

湊は次に、金融庁の小早川史朗を思い浮かべた。

「銀行ばかりではありません。官僚組織の中にも良心的な人間が息づいています。こういう良心派と知り合い、助けられたのも、今回の事件の大いなる収穫です」

「なるほど……滅多に得られない経験でしたね」

川口が感心した。

湊が話したくてたまらないかのように続けた。

「これから、ようやく未来計画が始まることになります。目指した山頂を目前に、ホッとひと息といった登山家の心境ですかね。下を見下ろすと、よくここまで登って来たものだと感無量です。日芝事件以後、特に急峻で登るのに骨が折れたのが、例の為替デリバティブ事件です。為替デリバティブには振り回され、ほとほと気疲れしました。為替の動向が気になって、通常の業務に集中できなくなったほどです」

川口がすぐに反応した。

「思い出しますね、昨日のように。税理士会でも問題になっていますが、このところ中小企業が為替デリバティブの解約や損害賠償を銀行に求めるケースが急増しています。わたしのところの顧客も、大きな損失を被ったのですが、彼は為替デリバティブをこう評していました。『初め好調、あと絶不調』『晴のち豪雨』だと。湊社長の場合は銀行が勧め出した初期の頃の事件で、いまのと比べれば当時の損失額は全体に小規模だった。

最近は、円高の進行で損失が雪だるま式に膨らみ、もはや契約通り支払えなくなった――そういうケースが、あちこちで増えているようです。二〇〇七年当時、一時は一ドル＝一二〇円台まで進んだ円安が以後上げ続け、リーマン・ショックを境に一ドル＝九〇円台に急騰していったのですから、円高の衝撃は大きい。メガバンクなどが二〇〇四年以降販売した為替デリバティブは、企業数で二万社、契約数で六万件以上と言われています。五年とか一〇年も法外なカネを払わされるようなら、やっていけない、と中小企業が当の銀行に詰め寄るのも当然です。損失が億単位に膨れ上がった中小企業が多いですが、中にはすでに一〇億円以上の損失を出したところもあります。しかし、ここまでやり過ぎると銀行も返り血を浴びる。目先の利益に目を奪われ、せっかく長年かけて築き上げた取引先との信頼関係をぶち壊しましたから」

「つい先日、法人会で聞いた話ですが、こういう例がありました。大阪・難波にある自動車部品メーカーの中小企業が、為替デリバティブで一億円を超える損失を出し、いまも損失が拡大中だそうです。この会社の二代目社長は、中国向けにカムシャフトなどを輸出していて、それに目を付けた銀行がデリバティブを勧誘した。契約内容は五年間、三カ月に一回、二五万ドルを決済するものだったようです。当初は利益を出しました。ところが……」

湊が最新の契約例を紹介した。

「ところが、ほどなく円高が進み、逆ざやが発生し出したのです。悪いことに特約があって九八円を超える円高になったら、一〇五・三円でドルを購入することになっていた。これが災いしたのです。円高はさらに八〇円台に向かって進んでいますが、どの円高レベルになろうと、一〇五・三円で二五万ドルを買い続けなければならない。このようにして三カ月に一回、損失が出るのに備え二五万ドル相当を手当てしなければならず、やむなくその資金を銀行から借りなければならなくなった。口座にドル買いで積み上がっていくドルを担保に借りたわけです」

湊が、そのオーナー社長のはまった罠のカラクリを説明した。

川口が推理を加えた。

「おそらくその社長は、口座に積み上がったドルを円に替えると円高から実損が確定してしまうので、換金しなかったのでしょう。いつか円安に戻る期待もあったのでしょうね。そこで含み損は拡大していく一方となった。円高局面は続いていますから、出血は止まらない。こういう状況になったのではないですか」

「その通りです。社長はこのデリバティブのドル購入資金や会社の運転資金に充《あ》てるため、地銀や信金からも借り入れるようになったとのことです」

川口が眉を上げて断言した。

「そうなると、経営は一段とひっ迫して、お手上げになるのも時間の問題ですね」

「気の毒ですが、そのようです。デリバティブのせいで、三カ月に一度の割で多額のカネを用意しなければならない。経営は風前の灯火です。とうとう自分の定期預金も普通預金も崩してしまい、〝もう何も残っていない。限界だ〟と絶句したそうです。

社長は〝騙《だま》された〟と契約破棄を求めて銀行と掛け合ったのですが埒があかず、友人のアドバイスで金融ADRに持ち込んだ。目下、何とか有利に解決したい、という段階です。銀行側の言い分は〝契約は合意の上。問題はない〟の一点張り。リスクをろくに説明せずに勧誘した銀行員はその後辞めてしまい、銀行に非を認めさせようにも行き詰まってしまった。こういう経過です。とんでもない話ですよ」。湊の語気がいくらか荒くなった。

川口が最近、友人の税理士から聞いた話で続けた。

「そう、紛争が多発してきたため、裁判外で紛争解決を図る金融ADRで和解するケースも急増しています。このADRへの持ち込みで、中小企業から実際に訴訟が起こされるケースは減っていくでしょう」。川口がADRに言及すると、湊が反応した。

「全国銀行協会で金融ADRを運営していますね。制度が施行されたのは、〇七年からでしたか?」

「ADR法と呼ばれる、たしかそんな名の法律だったと思います、『裁判外紛争解決手続きの利用の促進に関する法律』――。〇七年四月より施行されています。おっしゃる通り、金融関係は全国銀行協会が仲裁役になり、紛争解決に当たっています」

「このADRへの申し立て件数が急増している。で、和解に至るケースも増えているということですか」

「そういうことです。『和解』とは痛み分けのことですから、銀行側が非を認めて解約清算金を諦めるというわけではありません。銀行もある程度、解約清算金を負担するという形で解決します。負担割合はケース・バイ・ケースですが、銀行側が五割負担、という例が多いようです。しかし、どういう内容の和解だったかは一切、公表されていません。この非公開性がADRの特徴と言えます」

「なるほど。ADRは非公開性が原則なのですね。これだと契約内容や交渉内容、プライバシーが外部に漏れることはない。違法な契約でも内密にできる。銀行側にとっては、有利な制度ですね。しかも裁判に持ち込まれて長期化してコストがかかった挙げ句、結局は不法性がばれたり、敗訴するというリスクもない。非公開で早期決着できる、という面で、銀行側に有り難い制度と言えるでしょうね」

川口は義憤に駆られているようだった。

「まだあります。仲裁に応じた場合、訴訟を起こす権利が失われることです。厄介な社会問題となって公然と目に付く前に、少ない費用で決着できる和解なら、銀行にとってこれほど都合のいいことはありません。和解後、中小企業側の負担分を融資の形で資金供給する契約にして、高い金利と担保を取って取引をまんまと継続させた、したたかなケースもあります。銀行はともかく、訴訟だけは起こされたくない。訴訟よりもＡＤＲの方がずっといい、と思っている」

川口の話に、さらに熱がこもった。なぜ銀行はＡＤＲに持ち込みたいのか――。

「訴訟を起こされれば記録されて名前が残り、前例が残ることは避けたいのです。訴訟を警戒してＡＤＲの話し合いの段階で手を打ちたい。この件で波紋を広げ、世間の批判の矢面に立たされるのを何としてでも防ぎたいのです。だから銀行はトラブル事案を極力、ＡＤＲに持って行きたい。ただし、ＡＤＲが銀行にとって一方的に有利、というわけでもありません。和解案を、金融機関は拒むことができませんからね。

ここにきて銀行の中にはこのＡＤＲ斡旋すら、何とか回避しようと画策する動きも出てきました。企業に〝お願いする〟形で、斡旋申し立てを諦めれば、デリバティブ契約を継続するのに必要な資金を融資するとか、解約清算金を立て替え融資するといった話を持ちかける。銀行の本音は融資関係を継続して利子生み資産でいてほしいというわけ。北陸のある漁協は、地銀の対応にとうとうキレて、裁判を起こしています」

「懲りない面々ですね。社会のスタビライザー、安定化装置と言うべきＡＤＲにも持ち込ませないよう工作するとは。ともあれＡＤＲというやつは多発する紛争を公然化させずに丸く収める。しかも、銀行の責任は表面化しないで済む――成熟資本主義の見事な制度と言えます」

湊が皮肉っぽく言った。川口が言葉を継いだ。

「たしかにスタビライザーでもあり、バッファー、緩衝装置と言ってもいいでしょう。いまやＡＤＲ

はいろんな分野で業界団体の多くや消費者団体で推進していますから、ある意味でカネのかからない重宝な仲裁機関になっている。

はっきりしていることが、三つあります。銀行がいま言った理由から、最大の受益者であることは間違いありません。何より当事者責任を覆い隠して、体面が傷つかない。信用機関にとって重要なことです。二つ目は、裁判所も大きな受益者であることでしょう。裁判所の負担がめっきり軽くなりましたから。三つ目は、ＡＤＲがこれだけ賑わうということは、為替デリバティブをはじめ怪しげな勧誘商品が盛んに横行している証拠です。ある意味、グローバル化時代の〝負の遺産〟がＡＤＲに集中した、と言っていいと思います」

川口はニヤリと笑い、デリバティブに話を戻した。

「デリバティブという怪物は、ウィルスのようなものです。感染して果てしなく広がっていく。この頃では、これが債券に組み込まれて大量に売られ、トラブルが増えています。ご存じと思いますが、仕組み債というやつです」

川口が今度は仕組み債について〝講釈〟を始めた。

「銀行や大手証券が勧めている、あの〝高い利回りで安全〟が売りの債券ですね」。湊が応じた。

「この仕組み債が曲者《くせもの》なのです。これも多くが米ドルやユーロ、オーストラリアドルに対し円相場に応じて金利が変動する仕組みになっている。三〇年物の債券にデリバティブを組み入れているのが主流です。買っているのは、中小企業や個人投資家だけではありません。上場会社や地方自治体、学校法人、宗教法人、年金基金、公益法人といったあらゆる法人が積立金や基金を高金利で運用しようと買っている。これが円高で次々に損失を出しているのです」

「通貨デリバティブと似たような仕組みですね」

「それをひと捻《ひね》りした新金融商品です。債券は通常、満期まで保有すれば額面金額が戻ってきます。ところが仕組み債は、円安などでうまく行けば高利回りで、元本が早期に全額償還される場合もありますが、そうはならずに元本を全額失うケースもある。販売されているのは金利や元本が為替相場に連動したり、個別の株価や日経平均株価といった株価指数に連動したりするハイリスクのタイプで、商品内容は実に多種多様です。仕組み債はリーマン・ショック以後、進化を遂げてかなり複雑化している。複雑化した分、販売手数料も高くなっていますね」

「でも、その基本は〝最初は儲かり、あとで大損の仕組み〟になっているのではないですか。危険性は分からないように巧みに隠されているんでしょう?」

「その通りです。『高金利で元本は安全』の謳《うた》い文句に釣られて買い入れ、低金利の中、初めは利率五パーセント前後で運用できたのに、円高になって大損を出した自治体のケースもあります。兵庫県朝来《あさご》市の場合、為替連動の仕組み債で当初は円安で高利回りを受け、元本が戻ったため、いくつも買い増した。しかし、やがて円高になり、三〇年後の償還まで金利がゼロで〝塩漬け〟されてしまいました。市議会で『なぜリスクを隠して、仕組み債を買ったのか』と問題になりましたが、後《あと》の祭りです」

「債券というと、安心してしまう心理を衝《つ》いて文字通り、債券を複雑に仕組んだ。が、従来の債券の内容とはまるで異なる。為替デリバティブと同じで、リーマン・ショック後に円や株価の変動で損失が拡大、トラブルが急増した、というわけですね」

「まさしくその通りです。債券の中には、『公社』が出しているものも多く、つい信用してしまう。ノルウェー輸出金融公社の債券を買った人の場合、証券会社に『定期預金よりもいい商品がある』と言われて購入し、元本の目減りで大損を出しています。この公社はノルウェーの輸出金融業務を独占してきたわけで、買う方はつい安心してしまう。こういう公社債にまでデリバティブが組み込まれている。それが実態です。

厄介なのは、株式取引のような流通市場がないため、途中の売却が難しいことです。三〇年満期のケースでは、利息なしで満期まで為替変動リスクを負わなければならない恐れがあります。取引先銀行が系列の証券会社を紹介して販売している例も多く、大損した中小企業経営者の銀行相手の訴訟も増えています。この前、東京地裁で銀行の損害賠償責任を認めた判決が出ました」

川口がうんざりした表情で言った。

「そんな危ない実態ですか。そう言えば、うちにもノルウェー債券の誘いが来ましたよ。例によって、いなほ銀行ですが」

湊がぶっきら棒に応えた。

「本当ですか？ 全く性懲りもない」

川口が一瞬、あきれた顔をした。

湊が解説した。

「上層部が強欲資本主義に凝《こ》り固まっているから、似たような商品を臆面もなく手を替え品を替えて出してくる。本当にむかつきますよ、あきれ果てた体質です」

川口が応えた。

「デリバティブで大儲けしているので、目先を変えて次々に繰り出すのでしょう。デリバティブとは、騙《だま》しの金融技術ですね。もっと広く一般的に売られた投資信託の場合、被害は底知れないほどです」

川口は話を投資信託全般に移した。最近、自分の顧客から数多くのトラブルを聞かされている。

「投信の被害は、広がる一方です。見境なく勧める原村証券など証券大手と並んで、このところ銀行の攻勢が激しい。信用力を背景にしているので、契約が急伸しています。かつては証券会社と投信会社でしか扱えなかった投信が、金融の自由化で銀行でも扱えるようになった。これが引き金になりました。銀行は口座を持つ顧客の資産の中身が分かるので、目を付けた顧客に売り込み工作を進めたんです」

「で、資産家を狙ったわけですね」。湊が自分の推理を加えた。

「おっしゃる通りです。資産家とか退職金が手に入った定年退職者を狙った。口座を調べれば、資産や入金状況が分かりますからね」

川口がうなずく湊を見てさらに続けた。

「銀行は地方で信用があることも、強い。よくある売り込みケースは『通貨選択型のファンド』や『毎月分配型』の商品です。これを『三カ月定期預金』と組み合わせたりする。分配型で怖いのは、顧客は金利のように運用益から分配金を出していると思っていますが、運用が悪化すると元本を取り崩して分配するようになる点です。

結果、虎の子の退職金がごっそり目減りする例が出てきています。窓口は営業ノルマに追われ、リスクをあらかじめちゃんと説明しない。買う方の無知につけ込んで、〝売り逃げ〟する。リーマン・ショック後、毎月分配型投信の分配後の基準価額指数が大きく下振れしています。が、買った本人は状況がなかなかつかめません。投信のトラブルは今後、さらに増えるでしょうね。もう一つ、元手となる証拠金を担保に何倍もの通貨売買ができるFX。主婦やビジネスマンも手を出していますが、こちらのほうも為替相場の大変動で問題が多発しています。訴訟も増えている。金融商品の現場は、どこもかしこもトラブル続きです」

「外国為替証拠金取引」と訳されるFXは、為替市場の乱高下で個人投資家が途方もない損失を出す恐れがある。このところ、ユーロ相場絡みで損失が一挙に膨らむケースが目立つようになってきた。

FXでは「証拠金」を担保に、一時は一〇〇倍を超える取引もできた（現在は規制が強化され最大二五倍。海外のFX会社は規制対象外）。レバレッジ取引と呼ばれるものだ。

FXが怖いのは、FX会社が顧客の一層の損失を防ぐため強制的に決済する「ロスカットルール」

が適用されるなど、独特の仕組みのためである。

たとえば個人投資家がユーロの下落を見込んで価格を指定せずに成り行きの実勢価格で売り注文を出したとする。投資家のもくろみでは、ユーロが下がったところで買い戻せばいい。だが、思惑とは逆にレートがユーロ高・円安に跳ね上がったとしよう。すると、FX会社は顧客の作ったばかりの売りポジションの含み損が急拡大するのを防ぐため、「ロスカットルール」を適用して強制決済してしまう。結果、多額の損失額が確定することとなるが、この強制決済が売りポジションを作った直後の僅か一秒前後になされるケースも現れたのである。

アッという間の損失に、顧客の投資家が黙っていない。不自然な値動きとにらみ、顧客のポジションを超高値で金融機関に転売して利ザヤを得たとして、FX会社を相手取った損害賠償請求訴訟も起こされた。FXは、顧客がFX会社との間で通貨を売買する「相対取引」だから、レートはFX会社が値付けしている。そこで、FX会社が恣意《しい》的にレートを変動させた疑いが浮上したのだ。

通常、FX会社は顧客から受けた注文と同じ取引を複数の金融機関と行う。取引相手の金融機関を「カバー先」などと呼び、このカバー先がFX会社に売値と買値を配信する。FX会社は一番有利なカバー先のレートに一定のサヤを乗せ、売値と買値を作って顧客に提示する。この仕組みの中に、トラブルの芽が隠されているのである。

元手の何倍ものレバレッジ取引、FX会社との相対取引、為替相場の乱高下とロスカットルールの強制適用、相場急変時のスリッページ（注文レートと約定レートの差）の発生——など、顧客が思わぬ損失を被ることになる火種は尽きない。

湊の目が異様に光った。

「……結局、二十一世紀アメリカ金融資本主義が生み落としたデリバティブが、ウィルスのように地球上を伝染しながら、日本でも銀行主導でそこまで猛威を振るっているわけですね」

湊が納得した、というふうにうなずき、自らの経営哲学に話を戻した。

「しかし、当社の場合、仔細に見ると、金融機関の対応も一律同じ、というわけではありません。グローバル化の中、当方の経営困難を見て手を引く銀行と、手を差し延べる銀行とに分かれてきた。いなほ対リスムの対立図です。他方で組織内悪玉と善玉とが現れて事件は進行していき、次の幕を開ける。まるでシェイクスピア劇のようでした。

その主役たちを、いまでは懐かしく振り返っています。善玉の俳優には感謝あるのみですが、悪玉俳優も捨て難いものがあります。ただし、もう一度出演してもらいたいとは思いませんがね……こういう俳優さんたちと会えたのも、企業環境が急に変わり、自分で考えて解決しなければならない自主性を強いられたからでしょう。自主性というと格好良く聞こえますが、ともかく〝何とかしなければ〟ともがき苦しんだ。何としてでも知恵を出さなければ、と考えた。これが良かった。潜在能力が発揮された。結果的に独立独歩の自主的な経営に体質を変えた、ということでしょう」

川口が質問した。

「その自主性が奏功して成績も上がってきた、ということですね？」

「おっしゃる通りです。これをご覧ください」

湊がテーブル上から一枚のグラフを取り出した。そこには、二〇〇六年三月決算から赤字幅が顕著に減り、〇七年にはわずかだが黒字を確保し、その後リーマン・ショックで一時、落ち込みながらも「増収増益」に転じたことが示されている。

「日芝の撤収後、二年目から新規開拓が実ってきたのが大きいですね。日芝用の特注品技術を使った一般ユーザー向け汎用品が思いのほか伸びました。これには一般ユーザーがコストダウンを図るため、専用の特注ものを止めて安い汎用部品に切り替えていった事情が有利に働いた面があります。汎用化の波を捉えて販促した、香川さんの活躍のお陰です。日芝なきあと、新規のユーザーが穴を埋めていった。中でも台湾からの受注が業績を押し上げました」

湊が誇らしげに言った。

川口がうなずいて言葉を継いだ。

「ユーザーが広がったことで、経営の土台はむしろ強くなった、と言っていいでしょうね。日芝にオンブしていた一社依存の頃とは大違いです。経営のリスクも分散し、安定化してきましたね」

「自分たちの頭を使って、何とかここまで漕ぎ着けました。マクベスのセリフにあるように、〝嵐の日にも時は経つ〟——我慢して持ちこたえて、ついに良い日が来たのです。まだまだの状態ではありますが、再建のメドが立って来た。ようやく、経営のネクスト・ステップを考える段階に来ました」

「社長のいう『次の一手』というのは、新規事業のことですか?」

「いつかお話しした高齢者向けケア事業です」

湊は、もう一つのグラフを取り出して見せた。

「いまでは日本の個人消費の四割超を、六〇歳以上のシニアが占めています。シニアがＧＤＰの六割を占める個人消費の主役と言っていいでしょう。預貯金や株式、投信といったシニアの個人金融資産の保有率は五割超にも上ります」

湊が高齢者の手元の経済力から説明し、次いで需要の性質に話を進めた。増える一方の高齢者が求めているものは何か――これに照準が絞られた。

「少子高齢化で社会全体の需要は縮んでいますが、逆に高齢者の需要はますます増えていきます。特に健康関連の需要は成長している。社会全体が健やかさを目指していることも間違いありません。健やかさへの意志を強く持っている。中でも、良いメディカルケアへの需要は切実です。心身の機能を元気に保って長生きしたい。当然、この願望に応える産業、企業は社会に求められるから、十分活躍でき成長できると見られます。われわれとしても……」

湊が指し示したグラフは、一〇年前は三割そこそこだったシニアの消費比率の増加ぶりが描かれている。川口は一瞬、家族で介護している老いた母の顔を思い浮かべた。

「この高齢者の需要にしっかり応えていこう、お役に立っていこうと考えています。ならば、どう応えていくか――ですが、高齢者にとって何より快適な健康環境が望ましい。空気と水の澄んだ美しい自然環境の中で、健康を保ちながら快適に余生を過ごすことができれば、人生の黄昏《たそがれ》時に山辺の日没の美を前に『ああ幸福な生涯だった』と言えるようになれば、最高です。そこで、メディカルケア機能を備えたリゾートホテル事業はどうか。こういうコンセプトで新事業を構想してきました」

湊は川口の聞き入っている様子に安心したように続ける。

「以前に先生に経過をお話ししましたが、場所は蓼科に本決まりとなりました。ここに若い立派なネパール人のレストラン経営者が、地元ホテルを買収してメディカル・リゾートホテルを建設する計画です。この事業に、当社が共同経営者として参加し、わたしが社外取締役に就きます。いつかご紹介した美容院経営者の吉崎みどりさんが、顧問として得意のコンサルタント役を担います。資本金一〇億円のうち当社が四〇パーセントに相当する四億円を出資することで合意しました。

会社名は「クスノキ」。事業のコンセプトはメディカルケアの基本機能を備え、一年以上の長期滞在者に対し専門家が定期健康チェック、予防対策、ヨガやウォーキング、水泳、乗馬を含むスポーツケアを行う。健康を害して再検査や入院の必要が生じた場合は、提携先の市内の総合病院にただちに手続きをとる。滞在者は安心して自然の中の生活を楽しめます」

湊が新事業のポイントを説明し、別のカラフルな図表を取り出して見せた。

「これがメディカル・リゾートの概念図です。敷地八〇〇〇坪、建物は全て取り壊して、全く新しいタイプのリゾートホテルを建てます。およそ二年後に開業の計画です。館内には温泉施設、医療クリニック、フィットネス機器、室内プールを設けます。外には庭園と散歩道。ホテルは一年滞在をベースに、三カ月滞在と一週間の体験コースも加えます。部屋には五つのタイプがあります。基本料金は

——」

　こう言うと、湊は次に料金表の案を示した。

「リーズナブルな料金体系ですね……すると、たとえば一年滞在して健康を回復したり、気に入ったりした場合は、顧客はさらに一年契約を更新する、というシステムですね？」

「その通りです。一年ごとの契約システムにすることで顧客はこの間、気持ちを新たに自己管理に注意を払い、実行するようになりますから、気分も良くなり、一年後にはきっといい健康結果が期待できます」

　湊が一年契約システムの意義を強調して続けた。

「何事も長期にわたると緊張が続かなくなります。短く区切れば集中できる。一年契約なら、一年後までに健康を改善しようと気持ちを高められるのではないか。気持ちを一層集中させることで、健康ケアを持続できるようになり、一年経つと実際に顕著な改善効果が表れることでしょう。そうなると、気分も良くなり、『これならもう一年続けてみよう』となるに違いありません」

「なるほど、なるほど」

「われわれは顧客を食と運動の両面からケアし、サポートする一方、さまざまな屋外行事や教室、講演などを自由参加型で開催し、知的関心にも応え、生活を楽しめるようにします。健康上、とくに重要視するのが、水と空気、太陽の光です。たとえば森林をウォーキングして森林浴をし、森の中の日当たりのいい広場でヨガを行い、山の空気で呼吸を整える——こういうプログラムも考えています」

「いい話ですね。私もリタイアしたら、参加したくなりますよ。このところ少々くたびれてきましたからね」

興奮度が高まってきたらしく、川口の声が珍しく弾んだ。

それから少し沈黙したあと、湊は遠くを見るような眼差しで語り出した。

「日芝の下請け仕事の中国移管、いなほ銀の貸し渋りと為替デリバティブ——この災厄《さいやく》は早い時期に来襲しました。備えを欠いていたので不意打ちを受け、屋台骨が相当軋《きし》んだことは事実です。しかし、どうにか切り抜けてここまで来た。それから貸し渋りなき安全地帯に着いたのを確認して、この前、頃合いを見計らっていなほ銀行に『取引解消』を通告しておきました。支店長の奴さん、呆然としていましたよ。それから、こうも言っておきました。『あんたたち銀行経営は生ぬるい。イザとなれば、国の公的資金が入るのだから。あんたたちは危機に陥れば、国にオンブにダッコだが、われわれ中小企業はそうはいかない。国は決して面倒を見てくれない。危ない銀行からは離れなければならない』ってね」

そう言うと、湊の表情がパッと輝いた。

「痛快でした、奴のボコボコにへこんだツラを見るのは。奴の好きなレスリングで言えば、優勝を目前に一瞬の隙を突かれて逆転されたようなツラでした。これが、歴史によくある〝役割の逆転〟というやつです。先の者は後《あと》になり、後《あと》の者は先になる……人生も満更ではありません」

愉快そうに語りながら、湊は忘れられないあの光景を思い出した。

その日、湊は香川真一を連れて訪問先のいなほ銀行長田支店に向かった。二人は胸を張って通りを足早に歩いていた。

湊が横で肩を並べる香川に、不敵な笑みを浮かべて言った。

「さあ、いよいよＯＫ牧場の決闘だ。お相手は札付きのならず者ども。覚悟を決めて対決しよう」

香川もニヤリと笑って応えた。

「フフフ、おもしろくなりますね。ＯＫ牧場の決闘、いいですね。昔、映画で見ました、演じるはバート・ランカスターにカーク・ダグラス。見物《みもの》でしたね」

「そう、俺は保安官ワイアット・アープ、香川さんは助っ人のガンファイター、ドク・ホリデイだ。もうすぐ悪党共の巣でドンパチやるぞ」

そう言うと、湊は右手でサッと拳銃を取り出す仕草をして見せた。

支店長の桜内は、担当の山井を伴って湊をにこやかに迎えた。桜内が香川と名刺を交わしたあと、上機嫌で言った。

「お二人して来られるとは、珍しい。今日はどんなご用件でしょう。いつかチラとお聞きした新規事業のビッグ案件についてでしょうか？」

桜内の目が輝き、敏捷な野獣の目になり、瀬踏みするように湊たちを上目づかいに見て続けた。

「メディカルリゾートとかのお話でしたね。新規の高齢者向け事業として有望ではないか、と。たしかに潜在需要は高まっていると思います。弊行としても、ぜひお力添えに与《あずか》りたいと考えています。

いま、ご計画はどの程度進まれたのでしょうか。社会的に意義のある新規事業には、格段の好条件でご融資させていただきます」

桜内が持ち前の自信をのぞかせた。

「ああ、あの件ですか。計画はようやく固まり、具体化に向け準備に入りました」

湊が冷静に応えた。桜内が話の先をせっついた。

「それで、立地場所はどちらに決まったのでしょうか。まだ候補地を決めかねている状態でしたら、わたしどもの不動産子会社に下調べさせることもできますが」

「お心づかいは有り難く思います。が、新規案件については、わたしどもの方ですでに順調に進み出していて、ご心配には及びません……今日、お話ししたいのは別件です」

「別件？　ほう、何でしょう。工場の増設とか新規設備とか。いいお話でしょうね」

「当社にとってはむろんいい話ですが、御行にとってはどうでしょうか」

そう突き放すように言って、湊は身を乗り出した。桜内が、背筋を伸ばして不安げに次の言葉を待った。

湊が桜内を見据えて静かに言った。

「これまでいろいろとお世話になりました。御行とは父の代以来、半世紀にも及ぶお付き合いでしたが、熟慮の末、取引関係をすべて解消することとしました」

この瞬間、湊には桜内の目が飛び出したように見えた。それからその目は焦点を失って空《うつ》ろになり、湊の方をぼんやりと見た。

「解消！……ですって？　……一体、なぜ？　何が理由で……」

これが、桜内から辛うじて出た言葉だった。

川口が身を乗り出した。

「やはり、本当にされたんですね。メインバンクを切るようなケースは、大変珍しい。滅多にない、勇気あることです」。川口の目が細くなった。

湊がその反応を楽しむかのように続けた。

「……ところで、先生、朗報はまだあるのです」

「朗報？　まだあるんですか」

川口が（一体、今度は何だろう？）といった表情をした。

「ハイ、長男、長女が二人とも長い旅から帰って来たのです。わたしから見て、二人ともとうとう森の迷路から抜け出て自分の道を見つけた。音信不通だった息子はジャズ演奏家として本格デビューし、ほらこの通り、招待状を送ってきました。タトゥーをして学業を放り出し、オートバイ野郎と家出した娘は堅実な家庭を築いている最中です。オートバイ野郎も本当は実直な男と分かりました。実直なゆえに迷っていたのです。いまは落ち着いて板前修業の身で、腕をメキメキ上げているとか。来春には結婚を予定して、二人とも目下、明日の生活設計に無我夢中です。

単に生活を固めたから、世間並みに幸せになったからこれで安心した、というのではありません。長男長女とも、さすらいのあと、ついに自己発見して、自分の道を開拓し始めた、これがいいのです」

湊がしみじみと語った。

「家内も、すっかり落ち着きと平安を取り戻しました。娘が家出したときは、帰ってみると取り乱して『ヒヒヒ』と叫んでいた。あのときは発狂したかと、正直、動転しましたよ。

実際、あのときが、人生の最悪期でした。会社は崖っ淵に立たされ、家族は分裂して散り散りでしたから。わたしも頭が始終、混乱してくらくらしていた。が、それぞれ頑張ってまた舞い戻ってきた。わたし自身も含め、大いに成長してね……思うに『友よ拍手を、悲劇は終わった』と言えるのでは。少なくとも、いまのところは。幸運はようやくいま、手中に入りぬ」

湊が、慎重に喜びを表した。

「……ほんと、凄い朗報ですね。以前、社長はご子息と娘さんを『放浪者』とか『風来坊』と呼んでいたことがありましたが、いまでは帰還し、腰を下ろして生活や家庭を着々と作り出した、ということですね」

「その通りです。自分の好きな道を見つけ、それに熱中する。これが何よりの本人の幸福ですし、人様のためにもなりますからね。……考えてみれば、人間、自己発見に至るのは真っ直ぐな道ではありません。わたし自身も含め、トラブル続きで紆余曲折した道を行かなければならないことで、かえって『自分の道』を見つけることができるのではないか。そう思いました」

「いやいや、こんないい話を一度に聞けるとは。事件がいろいろと降りかかったとき、社長は『悪いことは立て続けに起こるものだ』と言っておられましたが、運命は一八〇度逆転して、いまではいいこと尽くめですね」

「一見、そう見えますが、油断はできません。現実は甘くない。わたしは皮肉屋かもしれないが、このよい状態もすぐに変わり得る、何事も安定しない、と考えています。現実は決して落ち着かない。何事も不確実で動きが速い。手に入れたと思っても、たちまち消えてしまう。失ったものがまた思いがけず転がり込む。古代ギリシャの哲人ヘラクレイトスの言った『万物流転』が世の常です。これを当たり前と受け入れて初めて、われわれの心は落ち着き、余裕の生活が得られる、と思っています」

　湊が苦虫を噛みつぶしたように言った。

　川口が左指を立てて注意を促した。

「ちょっといま、ヘラクレイトスの言葉が出てきましたが、懐かしい。わたしは大学時代にゼミで少しばかりギリシャ哲学をかじったものですからね。ヘラクレイトスは、孤高の哲学者で、ひたすら真理を追求した。学者の群れから離れ、独りで知恵を求めたので、当時の人びとから暗い男と見られ、〝闇の人〟というあだ名が付けられたくらいです。フィロソファー、つまり哲学者とは、古代ギリシャで『知恵の愛好者』という意味でしたが、ヘラクレイトスは妥協を知らない純粋の哲学者だったわけです」

川口が意外な博識ぶりを示した。そう言えば、以前に彼の卒論テーマが「プラトンのイデーについて」と聞いたことを湊は思い出した。

ヘラクレイトスが会話に思いがけず登場したことで、川口の心に波紋が生じたのだ。湊が川口の言葉を継いだ。

「ヘラクレイトスはたしか、『何事も永久に存在することはない。あらゆるものは生成している』と言ったが、これは真理ではないですか。わが人生哲学も、ヘラクレイトスの考えがベースにある。世界を『絶え間ない生成と変化』と見る考えです。われわれは二人とも、現代のヘラクレイトス学派と言ってもいいのでは……」

川口が朗らかに声を上げた。

「ハッハッハ、『人は同じ川に二度入ることはできない』とも、ヘラクレイトスは言っています。たしかに万物は流れ、転々と変化しています。毎日が新しく変わる。明日は決して今日と同じにはならない。ですが、明日は必ずしも今日と反対になるとも限らない。いいではありませんか。明日はまた別の日なのです。スカーレット・オハラの言う〝Tomorrow is another day〟なのです」

川口が愛読する『風と共に去りぬ』のセリフを引用した。

「そうですね。今日ある幸をありがたく受ける、と思わなければいけません。長年心待ちにしていたものが、いま、いっぺんにこの手に入ったんですからね。『いま、そこにある幸せ』を大切にすること。『いま』という、いい瞬間をしっかりつかまえ、『That's it! ―こいつが求めていたものだ』と思うこと。これが何より重要でしょうね」

　湊も白い歯を覗かせた。それから真顔に戻って言った。

「明日の土曜日、皆して御厨《みくりや》神社に行き、あの樹齢九〇〇年の楠に報告し、お参りします。参加者は、出資先のメディカルリゾートホテル経営者のゴータマ君と、新会社で顧問となられる吉崎さんです。ゴータマ君は帰化して、日本人になりました。三人してこれまでの幸運に感謝を捧げ、今後の成功をお祈りします。いよいよ初陣に向け出発です」

「ほおー、明日は何時に行かれるんですか？」

「午前一一時半に楠の前に集合です」

「ご迷惑でなければ、わたしもご一緒してよろしいでしょうか。何だか浮き浮きしてきました」

「もちろん、大歓迎です。お参りのあと、昼食を共にして新事業に向けた戦略検討会を考えていますので、先生がご一緒なら心強い。ぜひ、お知恵をお貸し下さい。よろしくお願いします」

　翌日の正午前――。秋の天空に上った太陽が、天神社の高く聳《そび》えた楠の大樹を照らし出した。その下に、合掌して目を閉じ、頭を何度も下げて何事かを熱心に祈る四人の参拝者と一匹の小犬の姿があった。

【著者紹介】

北沢 栄（きたざわ・さかえ）

1942年 12月東京生まれ。慶應義塾大学経済学部卒。
共同通信ニューヨーク特派員などを経て、フリーのジャーナリストに。
05年4月から 08年3月まで東北公益文科大学大学院特任教授。
金融、特別会計、公益法人問題に詳しく、これまで参議院厚生労働委員会、同決算委員会、同予算委員会、衆議院内閣委員会などで意見を陳述。
07年 11月より08年 3月まで参議院行政監視委員会で客員調査員。
10年 12月「厚生労働省独立行政法人・公益法人等整理合理化委員会」座長として、報告書を取りまとめた。
主な著訳書として『銀行小説　バベルの階段』（総合法令）、『公益法人　隠された官の聖域』（岩波新書）、『官僚社会主義　日本を食い物にする自己増殖システム』（朝日選書）、『亡国予算　闇に消えた「特別会計」』（実業之日本社）、『リンカーンの3分間　ゲティズバーグ演説の謎』（ゲリー・ウィルズ著・訳、共同通信社）などがある。

町工場からの宣戦布告

初版 1刷発行 ●2013年　3月 10日

著　者
北沢 栄

発行者
薗部 良徳

発行所
㈱産学社
〒101-0061 東京都千代田区三崎町2-20-7 水道橋西口会館7F　Tel.03（6272）9313　Fax.03（3515）3660
http://sangakusha.jp/

印刷所
㈱ワイズファクトリー

ISBN978-4-7825-3365-9 C0036

乱丁、落丁本はお手数ですが当社営業部宛にお送りください。
送料当社負担にてお取り替えいたします。